SV

Margrit Baur
Alle Herrlichkeit

Roman

Suhrkamp Verlag

Erste Auflage 1993
© Suhrkamp Verlag Frankfurt am Main 1993
Alle Rechte vorbehalten
Druck: MZ-Verlagsdruckerei GmbH, Memmingen
Printed in Germany

Alle Herrlichkeit

– Was ist mit Ruth?
Die Frau, herausgetreten aus der Prozession der Flaneure, steht vor ihrem Tisch und nimmt ihnen die Sonne weg. Merkt nicht, daß sie stört, schwenkt einen Stuhl heran, setzt sich. Im Ernst, sagt sie, was ist los. Sagt es zu Lore, als sitze Regine nicht da, und Lore, die alle Welt kennt, stellt sie nicht vor, obwohl es ihr Gelegenheit gäbe, sich um die Antwort zu drücken, sondern sagt, als habe auch sie Regine vergessen: Nichts. Was soll los sein.
– Daß man sie nicht mehr sieht.
– Na und? Sie ist umgezogen. Jobbt irgendwas.
Regine beginnt zu schwitzen, erbittert wischt sie die Hände auf den Knien ab. Malt nicht mehr? fragt die fremde Person mit einem theatralischen Aufschrei, über den man eigentlich lachen müßte, doch statt dessen schwitzt man, und Lore strengt sich an. Warum fragst du *mich*? sagt sie, und plötzlich heiser, als bringe die eigene Beiläufigkeit sie in Wut: In ihrem Atelier hockt ein anderer. Ignorantester Nachwuchs. Hat nicht einmal ihren Namen gekannt.
Die Frau klappt den Mund zu, verdutzt, scheint es, über Lore oder die Information. Soll Regine sagen, daß auch sie es an der Wuhrstraße versucht hat? Den Nachmieter hat sie allerdings nicht bemüht, sein Name an der Tür hat ihr gereicht. Würde Lore das hören wollen? Sicher nicht jetzt, wo die andere in ihren Kaffee hineinlächelt, stur und ahnungslos, die Sprachlosigkeit schon vorbei. Und das alles wegen –? fragt sie und hält es für passend, das Lächeln abzudrehen und den Blick in irgendeine Ferne zu richten. Lore fährt sie an.
– Wegen, wegen. Für rechtwinklige Gehirngänge ist das nichts.
– Aber da ist diese Geschichte gewesen.
– *Leben* ist gewesen, falls dir das etwas sagt. Fünfzig Jahre Leben, da gehts nicht immer gradaus.

Lores Stimme läßt die Köpfe an den Nebentischen herumfahren, doch ihr dickfelliges Gegenüber blinzelt nur ein bißchen, blind für alle Gefährdung, die eigene und die fremde, so mutig wie ein Dachziegel, leider nicht stumm.
– Du kennst diesen Serge?
– Ich hatte das Vergnügen.
– Und?
– Nichts und. Ein Mann.
Der Hohn ist schrill genug, um anzukommen, die Frau stößt mit einem Lacher die Luft aus. Macht sich breit auf dem Stuhl, stützt die Ellbogen auf: die leibhaftige Unerschrockenheit.
– Er soll gesagt haben, daß Ruth –
– Der hat bestimmt nichts begriffen.
– War immerhin beteiligt, denke ich.
Lore fegt einen Bierdeckel vom Tisch. Beteiligt woran, fragt sie, am Leben vielleicht? Und den Stuhl vorkippend, daß sich die Tischkante in ihren Bauch drückt: Du denkst, Männer leben? Denkst du das?
Die Frau wischt sich mit dem Handrücken die Wange ab. Als sei sie schon weg oder nie dagewesen, sagt Lore, zurückgelehnt jetzt, das Gesicht mit halbgeschlossenen Augen in die Sonne haltend: Solange man sie liebt, will man es ja glauben. Hinterher weiß mans wieder besser. Sie inszenieren ihre Biographie, bestenfalls.
Regine hebt hilflos den Bierdeckel auf, warum kann sie nicht lachen. Die andere grinst, Lore nimmt keine Notiz mehr von ihr, sitzt mitten in der Feierabendmunterkeit wie ein Kurgast aus Stein. Aber nicht einmal kränkbar ist sie, diese Person, sie langweilt sich bloß. Schaut hierhin und dorthin, horcht auf das Geplänkel am Nebentisch, und das Achselzucken, mit dem sie schließlich aufsteht, will nichts besagen, als daß man sie hier lausig unterhält. Ebenso unverfroren, wie sie gekommen ist, zieht sie ab, wird mit Sicherheit schon in zwei Minuten im ODEON verkünden: Lore hat ihren schlechten Tag.
Die Augustsonne, die Bummler, der Straßenlärm: alles wie

gehabt. Drei Stühle zwar am Tisch, aber nur noch zwei Frauen. Nicht mehr jung, noch nicht alt: wie das Jahr, hat Regine gesagt, nur fängt das, wenns um ist, von vorne an. Das ist vorher gewesen, als das Reden noch leicht ging, und Lore hat gleich gefragt: Das würdest du wollen? Gott behüte, hat Regine gesagt; doch jetzt, wenn sie könnte, würde sie wenigstens den Abend von vorn anfangen lassen, weit weg vom RABEN und diesem albernen Trampeltier, zu albern noch für Triumph. Trampelt Löcher in den Boden, auf dem andere stehen, und bemerkt *nichts*.
Lore steht auf. Zahlst du für mich, sagt sie, und bevor man auch nur nicken kann, ist sie weg. Sie taucht schon in die Scheitergasse, als Regine sich nach ihr umdreht, geht sehr aufrecht, geht mit energischen Schritten, geht wie sonst.
Hätte Regine sagen sollen: Bleib? Oder mitgehen, aber wie denn. Lore müßte ja glauben, sie traue ihr nicht zu, sich selber zu tragen, und biete sich als Krücke an. Lore ist stärker als alle, sie hat noch nie Beistand gebraucht. Auch beim Trinken braucht sie höchstens Gesellschaft, die findet sie überall. Sie kennt ihr Revier, begrenzt von Seilergraben, Rämistraße und Limmatquai, und wenn sie auf Trinktour geht (wird erzählt), trinkt sie sich von außen nach innen, trinkt sich in einer Spirale (heißt es, obwohl das beim Verlauf der Gassen schwer vorstellbar ist) von Kneipe zu Kneipe an ihre Werkstatt heran, wo sie sich (das ist verbürgt) unter dem Arbeitstisch schlafen legt. Ein Heimweg mithin, hat sie einmal gesagt. Oder gehöre ich nicht, weit eher als ins Bett, zum Brennofen und meinen Töpfen?
Regine geht auch, was sollte sie hier noch wollen. Sie hat sich auf einen langen Abend gefreut, ist eigens um Lore zu treffen in die Stadt gefahren. Möglich, daß sie später, beim Essen oder danach, selbst die Rede auf Ruth gebracht hätte. Oder doch nicht? Sie haben noch nie über Ruth gesprochen, wozu auch. Sie wissen nicht dasselbe von ihr, doch das Wissen zusammenzulegen hat sich erübrigt, jede hat ihre eigene Ruth gehabt. Solange sie erreichbar gewesen ist und man sich hat

treffen können mit ihr, hat es nichts zu besprechen gegeben. Soll man jetzt, da das Reden *mit* ihr nicht mehr möglich ist, *über* sie reden? Wo doch keineswegs feststeht, daß heute noch wahr ist, was man von ihr weiß.
Als Regine sie im April getroffen hat, zufällig, kurz vor der Ausstellung, war Lore schon unterwegs. Fast bis zum Abflug habe sie Ruth geholfen, sogar noch die letzten Rahmen beschafft. Hätte sie auf die Reise verzichten sollen? Da hat sie einmal Gelegenheit, sich ein paar Monate umzutun, und wenn sie begeistert zurückkommt, stellt sich heraus, daß sie zu lange weggewesen ist. Alles ist während ihrer Reise passiert. Vielleicht hätte Ruth sie gebraucht. Lore hätte ihr raten können, zuhören mindestens, ein wenig auf sie aufpassen; Lore durfte das. Würde es etwas geändert haben? Man weiß es nicht.
Man nimmt, während man aufs Tram wartet, das neue Buch aus der Tasche, vermutet, daß das Umschlagbild ein Stück Lissabon zeigt, weil der Roman, soviel weiß man, in Lissabon spielt. Leicht angeekelt wie immer reißt man die Plastikfolie auf, findet die Kurzbiographie des Autors auf der hinteren Klappe, schaut etwas ratlos in das strenge Fotogesicht, bevor man den Anfang aufblättert, *Hier endet das Meer*. Während man stadtauswärts fährt, geht man mit dem Passagier aus Brasilien an Land, folgt ihm in ein Hotel, und als man bei der Busstation aussteigt, beginnt es in Lissabon zu regnen, ein Winterregen, der anhält, weil man im Bus keinen Sitzplatz bekommt und das Buch einstecken muß. Er hält aber dann weiterhin an, die ganze Nacht, liest man zuhause, schnöder Winter für den Heimkehrer Reis, eine feuchte, finstere Stadt auch am Morgen noch, als man mit ihm durch die Straßen geht. Man läuft sich müde mit seinen Füßen, schaut sich so lange mit seinen Augen um, bis es vor den eigenen flimmert, so daß man endlich das Licht ausmacht, müde genug, um an nichts mehr zu denken. Doch als um halb sieben der Wecker summt, hat man zuwenig und miserabel geschlafen, rennt sich auch gleich das Schienbein an, schimpft und humpelt ins

Bad, wo man mit dem Schmerz den Grimm von sich abduscht, die Nacht, den Doktor Reis, die Entschlußlosigkeit. Wenn Lore nicht reden will, wird sie es sagen, und wenn sie sarkastisch wird oder wütend, wird man es überstehen.

Regine läßt den Bus wegfahren, bis zur Regensbergbrücke geht sie zu Fuß. Eigentlich hat sie den Job genommen wegen der Nähe, sie wollte täglich und die ganze Strecke zu Fuß gehen: ein frommer Wunsch. Die Arbeit ist schlecht bezahlt, was immerhin etwas aufgewogen wird durch die Tür. Eine Tür zur Straße, durch die hereinkann, was will, auch Unerwartetes, denkt sie, ein Anstoß womöglich, etwas, woran sie bisher aus irgendeinem Grund nicht gedacht hat und was doch geeignet wäre, sie wieder einmal ein Stück vom Fleck zu bringen. Eine Konstruktion natürlich, eine aufgeblasene Rechtfertigung. In Wahrheit erhofft sie sich nichts als ein bißchen Abwechslung, und zu rechtfertigen braucht sie sich auch nicht, vor wem. Sie arbeitet im Konsum, na schön, keine Sache zum Renommieren. Aber ist nicht egal, womit sie sich ihre Lesenachmittage verdient?

Die Kollegin ist dabei, die Obstregale ins Freie zu rollen, Regine hilft ihr, bevor sie hineingeht, und als sie die Schürze umhat, muß sie ins Lager, die Weinlieferung ist noch nicht fertig verräumt. Dann packt sie gemeinsam mit dem Lehrmädchen die Brotlaibe in Tüten, Brot, das noch warm ist und duftet, das Lehrmädchen sagt: Morgen fahr ich heim. Die Gedankenverbindung scheint Regine so selbstverständlich, daß sie in ihrem Gedächtnis nach einer Entsprechung sucht, aber falls sie als Kind den Geruch gekannt hat, dann höchstens aus dem Kellerfenster der Bäckerei. Damals hat man zuhause kein frisches Brot gegessen, vierundzwanzig Stunden mußte es alt sein, das war behördliche Anordnung. Und später –

Sie müssen allein fertig machen, sagt sie, weil sie den Tiefkühlwagen vorfahren sieht. Die Kollegin ist schon draußen, die Chefin will wie immer dabeisein, Regine löst sie an der Kasse ab. Sie wechselt die üblichen Sätzchen mit der üblichen

Kundschaft: Hausfrauen aus dem Quartier, die Arbeiter von der Baustelle, ein paar Kinder.
Der Morgen vergeht zäh. Das Gemüse durchsehen, als die Chefin zurück ist, dann Gestelle nachfüllen, später nochmals die Kasse. Das einzig nicht ganz Alltägliche ist ein frühbetrunkener Mann, oder vielmehr sein Hund, der draußen ununterbrochen bellt, während er drin seinen Vino da Pasto sucht, findet und zahlt. Ein Hund, der zu seinem Herrn schaut, hat die Kollegin gesagt. Oder ist es Verrat? denkt Regine auf der Heimfahrt, denkt an den Hund und den Mann, um nicht an den Anruf zu denken; er ist beschlossen, sie will Zweifel nicht aufkommen lassen.
Die Treppe hinauf, Wohnungstür aufschließen, Tasche aufs Bett, Jacke aufs Bett, stracks zum Telefon.
– Hast du zwei Minuten Zeit?
Tut mir leid wegen gestern, sagt Lore. Blöd natürlich. Als hätte die Blödheit von Doris nicht gereicht.
– Und wenn *ich* gefragt hätte?
– Was weiß denn ich, was nicht jeder weiß.
Ich weiß nichts, sagt Regine. Und blindlings, um nicht den Mut zu verlieren: Hat sie dir nicht geschrieben?
– Eine Karte aus Irland. Danach noch die Umzugsanzeige. Diesen Vordruck von der Post, sie hat nur die Adresse eingesetzt.
– Du weißt, wo sie wohnt!
Damit hat Regine nicht gerechnet. Ist nicht alles halb so schlimm, wenn man die Adresse kennt?
Ich bin dort gewesen, sagt Lore. Sie hat nicht aufgemacht. Oder sie war nicht da.
Regine hofft, daß Lore sie nicht schlucken hört. Sie fragt: Auf dem Land? – eine so unnötige Frage, daß sie rot wird und wieder schlucken muß. Lores Lachen klingt böse, immerhin legt sie nicht auf.
– Land ist gut. Da draußen gibts keinen Baum. Parkplätze ja, neue Wohnblöcke und Baugruben, trostloser geht es nicht. Und mitten in der Wüste einer dieser Kästen, in denen zur

Zeit der alten Fabrikherren die Arbeiter kaserniert waren. Verrottet heute, baufällig, dreckig, aber immer noch drei Dutzend Klingelknöpfe neben der Tür. Bis auf den von Ruth lauter Ausländernamen, klar. Wer von hier läßt sich das noch gefallen.
Weshalb Ruth, fragt Regine. Sie hat gut verkauft.
Und in Irland den letzten Rappen vertan, fürchte ich, mit Absicht, sagt Lore, hinausgeschmissen. Flug, Mietwagen, Hotels: alles vom Besten, und das ganze über KUONI, die verschenken ihre Dienste nicht.
– Das hast du herausgefunden?
– Der Buchungsdurchschlag war im Briefkasten, als ich heimkam. Kommentarlos, unfrankiert, sie muß selbst zu meiner Wohnung gefahren sein. Hat vielleicht gehofft, ich sei schon zurück, und hat ihn dann eingeworfen. Alles drauf: der Flugplan, die Daten, die Adressen der Hotels. Ich hätte sie anrufen können, bloß wer kommt denn darauf. Geschrieben habe ich, sofort.
– Und sie hat nicht reagiert?
– Die Karte, wie gesagt. Briefe schreibt sie nie.
– Zu diesem Haus hinaus willst du nicht nochmals?
– Sie abpassen, meinst du? Mit welchem Recht. Wenn sie gefunden sein will, kommt sie von selbst. Oder glaubst du nicht?
Ja, sagt Regine und hört das Zuschnappen der Werkstattür. Bekommt Lore Besuch? Ein Kunde, ihre Stimme klingt schon geschäftlich, als sie sagt: Bis bald dann. Den Abend holen wir nach.
Regine öffnet das Fenster, draußen ist es wärmer als drin. Ende August, noch immer Sommer, man müßte hinaus. Statt auf dem Bett auf einer rotgestrichenen Bank sitzen, oben am Käferberg. Zusammen mit dem Senhor Doktor Portugals Winter bestehen.
Das Buch liegt so, daß der Schutzumschlag spiegelt, sie schiebt es aus dem Blickfeld, nun spiegelt der Tisch. Zum Teufel, sagt sie. Wenn Lore unglücklich ist, und zu Recht,

muß Ruth deshalb unrecht haben? Man ist auf ihre Reaktion nicht gefaßt gewesen, niemand, aber war man denn auf die Ausstellung gefaßt? Regine hatte schon früher Bilder von ihr gesehen, doch auch ihr hat es dort den Atem verschlagen. Der Galerist (da sie als Käuferin nicht in Betracht kam) hat sie in Ruhe gelassen. Die Bilder nicht. Diese überzerbrechlichen Pinselstriche. Verwoben, vernetzt, verknäuelt zu samtenen Flächen, aber immer porös, Bilder zum Hindurchgehen, hat sie gedacht. Und immer die Helle, in jedem, Helle woher, muß man sich fragen, wo sie doch farblich so spröde sind. Und braucht Licht, um gemalt zu werden, nicht einen Gegenstand, auf den es auftrifft? Wie kann Ruth es mit Netzen aus Pinselstrichen fangen, die nichts sein wollen als Pinselstriche, besondere allerdings, auch besonders gefährdet: so überaus verletzbar, und ungeschützt. Sie hat sich bemüht, nicht an Ruth zu denken, um nicht Angst zu haben um sie, eine Angst, die doch gar nicht paßte, da die Bilder mit ihrer Helle das Gegenteil besagten. Das Licht war *drin*, die Angst nur *davor*, man mußte sich an die Bilder halten.

Sie hat sich die Urteile der Maßgeblichen angeschaut, dort in der Galerie, hat sich vor dem Weggehen durch die Rezensionen gelesen: nicht übereinstimmend in der Art des Hinsehens, aber einhellig in der Zustimmung. Vor diesem wortreichen Beifall hat sie kapituliert. Wie hätte sie Ruth anrufen können, bloß um ihr zu sagen, daß sie in der Ausstellung glücklich gewesen ist? Später, wenn das Aufsehen vorbei wäre, hat sie gedacht, würde sie es ihr sagen; vorausgesetzt, daß sie den Augenblick nicht verpaßte, in dem sie den Mut fand für so ein starkes Wort.

Bedenken in eigener Sache, genaugenommen, keine Bedenken für Ruth. Dabei hätte man sich doch vorstellen können, daß es zu laut war für sie, das ganze Trara, der öffentliche Beifall, *alle* Wörter. Vernagelt ist man gewesen, und jetzt sitzt man herum.

Durchs Fenster schaut sie in das Sonnengeriesel im Ahorn, schaut auf das Buch, schaut das Telefon an, schaut sich im

Zimmer um. Als sie die blaue Tagdecke des Betts glattstreicht, lacht sie sich aus. Sie trödelt, sie hält sich auf. Weiß, was sie will, und will doch nicht. Wird Lore es nicht für unsinnig halten? Was soll ich mit *Papier,* sagt sie vielleicht. Oder sagt: Wie kommst du dazu, bist du dabeigewesen?
Die Luft auf dem Dachboden läßt sich kaum atmen, Staub, eine dumpfe Hitze, und das Truhenschloß klemmt. Als sie es endlich aufkriegt, ist sie durchgeschwitzt, wenigstens liegt obenauf, was sie sucht. Die Irlandkarte, der Stadtplan von Dublin, eine Broschüre des Verkehrsbüros: alles beisammen, drei Jahre alt.
Weil der Glastisch nicht groß genug ist, legt sie den Stadtplan auf dem Boden aus. Sie kniet sich mit der Lupe daneben, liest: Stephen's Green, liest: Merrion Square, Grafton Street und auch manches, woran sie sich nicht erinnern kann. Vor allem auf der andern Seite des River Liffey klingen die Namen ihr fremd – bis sie O'CONNELL STREET liest, da legt sie die Lupe hin. Als sie sich an den Küchentisch setzt, hat sie den Widerstand aufgegeben. Ich sehe sie, schreibt sie, Ruth in Dublin.

Der Hoteldiener hat, wie sie es immer tun, überall Licht gemacht. Sie steht mitten im Zimmer, und als er fort ist, dreht sie sich einmal herum. Sie nimmt zur Kenntnis: Der Schrank ist zerkratzt. Die Tragwinkel des Wandbretts, auf dem der Fernseher steht, sind angerostet, etwas schief. Der Steckdosenanschluß beim Bett sieht verboten aus. Der Spannteppich hat einen Fleck. Es gibt feinere Hotels hier, man hat sie bei KUONI darauf hingewiesen, doch von *diesem* hat sie den Namen gekannt. Anhänglichkeit an ein Wort? Sie hat auf dem GRESHAM beharrt.
Sie knipst die Lampen aus, läßt sich in den einzigen Sessel fallen; der Flug hat ihr zugesetzt. Dazu noch das Taxi, der

verwirrende Linksverkehr. Der Fahrer hat geplaudert, und um ihn nicht zu kränken, hat sie schlecht und recht Antwort gegeben. Eher schlecht, sie hat sich abscheulich gefühlt. Jetzt tut ihr nur noch der Nacken weh, sie kennt das, die Flugangst krallt sich fest. Die Maschine ist ein paarmal gehopst, daß sie gemeint hat, das Herz im Mund zu haben. Ekelhaft, aber vorbei, sie darf die Lippen voneinandernehmen.
Das Genick in die Hände gebettet, legt sie den Kopf zurück: die Zimmerdecke, fast makellos weiß, gibt keine Fragen auf. Erstaunlich die Stille, sie kann den Regen hören. Es regnet, wir sind zuhause, hat eine Frau bei der Ankunft gesagt – laut genug, daß gelacht worden ist. *At home*. Auch Ruth hat gelacht.
Sie wird jetzt zum Fenster gehen, wird sich aufraffen, das wird sie; aufstehen, ein paar Schritte machen, den Riegel lösen. Sie schaut zu, aus dem Sessel, sieht eine Ruth, die zum Fenster geht und es aufmacht, schickt sich hinterher. Nein, sie ist nicht am Ende, noch lange nicht. Gesund vorläufig, einigermaßen gescheit, nur leicht hinauszuwerfen aus dem, was ich weiß, eine Art Fallsucht, oder warum kann ich nicht bei mir bleiben, was gehört mir denn noch. Ist das mein Nacken, der schmerzt, meine Brust, die atmet und diese Sache in Gang hält, die einmal mein Körper geheißen hat. Wo ist die untergetaucht, die *mein* gesagt hat, und wer ist die hier, die flennt, wozu reißt sie das Fenster auf. Starrt in den Regen und tut, als hätte ich ihr das Feld überlassen. Aber die Tränen nicht, die sind mein: eine flüssige Maske, die das Gesicht wärmt. *Mein* Gesicht?
Sie löst die Hände vom Sims, hält sie hinaus in den Regen. Sieht die Tropfen drauf Rinnsale bilden, schaut den Rinnsalen zu, bis plötzlich der Hintergrund scharf wird: Backstein, verrußt. Das Gebäude ist mehrstöckig, es dreht ihr die Rückseite zu. Die Hofseite, korrigiert sie sich, weil sie nun wirklich hinausschaut: ihr Fenster geht auf den Hof. Lauter ähnliche Gebäude, alle in diesem verdunkelten Braunton, schließen ihn ein, in der Mitte ein Flachbau, auf dessen Dach sie hinun-

tersieht, die Dachpappe glänzt. Doch weder im Hof noch hinter einem der Fenster macht sie Lebendiges aus, kann auch nichts hören. Keine Stimmen, nicht das geringste Geräusch einer Tätigkeit, nur das entfernte Rauschen des Stadtverkehrs und den Regen. Was tut sie hier, Ruth, mit dem Rücken zur Welt?
Zum Lift geht es links und zweimal um die Ecke, das hat sie sich gemerkt. Ein unübersichtliches Haus, zum Verlorengehen. Daß es auf den Gängen so still ist, liegt an der Tageszeit: kein Mensch auf den Zimmern, alle unterwegs. Bloß im Aufzug ist jemand, als er endlich herunterkommt, zwei Jemands, ein älteres Paar. Älter heißt: älter als sie, Paar heißt: zusammengehörig – wie vage auch immer, jedenfalls sind sie zu zweit, eine überwiegende Macht, die sie glücklicherweise nur darstellen, nicht gegen sie verwenden, nicht in der kurzen Zeit, bis sie unten sind. Als sie die Lifttür aufhält, bedankt sich der Mann, für beide vermutlich; auch sein Nicken auf den Gruß des Empfangschefs gilt für zwei.
Ruth strafft die Schultern, sobald sie ins Freie tritt, ein Reflex, den sie sofort belächelt, aber nicht widerruft. Ein wenig Haltung kann sie schon brauchen gegenüber all der fremden Zusammengehörigkeit. Haltung nur für sich selbst, denn daß es irgend jemanden schert, wie sie daherkommt, bildet sie sich nicht ein. Dublin ist eine Großstadt, da kann man sein Alleinsein ganz unbemerkt spazieren führen, und nun gar mit dem Schirm und in dieser O'Connell Street, wo ohnehin jeder schauen muß, wie er an den andern vorbeikommt. Die Männer sind in der Überzahl, aus den Büros, nimmt sie an, es ist kurz nach fünf, nicht die Zeit zum Flanieren. Alle schreiten aus, zielstrebig ohne Zweifel, nur daß das Ziel auf geradem Weg nicht erreichbar ist. Man kurvt umeinander herum wie auf einem Rummelplatz, mit Vorsicht und Nachsicht, Ruth muß das Manövrieren erst lernen. Schon zum zweitenmal läuft sie auf, erntet ein *sorry,* über das sie sich wundert, zu lang, denn als sie es zurückgibt, ist der Mann schon vorbei und weg. Sie jongliert mit dem Schirm wie alle, schwenkt ihn

aus, stemmt ihn hoch, zieht ihn dicht an den Kopf. Einen Weg für die Füße, für den Schirm einen andern, kleine Pannen manchmal, immerhin kommt man voran. Jetzt zwar wird sie gestoppt durch eine Kette: Mann, Frau und drei Kinder, die sehen kaum unter ihren Kapuzen heraus. Zwei lösen die Hände, damit sie hindurchkann, die Frau sagt: »Sorry«, die Kinder lachen – Gedränge als Spiel.
An der Kreuzung nicht mehr. Da ist Ruth so dicht in die Leute gepackt, die sich vor dem Übergang stauen, sieht sich zwischen den fremden Schirmen mit dem eigenen so hoffnungslos festgeklemmt, daß die alte Panik sie überfällt. Oder nur Furcht vor der Furcht? Den Mund öffnen und etwas ins Auge fassen. Nicht den Stiernacken, den gerade nicht, doch den weißen Dutt daneben, diesen Kopf mit dem dünnen Haar, durch das die Haut durchscheint, rosarot wie die Kämme, die über dem Dutt stecken. Drunter ein vom Alter gestauchter Rücken, die Krümmung durch die Strickjacke nachgeformt, eine handgestrickte dunkelgrüne Jacke, die sich in Bewegung setzt, Ruth hinterher. Sie folgt ihrem eigenen Grün, sieht es eintauchen in den Gegenstrom, schlängelt sich selber durch, nur die Schirme sind schuld, daß sie es verliert. Schade, sie hätte der Frau gern ins Gesicht geschaut. Sie schaut oft alte Leute an, seit wann. Als ob man sich das Altwerden abschauen könnte. Die haben es längst hinter sich, wissen wohl selbst nicht wie, haben sich eben abgefunden, was ließe sich da noch lernen.
Und wieder ein Rotlicht. Sie hält sich hinten, bleibt aus dem Gedränge heraus. Die Ecke eines Geschäftshauses im Rücken, liest sie über die Köpfe hinweg ABBEY STREET, und weil sich gleich ein *Yeah-yeah-yeah* anhängt, muß sie lachen. Eine verwackelte Reminiszenz, das hier ist Dublin, überdies hat es Road geheißen, nicht Street. Sie erinnert sich an das Cover mit dem Zebrastreifen, zwanzig Jahre alt? mehr? *Because the world is round, it turns me on*: das ist, so simpel es war, nicht nur ins Ohr gegangen, und wenn auch das Damals so weit zurückliegt, daß sie es kaum noch als das eigene erkennt, so-

viel hat sie doch behalten, daß jene stimmbrüchigen Kinder aus Liverpool etwas getroffen haben, und nicht nur in ihr, das getroffen sein wollte und um das niemand sonst sich gekümmert hat. Nur daß man leider das Etwas dann nicht namenlos ließ, es sollte *neues Lebensgefühl* heißen, weiß der Himmel, wer das aufgebracht hat. Sie hat die Benennung verworfen noch vor der Musik.
Der Regen, merkt sie, ist schwächer geworden. Die Brücke da vorn muß die O'Connell Bridge sein. Zuerst nochmals warten, sie hat mit den Ampeln Pech. Diesmal steht sie ganz vorn, doch weil sie hinter sich nasse Wolle riecht, dreht sie sich um. Maisgelb statt Grün, ein junger Mann statt der alten Frau. Hat keinen Schirm, deshalb der nasse Pullover, deshalb auch stürmt er los, sobald die Ampel umspringt, stürmt an ihr vorbei. Daß er sich umschaut nach ein paar Schritten und grinst, hat sie zwar nicht erwartet, aber vielleicht verdient.
Sie bleibt auf der Brücke stehen. Die Liffey: ein altes Foto, das ins Gelblichbraune verblichen ist. Das Nieseln als feine Körnung. Ein wenig Farbe, doch, von den Rändern her. Unterläuft die Vergilbung. Läßt sie deutlich werden?
Ihre Neigung zur Monochromie –

Regine stolpert: über das angeberische Fremdwort, über ihre Anmaßung. Sie ist keine Malerin, Ruth würde sich für die Stellvertretung bedanken. Kein Mensch weiß, wie das, was sie sieht, bei ihr ankommt, in was es sich übersetzt. Und Wahrnehmung beschreiben? Ruth tut es nie, sowenig wie sie über ihre Bilder spricht. Wenn ein anderer drüber redet, hört sie zu, erstaunt und etwas verlegen, doch wer es auch sei und was immer er sagt, Ruth redet nicht mit. Stumm nimmt sie hin, was ihr gesagt wird, Gescheites, Befremdliches, Ausgeklügeltes, läßt es sich aufladen ohne Widerspruch oder Zu-

stimmung, als sei nicht die Rede von etwas, das niemand genauer wissen kann als sie. Die Verachtung der Malerin gegenüber denen, die nichts als Wörter haben? Eher schon hat sie Respekt, zu viel Respekt vor den Wortemachern, weil die etwas können, was sie nicht kann. Sie würde sich wundern über Regine am Küchentisch. Noch eine, die Worte macht?
Dabei steckt sie fest. Das Fremdwort ist korrekt, sie hat es im Lexikon nachgeprüft, aber weiter bringt sie das auch nicht, drum schiebt sie den Stuhl an den Schrank. Oben angelt sie nach dem Köfferchen mit der Hermes, bringt es auch, trotz eines plötzlichen Krampfs im Arm, heil auf den Tisch, stöhnt ein wenig, so leise wie möglich, schimpft erst los, als sie die Maschine aufgedeckt hat und sieht, daß das Farbband bröselt vor Trockenheit. Trotzdem tippt sie die paar Seiten ab, mit Durchschlag; der ist leserlich.
Sie legt einen Zettel dazu: *Bloß ein Anfang. Ich habe mich verrannt. Ich weiß auch zuwenig. Wer ist Serge? Was war mit den zweien?*
Jetzt wartet sie. Einen Tag, zwei, einen dritten. Manchmal kniet sie sich vor den Stadtplan, der noch am Boden liegt, oder sie blättert in der Broschüre. Den Vormittag im Konsum bringt sie hinter sich wie sonst. Sie geht nicht spazieren, obwohl das Wetter sich hält. Das Buch? Sie rührt es nicht an.
Sie liegt in der Badewanne, als der Anruf kommt, samstags nach zwei. Naß und nackt rennt sie ins Zimmer, drückt den Hörer ans Ohr, und weil ihr Nacktsein sie irritiert, schließt sie die Augen. Reißt sie allerdings wieder auf, als Lore sagt: Bringst du die Fortsetzung mit?
– Es ist keine da. Wenn ich weitermachen soll –
– Du sollst. Ich werde dir auch sagen, was ich weiß.
Ich komme, sagt Regine. Legt auf, vergißt, daß sie naß ist, setzt sich aufs Bett. Als sie in Lores Werkstatt steht, knapp zwei Stunden später, hat sie ein Fotobuch von Irland gekauft, das schönste, das sie bei ORELL FÜSSLI hat finden können. Außerdem ein Dutzend gelber Briefumschläge, ein Farbband.

Sie stellt die Tüte ab und bleibt in der Nähe der Tür, um nicht im Weg zu stehen, denn Lore räumt auf. Sie säubert die Drehscheibe, spachtelt Reste vom Arbeitstisch, läuft zum Zuber, zum Wasserhahn, wieder zum Tisch, während sie redet, ununterbrochen, als habe sie eine Lektion präpariert und müsse sie rasch heruntersagen. Was die Sache mit Serge angehe, so wisse auch sie nur den Klatsch. Der habe anscheinend schon bei der Vernissage begonnen, obwohl offensichtlich nichts Handfesteres zu kolportieren gewesen sei, als daß die zwei auffällig lang beisammen gestanden hätten. Daß Ruth dabei hypnotisiert gewirkt habe, oder nach anderer Auffassung: elektrisiert, sei sicher eine nachträgliche Ausschmückung. Das Kunst-Zürich sei ein Dorf, und so müsse sie, zumindest flüchtig, bereits vorher mit Serge bekannt gewesen sein. Möglicherweise habe er seine Chance nur dem Umstand verdankt, daß sie sich in dem Rummel, dessen Mittelpunkt sie hätte sein sollen, verloren gefühlt habe und für einen Retter empfänglich gewesen sei. Jedenfalls habe sie sich also eingelassen auf ihn, und bestimmt gleich mit Haut und Haar, sie habe mit sich nie gespart. Da sie selbst mit einem Bruchteil des andern nicht vorliebnehmen wollte, ja sich offenbar nicht einmal vorstellen konnte, daß einer, der liebte, mit Absicht dem andern etwas von sich vorenthielt, habe sie sich über jede Vorsicht hinweggesetzt: kein Mann in ihrem Leben, dem sie weniger zugemutet hätte als alles, was sie war. Klar, daß so die Katastrophen nicht hätten ausbleiben können, leise Katastrophen, Ruth habe kein Geschrei darum gemacht. Der Wirbel diesmal sei die Schuld von Serge, auch wenn er vielleicht selber nichts ausgeschwatzt habe, doch da eben seine Kreise gewissermaßen auch Ruths Kreise seien, habe sich die Schwatzlust der ganzen Horde über sie hergemacht, und um so ausschweifender, als Ruth von der Bildfläche verschwunden sei. Zum Beispiel werde herumgeboten, sie habe ihn, mitten in der Nacht, am Limmatquai stehengelassen, sei einfach in die andere Richtung gegangen. Sicher sei ihr das zuzutrauen: entschieden Ja, entschieden Nein, aber man müsse sich doch fragen, wer außer Serge denn davon wissen könne. Von ihm jedoch, oder aus seiner Nähe, stamme eher die andere Version, daß nämlich er sich von ihr abgesetzt habe, oder sie von sich, indem er ihre Unfähigkeit, etwas über ihre Bilder zu sagen, mit dem Satz quittiert habe: Lies mal ein Buch über Kunst. Das sei, wenn man Serge kenne, ziemlich gut erfunden, nur halt von Leuten, die mehr über ihn wüßten als über Ruth. Nicht, daß so eine Flegelei sie kalt gelassen hätte, aber da sie mit ihrem Anspruch auf alles ja nicht nur die Glanzseite meinte, würde sie eben auch das dazugepackt haben; so leicht, wenn sie einmal gewonnen sei, könne man sie nicht verjagen. Und doch habe es nur zwei Monate gedauert, vielleicht sogar weniger, auf ein paar Wochen also zusammengepreßt, was andere in einem ganzen Leben nicht schafften: das absolute Auf und das totale Ab, gemäßigter sei es von Ruth nicht zu haben, nur müsse sie bei diesem Tempo um alle Kräfte gekommen sein. Wenn es sie erwische, sei sie in den ersten Wochen so durcheinandergerüttelt, daß sie kaum schlafen und essen könne, und da nun diesmal das Gerüttel des Endes eingesetzt habe, bevor noch das anfängliche Zeit hatte zu verebben, dürfe man sich nicht wundern, wenn etwas in ihr ausgerastet sei.

Regine hat sich auf den Tisch gesetzt, in gehörigem Abstand zu dem, was Lore ihre Töpfe nennt. Was noch in nasse Tücher geschlagen ist, schaut sie lieber nicht an, auch wenn das Unbehagen verfehlt ist, weil die Bandagen ja keine Verstümmelung bedecken, nichts Beschädigtes, sondern etwas, das *wird*. Ausnehmend schön wird manchmal, wie diese Schale, die blaue mit den lichtblauen Schlieren, die Lore auf der Auslagefläche herumschiebt, bis sie am richtigen Ort steht, *genau hier,* es ist abzulesen von ihrem Gesicht. Bevor sie sich zu Regine setzt, geht sie nochmals zum Zuber, doch der Lehm, den sie herausfischt, hat nichts mit Arbeit zu tun, nur in der Faust halten will sie ihn, daran herumkneten, ohne hinzusehen. Auch Regine schaut woanders hin, als sie fragt: Und er?

Da rutscht Lore schon wieder vom Tisch. Macht Kunst, sagt sie. Hat eine Lobby und Gönner. Gilt etwas, wird beneidet, hofiert.
— Zu unrecht, meinst du? Ist er nicht gut?
— Er malt makellos. Nichts auszusetzen, beim besten Willen nicht.
Sie hat sich an die Wand gelehnt, knetet an ihrem Klumpen, schaut über die blaue Schale weg auf den Hof, einen winzigen Hof mit einer kleinen Platane, auf die sie zwar manchmal schimpft, weil sie ihr die Werkstatt verdunkelt, doch wenn einer von Umhauen spricht, wird sie rabiat. Regine hält für denkbar, daß sie ihr heimlich Wasser gibt, vielleicht in den Nächten, in denen sie hier schläft. Davon ist nicht die Rede, Lore bleibt bei der Sache, sie grinst und wiederholt: Makellos. Stell dir das vor.
Jetzt läuft sie hinaus, um die Auslage von draußen zu sehen, wirft dann den Lehm in den Zuber zurück, daß das Wasser aufspritzt, wäscht sich die Hände, klettert ins Fenster, hantiert am Spot-Licht herum. Regine sagt: Vielleicht hat er gar nicht Ruth gemeint, nur die Bilder.
— Du kennst ihn nicht. Der findet niemanden gut außer sich.
— Und geht trotzdem zu Vernissagen?
— Er zeigt sich, er läßt sich herab. Sagt auch Schmeichelhaftes, durchaus, aber wenn du aufpaßt – er lobt in allem sich selbst.
— Du kannst ihn nicht ausstehen.
— Er ist charmant. Manchmal geistreich. Außerdem ist er Trinker, und es gibt ein Stadium seiner Trunkenheit, wo er offen ist, gewinnend, vielleicht liebenswert. Wer ihn anders nicht kennt, oder wer *diesen* für den wahren halten will, der sich sonst nur erfolgreich versteckt –
Regine schaut auf die Uhr. Lore trifft sich mit einem Auftraggeber zum Essen, muß vorher noch nachhause, hat sie gesagt. Ein paar Minuten sind übrig, aber Lore setzt sich nicht hin, obwohl sie auch mit dem Licht nun zufrieden ist. Vom

Waschbecken her sagt sie: Ich könnte dir die KUONI-Liste schicken.
Du überschätzt mich, sagt Regine. Wo ich nicht selber war —
— Aber das GRESHAM stimmt.
— Sie hat die *Dubliner* gelesen, letzten Winter. Ich habe ihr gesagt, daß es das Hotel noch gibt.
— Du hast mit Kurt dort logiert?
— Und Schluß gemacht. Am Abend vor dem Rückflug. In einer Suite übrigens, über den Dächern. Kurt hat ein Faible gehabt für ausgefallene Szenerien.
— Die Suite traust du Ruth nicht zu? Sie wirft doch ihr Geld hinaus.
Lore läuft wieder weg, vom Hof sind Stimmen zu hören. Als sei undenkbar, daß jemand hier durchgeht, der nicht zu ihr will, öffnet sie die Tür. Die zwei Männer gehen aber vorbei, Regine sieht sie durchs Fenster, sie drehen nicht einmal die Köpfe nach Lores Arrangement. Banausen, sagt sie, und Lore setzt sich nun doch auf den Tischrand, Regine verbietet sich, auf die Uhr zu sehen. Du denkst, sie hat dort gemalt? fragt sie.
— Auf Reisen nie. Sie braucht eine Bleibe. Zwei, drei Tage zumindest, um Fuß zu fassen.
— Und wie arbeitet sie?
— Wer das wüßte. Mit Todesverachtung, vermute ich.
— Nicht gern?
— Doch. Oder vielleicht nicht. Es ist keine Frage des Mögens.
— Der Drang in den Fingern?
Lores Hände sind schuld, daß Regine sich an die Floskel erinnert hat, irgendwo aufgeschnappt, aber Lore sagt nein. Nein, das bestimmt nicht. *Sie* drängt, die Finger fürchten sich. Stelle ich mir vor, sagt sie und nimmt den Schlüssel vom Haken.
Gemeinsam gehen sie zum Tram, Lores Siebner kommt fast sofort, Regine muß in die Gegenrichtung, sie wartet, doch als endlich eine Fünfzehn in Sicht kommt, hat sie es sich anders

überlegt. Sie geht die Niederdorfstraße zurück, irgendwen wird sie treffen in dem Gewimmel, der eine Weile bei ihr stehenbleiben mag. Ein bißchen schwatzen noch, bevor sie sich wieder an den Küchentisch setzt. Sich zerstreuen.
Daß sie schon vor dem Hirschenplatz auf einen Bekannten stößt, überrascht sie dann doch, denn es ist nicht das erste Mal, daß sie das Zufallsspiel spielt, und meistens gelingt es nicht. Er freut sich, scheint es, obwohl ihr nicht einmal einfällt, wie er heißt; ein Kollege eben, von einem ihrer ungezählten Jobs. Eher Architekturbüro als Versicherung, wenn man der Aufmachung trauen will. Schüchtern ist er nicht, fragt gleich: Was hast du vor?
Sie lacht, er ist auch gar zu erwünscht aus den Soffitten gekommen, ein Deus ex machina, dramaturgisch zweifelhaft, doch das Stück ist ja nicht von ihr. Überzeugt, daß er sich anschließen wird, sagt sie: Irgendwo essen. Magst du den TURM? fragt er, und da sie bereits ihre Barschaft überschlagen hat, stimmt sie bedenkenlos zu, auch wenn es ein wenig geschummelt ist. Sie kennt das Lokal nur vom Hörensagen, einstmals noch wegen der Junkies, die sind längst vertrieben, der TURM genießt Ansehen, der Wirt wird gerühmt. Zwar sei der ein Hansdampf in allen Gassen, behauptet ihr Begleiter (man erfahre so einiges in seinem Beruf), aber wenigstens nehme seine Geschäftstüchtigkeit die Küche nicht aus. Da sind sie schon auf der Stüssihofstatt, und als er sich nun ausläßt über einen, den er gegrüßt hat, einen *mit Namen*, wenn sie ihn richtig versteht, nur daß sie den Namen nicht kennt, hört sie kaum zu, weil sie krampfhaft versucht, sein Gesicht irgendwo unterzubringen. Erst in der Spiegelgasse, als er Lore erwähnt, die hier einmal gehaust hat, erinnert sie sich: ein Abend im NEUMARKT-Garten, eine größere Runde, wie sie sich oft um Lore versammelt, ein wenig gelichtet bereits, als er dazustieß, neben Regine jedenfalls eine Lücke, in die hat er sich gesetzt. Irgendwann, schon ziemlich betrunken, hat er ihr den Unterschied zwischen einem Reporter und einem Journalisten erklärt, ausdauernd, aber erfolglos, da sie noch

nicht einmal weiß, oder nicht mehr, zu welcher Kategorie er sich selber zählt. Urs heißt er, sie entnimmt es dem Zuruf von einem der Tische, zwischen denen sie hindurchmüssen, um sich drin im Lokal (im Freien ist alles besetzt) zwei freigewordene Stühle zu ergattern.

Sie bestellt Lammfilet, er will Fische vom Grill. Auf den Rioja können sie sich einigen, Weißwein mache ihn krank, sagt er. Ruft es über den Tisch, weil hier *alle* rufen; daß es so laut ist im TURM, hat nie jemand erwähnt. Trotzdem schwatzen sie, Belanglosigkeiten, wie sie es sich gedacht hat; vom Stimmaufwand abgesehen ist es unkompliziert. Daß sie ihn nicht besonders mag, hat nichts zu besagen. Sie benützen sich eben, sie ihn und er sie: Begleitung, da es so wenige Restaurants gibt, in die man sich allein hineinsetzen mag.

Als der Kellner das Essen bringt, hält er ihn auf, um nach einem *Maestro* zu fragen; er habe ihn oft gesehen hier: ein Bildhauer, wohin der verschwunden sei. Daß der Kellner davonrennt, bevor er noch fertig gefragt hat, ist sicher nicht höflich, aber verständlich, da von zwei Tischen zugleich nach ihm gerufen wird. Äußerst verstimmt fängt der Mann, der Urs heißt, zu essen an, auch Regine ißt, und da es ihr schmeckt, geht ihr das Reden nicht ab. Nur um die Unkompliziertheit wiederherzustellen, ruft sie ihm schließlich hinüber: Woher kennst du Lore. Bisher ist die Unterhaltung im Voraussagbaren verlaufen, sie rechnet damit, daß er sagt: Wer kennt sie nicht, doch statt dessen ruft er: Durch Ruth. Welche Ruth, fragt sie, obwohl sie es schon weiß; er ist nicht der Mann, eine beliebige Ruth für erwähnenswert zu halten. Die kennst du auch, ruft sie, weil er das wohl erwartet, doch er schwenkt nicht mehr ein auf *ihre* Erwartung, er sagt: Sie ist meine Schwester.

Sie starrt ihn an, als müsse sie nachmessen – aber was denn, wo steht denn geschrieben, daß ein Bruder zur Schwester passen muß. Ihr Starren beleidigt ihn, er sagt: Nicht jeder kann bedeutend sein. Sein Grinsen hat etwas Hilfloses, sie reißt sich zusammen. Ich habe nicht gewußt, daß sie einen Bru-

der hat. Sie erzählt ja nichts, sagt er, woher soll man etwas wissen.
Zum Glück macht er sich wieder über seine Fische her: ein Esser, irgendeiner, der ihr gegenübersitzt. Nur daß er sich mit der Rolle nicht begnügt, er muß durchaus Staub aufwirbeln. Oder was bezweckt er, wenn er sagt: Du hast die Vernissage nicht erlebt. Das gelangweilte Achselzucken, das sie versucht, gerät ziemlich daneben, deshalb sagt sie rasch: Ich habe davon gehört. Sie hält jetzt den Blick auf dem Teller, ist noch lange nicht fertig, als er sein Besteck hinlegt. Daß sie tut, als sei er nicht da, ist umsonst; nichts kann ihn hindern, über den Tisch zu rufen, was er loswerden will.
– Glaubst du, sie hätte mir diesen Mann vorgestellt? Oder je einen andern? Damit man es aus erster Hand hätte statt als Gerücht? Einen einzigen habe ich kennengelernt, aber nicht durch sie und erst hinterher. Ihr erster, mit dem hat sie sogar zusammengewohnt. Ein Physiker mit Zukunft, zudem Geigenspieler, wie Einstein. Geheiratet hat sie ihn nicht, obwohl es sieben Jahre gedauert hat. Nur um Gotteswillen nichts Eindeutiges, davor hat sie eine panische Angst. Soll ich dir sagen, warum sie sich jetzt abgesetzt hat? Weil Erfolg eine Verpflichtung ist, wie die Ehe. Verpflichten läßt sie sich nicht.
Moment, ruft Regine. Sprichst du für oder gegen sie?
Er schaut sehr erstaunt, auch ein wenig geniert, weil die zwei vom Nebentisch hersehen, aber daß er sich über den Tisch lehnt und die Stimme senkt, um zu sagen: Es sieht doch jeder, daß sie ihr Leben verpfuscht, bringt sie so auf, daß sie alle Rücksicht vergißt.
So? sagt sie. Ich sehe nichts dergleichen. Sie kommt ohne Ankerplatz aus, das sehe ich. Wenn *du* einen brauchst, ist das deine Sache. Liegst du wenigstens gut?
– Ich bin geschieden, wenn du das meinst.
In ihrem Ärger schiebt sie den Teller fort, vorschnell, das Essen läßt sie sich nicht verleiden. Sie zieht ihn gleich wieder heran, ißt so langsam wie möglich, schüttelt den Kopf über sich. Wäre sie nicht besser ins Kino gegangen? *Live* ist das

Leben allemal ein Schock. Das sagt sie, und als er zur Antwort noch einen halben Liter bestellt, muß sie lachen. Klar, daß er es versöhnlich nimmt, er will seinen Frieden haben. Mit Frauen kann ich nicht streiten, sagt er, und daß sie es fertigbringt, auch jetzt nur zu lachen, und den Rest hinunterschluckt, wundert sie selbst.

Sie trinken den Wein aus, ohne weiteren Zusammenstoß, da er auf Ruth nicht zurückkommt, dann bezahlen sie, jeder die Hälfte, und trennen sich vor der Tür. Zum Dreier, wie sie vorgibt, geht sie allerdings nicht, aber über den Seilergraben zum Central. Kein Niederdorf mehr, kein Zufall, davon ist sie für heute geheilt. Ein Bruder, der vom Himmel fällt. Sie will ihn mit Ruth nicht zusammendenken. Daß sie ihn nie erwähnt hat, kann nur heißen –

Nichts. Hat denn Regine je von Angehörigen erzählt? Die Familie ist kein Thema, schon lange nicht mehr. Ein, zwei Besuche im Jahr, zwischendrin telefoniert man, aber ohne aktuellen Anlaß denkt man wenig an sie. Erst recht nicht unterwegs, Ruth hat anderes zu denken. Dieser Urs kommt in Irland nicht vor, man darf ihn vergessen.

Entschieden packt sie ihren Bildband aus. Das Tram ist fast leer, es ist erst halb neun. Sie blättert von Foto zu Foto: wunderschöne Bilder, vor denen man sich fragen kann, warum man eigentlich reist, da doch alles schon fotografiert ist, und schöner, als man es jemals selber sieht, genauer zumindest, mit Details, die man übersehen oder nicht behalten hat.

Zuhause lehnt sie das Buch hinter der Schreibmaschine an die Wand, aufgeschlagen bei einem doppelseitigen Foto mit Quai und Brücke, ein Nachtbild, die Spiegelung der Leuchtreklamen als vielfarbige Streifendecke über den Fluß gespannt – das muß sie wegdenken. Tageslicht, regnerisch, Ruth auf der Brücke. Im Rücken hat sie das Verkehrsgedröhn, vor sich ein Bild, dessen Farben so gedämpft sind, daß es nicht schwerfällt, sie als Abstufungen einer einzigen zu sehen.

– eine Vereinfachung, hat Serge gesagt, aber was vereinfacht sie denn. Wo wäre das Nicht-Einfache zu suchen, mit dem du vergleichst, fragt sie, während sie mitten auf der Brücke am Geländer lehnt. Ist nicht einer deiner Hauptsätze, daß ein Bild seine eigene Wahrheit hat und an keiner andern zu messen ist? Die Beschränkung der Mittel kannst du unmöglich für eine Vereinfachung halten, was also hast du gemeint. Oder hast du nur mit dem Wort geknallt wie ein Dompteur mit der Peitsche, weil du gemerkt hast, wie leicht du mich damit einschüchtern kannst? Hast mich erschreckt – zur Strafe für das bißchen Erfolg, von dem du geglaubt hast, daß es mich dir gegenüber in einen Vorteil setzt? Als ob es um Punkte ginge, die man gewinnen muß, einander abgewinnen: was der eine verliert, bekommt der andere hinzu, und es stimmt ja, du bist um so fester gestanden, je mehr du an mir gerüttelt hast.

Gehen, kommandiert sie sich, weiter, sich an das Fraglose halten. Zehn Stockwerke hat der Neubau am Brückenende, vom achten an abwärts in riesigen Lettern das Wort Guinness, das ist Bier, soviel weiß sie, Wein wird in Irland nicht angebaut. Und gleich nachgedoppelt, *Have a Guinness tonight,* diesmal auf dem Bus, der vorbeidröhnt, zweistöckiges Ungetüm in Ocker, tritt in Rudeln auf. Fünf zählt sie in der Gegend der Brücke, weiter vorn sind noch mehr, die Privatautos winzig daneben, sehen seltsam bedroht aus: Kroppzeug im Riesen-Revier. Was aber nicht hindert, daß sie selber drohen, nach unten, versteht sich; hinter der Startlinie aufgereiht, knurren und fauchen sie an, was auf Füßen daherkommt, Ruth ist noch mitten auf der Straße, als die Ampel auf Rot springt, nein, sie rennt nicht.

So prätentiös wie vor der Brücke sind die Häuser nicht mehr, auch die Straße bescheidener, die Mittelpromenade abgeschafft, das Getümmel allerdings nicht. Mittendrin zwei im Gespräch, festgewachsen auf dem Gehsteig mit ihren Schirmen, eine Klippe, die klaglos umrundet wird, von allen, Ruth staunt. Eine Stadt voller Landleute? So sehen sie aus, trotz der Stadtanzüge. Wie Dorflehrer: gutmütig, eifrig, ehrenwert.

Sehen aus? – und gleich alle? Sie ist zu rasch. Ein paar zufällige Passanten, zufällig nicht übersehen. Ihre Mienen zu deuten ist Unsinn, wie viel oder wenig von sich trägt man denn im Gesicht. Hinschauen will sie, nicht Schlüsse ziehen. Dem Pfeil folgen, auf dem TRINITY COLLEGE zu lesen steht: ein Name, den sie kennt. Sie ist hinter Namen her, wie wenn sie nicht wüßte, daß sie das einzig Unveränderte sind. Oder weil sie es weiß? An die Namen kann man sich halten, die sind träg, so daß man sie einholt, während die Dinge dahinter zerbröckeln oder längst woanders sind.

Nicht nur die Dinge. Wenn sie an den Jungen denkt, dem sie immer eingesagt hat. Und hat nicht den Namen geändert, obwohl er so gründlich verwandelt ist. Es hat ihm beliebt – *in Erinnerung an alte Zeiten* –, eine Viertelstunde mit einem Glas Weißwein herumzustehen, respektgebietend, ein Mann von Welt. Zwar weder an den Leuten noch an den Bildern interessiert, aber repräsentabel, sie hat an Lores Anglisten gedacht. Lacht nicht mehr laut, will nicht mehr tanzen, erhofft sich nichts mehr, will nur noch halten, was er schon hat. Würde nennt sich das, hat Lore gesagt, sie soll ihm bekommen, aber ohne mich. Ist nicht genug, daß man alt wird? Muß man es demonstrieren, indem man sich eigenhändig die Flügel stutzt?

Ob Lore zurück ist? Hoffentlich geht es ihr gut. Mir nämlich, weißt du, geht es nicht besonders, und meine Anstrengung, freundlich zu mir zu sein, ist wie alles Angestrengte ein wenig komisch, ich hätte, denkst du vielleicht, besser auf deine Rückkehr gewartet. Bloß wo nimmt man den Mut her, sich jemandem zuzumuten, wenn man sich selbst nicht erträgt. Sie hat sich hierher verfügt und wird ihr Pensum erledigen, Punkt für Punkt, wie es auf der Liste steht. Lore wird es begreifen, und später, irgendwann, werden sie drüber lachen.

Daß der Regen aufgehört hat, merkt sie erst, als sie unter dem Torbogen durch ist; das Pflaster auf dem Hof trocknet schon. Niemand stellt sich ihr in den Weg, der Eintritt kann nicht verboten sein, ohnehin ist ein Kommen und Gehen, fast nur

junge Leute, ob man hier keine Sommerferien macht? Einige schieben Räder, vielleicht angewehte Besucher wie sie. Rasen, Kieswege, gradlinig alles, man kann den Füßen die Richtung überlassen, dem Sog des gegenüberliegenden Durchgangs ist nicht zu widerstehen. Peilpunkt ist eine blaue Uhr im Giebel, darüber, perfekt symmetrisch, zwei Rauchfänge: mutwillige Parodie auf die Säulen darunter, die wahrscheinlich nicht hohl sind, dafür sehr weiß und durch keinen Zweck profaniert. Im übrigen viel Grau, keine heitere Architektur, bedrückend sogar, wenn nicht der Außenraum wäre, verschwenderisch eingeplant Himmel und Rasengrün, was ist als Gerahmtes, was als Rahmen gedacht? Auch vom nächsten Tormaul wird man nur verschluckt, um wieder ausgespuckt zu werden ins Offene: ein weiterer Rasen, durch den schnurgeraden Kiesweg in der Mitte geteilt. Jenseits ein Backsteinbau, vielfenstrig, endlos, nicht mit dem üblichen Rußton, sondern tatsächlich rot, was aber das Kasernenmäßige nicht aufheben kann. Ungerufen das Wort Manneszucht, Ruth schüttelt sich. Lieber hält sie sich an die Bäume, die es auch gibt, nicht üppig, aber immerhin ungestutzt, in all der Gradlinigkeit schon fast Unordnung, den Zuchtmeistern und der Kaserne zum Hohn. Muß sie da hinüber? Sie kehrt um.
Unversehens über eine Schwelle gespült, steht sie zwischen Kirchengestühl, angelockt vielleicht durch den Stimmenlärm. Oben auf der Empore, wie sich herausstellt, eine Herde von Halbwüchsigen, die sich alsbald die Treppe hinuntererießt, der Hirte nur an seinem Habit erkennbar, er schwatzt, lacht und lärmt mit. Schon sind sie draußen, ihre Munterkeit gekappt durch die Tür, Ruth horcht ihnen nach, unschlüssig, was sie selber will, doch da nun die Orgel losbraust, setzt sie sich hin, zu so viel Pathos muß man sich setzen.
Ein Orgelschüler? Sie mag das Noch-nicht-ganz-Meisterhafte, mag es seit Franks Partiten, bei denen ihr vieles deutlich geworden ist, was sie bei Szeryng oder Grumiaux überhört hat. Musik wird körperlicher, wenn man die Mühe merkt, hat sie manchmal gedacht. Wenn der Spieler als Widerstand

spürbar wird, durch den sie hindurch muß, stellt sich im Zuhörer ein ähnlicher Widerstand her. Erst bei Frank hat sie angefangen, Musik zu *hören* und nicht einfach nur *einzulassen*. Nie hat sie sich gelangweilt, wenn er spielte, selbst als es zum einzigen geworden war, das er noch mit ihr teilen wollte. Möglich, daß sie anders zugehört hat zuletzt, sich weniger Aufschluß über die Musik erhofft hat als über das, was zwischen Frank und sie gekommen war, diesen unaufhaltsamen Herbst, den Nebel, in dem sie gewatet sind, Schritt für Schritt im bedrohlich Fragwürdigen; aber auch seine Partiten führten da nicht hinaus. Sie hat den Winter nicht abgewartet, sie wollte ins Helle, er ist meiner müde, hat sie gedacht. Nur daß es das gar nicht war, *nie* ist es das, oder jedenfalls nicht allein. Viel erschreckender ist das andere, wann hat sie es gemerkt? Sie drehen die Flamme klein, um die Erregungen klein zu halten, denn sie kosten Kraft, und die brauchen sie anderswo, draußen, für das, was sie die Welt nennen und nicht müde werden, mit dem Einsatz aller Kräfte zu ruinieren.

Einspruch, Serge sagt: Einspruch, wie oft hat sie es gehört? Wie der Staatsanwalt in einem amerikanischen Film, der weiß, was das Recht ist und wie man es fängt. Aufs Differenzieren hat er Wert gelegt, in eigener Sache vor allem; wie jeder, wie sie auch. Also ein für allemal: ich halte dein Besonderssein fest, gebührend, und jedermanns Besonderssein. Du hast nichts mit Frank zu tun und er nicht mit dir, und kein Mann, den ich kannte, mit irgendeinem andern. Jeder steht für sich, einmalig und unvergleichlich, von mir aus kannst du der unvergleichlichste heißen. Keiner hat es geschafft vor dir, mir die Zuversicht zu zerschlagen, daß es möglich ist, wenigstens zeitweilig möglich ist, durch Verschwendung zum Verschwenden zu verführen, und beides, Gleichgültigkeit und Waffengeklirr, heimatlos zu machen. Ein Kindertraum, würdest du sagen. Du hast dir alle Mühe gegeben, daß ich erwachsen werde, nach altem Muster: *Wer seine Kinder liebt, züchtigt sie.* Nein, so ein Satz käme dir nie über die Lippen, du weißt, was man heute aussprechen darf, nur bist du hinter

deinem Text weiter als andere zurückgeblieben. Oder nur sichtbarer? Ein schrecklicher Verdacht. Habe ich dich getroffen, daß ich durch dich hindurch auch die andern verändert sehe? Umgeprägt zu Karikaturen von Vätern, die sich mit dir zusammentun, um zu beweisen, daß mehr nicht zu erhoffen ist. Also genaugenommen nichts.
Punkt? Liebe Lore, mach einen Satz mit Musik, Mutlosigkeit und Mord, und stell dir die Person vor, zu deren Seelenlage er paßt. Vorläufig ist ihre Desorganisation nicht ins Auge springend, kein Mensch traut ihr Böses zu. Hier wäre auch nicht der Ort dafür, die Orgel hat sich ins Schalmeiengetön verstiegen, orgelt samten-liebreich auf die paar Leute herab, deren Gesichter vor Milde und Sanftmut glänzen. Ein Klima unbarmherziger Friedlichkeit. Einspruch? Stattgegeben. Ich gehe sowieso.
Sonne, damit hat sie nicht gerechnet, die erste irische Sonne. Das Gewölk nicht etwa nur aufgerissen, sondern bis auf wenige Schleierfetzchen fortgewischt. Ein Porzellanhimmel, fragil, und das Blau so dünn aufgetragen, daß der Grund durchscheint. *Heaven is above all yet,* heute zumindest, auch morgen vielleicht noch. Jeder Tag ein Tag nur unter Umständen, Erdentag, wenn wir Glück haben, Menschentag. Auf Glück hofft man, wenn Vernunft fehlt, du kannst von Glück reden, sagt man, wenn die Katastrophe ausbleibt. *Das* Glück ist ganz anders, da fehlt nichts, meint sie. *Weiß* sie, doch was weiß man noch von den Blitzen, wenn das Gewitter vorüber ist. Erinnerung ist nichts wert, bloßer Umriß, der glühende Kern ausgeronnen, wohin.
Sie biegt in den Quai ein, meerwärts, der Menschenstrom hat sich verdünnt. Nur auf der Fahrbahn strömt es unentwegt, da funkelt es jetzt und blitzt: *Goldne Abendsonne,* der Moloch einmal illuminiert. Auch die Liffey, und die trägt es besser, das Gefunkel eingewoben in Purpur und Violett. Schiffe am andern Ufer, kranbestückt. Der Hafen kann das nicht sein, auch wenn das Gebäude, vor dem sie ankern, sich behördlich-großartig gibt. Die obligate Tempelanleihe für den Porti-

kus. Ganz oben auf der Grünspankuppel eine Statue, die den Himmel ritzt. Mutmaßlich männlich, schwindelfrei jedenfalls.

Wind, Meerwind, Wind von der Irish Sea. Der Fluß stellt Schuppen auf, ein Urreptil, mit tausend Spiegeln gepanzert. Schillert, flimmert, hält sich der Sonne hin. Fließt er? Kann wohl nicht anders. Hat seine Schwere, die ihn fortzieht, und während man auf die schuppenblinkende Haut schaut, ist er schon lang drunter weg. Leise? Der Verkehrslärm deckt alles zu. Busse auch hier, in drei Spuren wird gefahren, am Rand auf der Flußseite geparkt. Kein Wunder, daß die Uferbäume so kümmerlich sind. Immerhin grün, zum Trost für den Fluß nach jedem fünften Parkplatz ein Tupfen Grün. Braucht er ihn? Können Kindheitsfarben trösten, wenn man erwachsen ist?

Sie spinnt. Als ob das bißchen Menschenlauf für alles zum Muster taugte. So einer, der wird ja nicht alt, der hat alles gleichzeitig, Anfang, Mitte und Ende, und wächst nach, ununterbrochen, während unsereins. Wenn die Schiffe wenigstens fahren würden. So nah dem Meer, und nicht eins unterwegs. Falls sie noch lange hier weitergeht, wird sie die Stadt verlieren. Fußgänger gibt es schon keine mehr. Die Häuser haben das Repräsentieren aufgegeben, hier herrscht Alltag und Zweck. Vor die Einfahrt eines Werkhofs schiebt sich ein Tor, ruckweise und ohne daß jemand zu sehen ist, eine metallene Wand vielmehr, warum bleibt sie stehen wie behext. Der endgültige Ausschluß? Aber wovon denn, da hinein will sie mit Sicherheit nicht.

Zurück will sie, umdrehen. Die Sonne im Gesicht, den Wind im Rücken, ob das etwas ändern kann? Sie trägt sich herum wie ein Ding, läßt die Füße marschieren, dahin und dorthin, als gälte es einen Ort zu finden, wo sie es abstellen darf. Dublin kann nichts dafür, sie ist sicher, es wird eine gute Stadt sein, man müßte nur Augen haben, um sie zu sehen.

Der Blick flußaufwärts ist schön, doch, das sieht sie. Die Dächer und Türme im Gegenlicht, ein riesiger Himmel. Außer

auf alten Bildern hat sie nie so viel Himmel gesehen. Auch sie würde das gemalt haben damals: den Himmel, den Fluß, Schiffe vielleicht, mit Segeln. Vorausgesetzt, sie wäre ein Mann gewesen, zugelassen zum Metier. Oder im letzten Jahrhundert. Wäre sie Landschafterin geworden? Hätte hier gestanden, warum nicht. Hätte geschaut, skizziert, geschaut – so vollauf mit dem Außen beschäftigt, daß der innere Wildwuchs keine Chance gehabt hätte. Ein Märchen natürlich, auch abgesehen davon, daß sie sich eher Strümpfe stopfen und Kohlsuppen kochen sieht. Hätte Angelica Kauffmann gemalt, wenn der Vater nicht Maler gewesen wäre? Man will so gern ans Unausweichliche glauben. Aber die geborene Malerin gibt es nicht. Man wird eine, unter Umständen, oder unter Umständen nicht. Und wenn man eine wird –
Malen soll, wer es *kann*, hat Serge einmal gesagt. Ganz zuerst, es war nicht auf sie gezielt, er hat noch fast nichts gewußt von ihr. Erst später hat sie es ihm sagen wollen, bei seinem Besuch im Atelier. Daß sie zittert, bevor sie den Pinsel aufsetzt, nach all den Jahren noch. Jedesmal wie der Sprung über einen Bach, hat sie gesagt, man darf nicht an die Füße, nur ans Hinüberkommen denken. Ein ungeschickter Vergleich, zweifellos, doch wäre ihr vielleicht gelungen, sich verständlich zu machen, wenn er nicht gleich *Ach* gesagt hätte. *Ach*. Und hast mir damit alles, was noch auf die Zunge wollte, in den Hals zurückgestopft. Hast nicht bemerkt, daß es eine Not war, die ich dir mitzuteilen versuchte, und nicht damit du sie wendest oder zu der deinen machst, nur damit du sie kennst. Du hast wohl gedacht, ich wolle die Mängel zudecken mit meiner Erklärung, dich ablenken, um deinen Blick zu entschärfen. Als hätte ich dich zu mir gebeten, damit du mich lobst. Glaubst du, ich hätte auch nur eine Minute vergessen, wie weit ich von deinem sicheren Können entfernt bin? Du hättest es nicht zu sagen brauchen, ich habe sofort gesehen, daß es bei dir kein Tasten gibt, kein vorläufiges Ungefähr. Du weißt, wo du hinwillst und wie du hinkommst, beides, von Anfang an und genau. Und wenn du dort bist, ist nichts offen geblieben von

dem, was du wolltest, du bist kein Haarbreit abgewichen von deinem Plan, es ist alles erreicht. Als ich die kleine Landschaft gesehen habe, die in deiner Toilette hängt, habe ich geweint. Siebzehn bist du gewesen, technisch noch weit entfernt von der heutigen Souveränität, doch was hast du gewagt. Und es ist nicht gescheitert, dein Wagnis, obwohl auch geglückt bestimmt nicht das richtige Wort ist, aber ins Bild gebannt ist es, *gemalt,* das macht das Bild so erregend, und du mußt davon wissen, sonst würdest du es nicht über all die Jahre behalten haben. Wann ist dir die Verwegenheit abhanden gekommen, und weshalb. Vielleicht hätte ich das fragen sollen, aber wie denn, ich durfte es kaum denken. *Du* bist der Könner, nicht ich, wie hätte ich mir anmaßen sollen, aus deinen Bildern zu lesen, daß dir der Mut fehlt. Und wenn ich es gelesen habe, für mich, so bin ich eben einfältig genug gewesen zu hoffen, er wachse dir nach, weil man doch nicht lieben kann und der nämliche bleiben. Ein Irrtum, *du* kannst. Du bist, der du warst, und willst nirgends mehr hin, willst lieber auf der Stelle als ins Weglose treten, hast so viel zu verlieren, daß du aufs Finden verzichten kannst. Außer dem Staunen, zuletzt, ist dir nichts geschehen. Hast einen Schritt auf mich zu gemacht, aber weiter hast du nicht wollen; kein Sprung über den Bach, um nichts in der Welt.

Sie bleibt nicht mehr stehen, sondern geht über die Brücke geradewegs auf die sitzenden Engel zu und den steinernen Ringelreihen: Volk vermutlich, was sonst sollte ein Befreier befreien. Auch in Fleisch und Blut ist es da, auf einem Bänklein rundum, und wenn man hinaufschaut und ihn so stehen sieht, *O'Connell himself,* hoch über alle und alles erhoben, könnte er einem leidtun, vielleicht möchte er lieber herab. Würde sich aber sicher erneut darum reißen, in Überlebensgröße zu enden, da soll er nur gleich in seinem Männerhimmel bleiben, der Nachwuchs drängt, und die Sockel sind gezählt. Ist nicht egal, wer da oben steht? Daß ab und zu einer fällt und einem andern den Platz räumt, hält das Spiel in Gang; wo läge der Reiz des Wettlaufs, wenn die Siegerpodeste fehlten. Liebe Lore, ich brauchte dringend ein Gegengift, ich spucke und spucke, doch das Würgen hört nicht auf.

Traust du ihr das zu, fragt Lore. Hast du sie je so gehört?
Reden ist nicht dasselbe, sagt Regine. Glaubst du nicht, daß sie zornig ist?
Lore hat ihren Tonklumpen in der Hand. Sie öffnet und schließt die Finger, schaut sich zerstreut dabei zu. Bloß im Kopf? sagt sie. Ein Dies irae im Kopf? Da muß man doch überschnappen.
Dann liefen die meisten verrückt herum, sagt Regine. Bin ich verrückt?
Lore knetet ihren Klumpen. Falls sie nun denkt, daß Regine leider nicht Ruth ist, hat Regine es sich selbst zuzuschreiben. Mit einer Kinnbewegung zu Lores Hand hin fragt sie: Darf ich auch? Lore begreift nicht sofort, doch dann läuft sie zum Zuber. Der Schwung, mit dem sie sich niederbeugt, ist ein Anlauf, Regine springt vom Tisch. Sie braucht beide Hände zum Fangen, beide sind naß, so daß sie den Kopf schüttelt, als Lore die Karte bringt. Regine kennt sie: eine Ansichtskarte von Zürich, mit einem Reißnagel am Stellagebalken befestigt, seit sie sich erinnern kann, die Limmat, das Großmünster, ein blauer Himmel, aufgebogen von Wärme und Feuchtigkeit. Von Ruth, sagt Lore, willst du nicht lesen? Sie wirft die Karte auf den Tisch, Regine braucht sie nicht anzufassen, also liest sie, die Tinte ist nur wenig verblaßt.
Liebe Lore, warum lernt man nichts hinzu? Oder habe nur ich nichts gelernt? Und weiß es erst seit gestern! (Zu Deiner Beruhigung: er hat mich heimgefahren, bis vor die Haustür; das einzige an dem Abend, was nicht halb *gewesen ist.)* Plötzlich *in der Nacht die Gewißheit: Das hatte ich doch schon; genauso bin ich auch schon durchs Atelier gerannt, und mit*

denselben Gedanken. Ein ziemlicher Schock. Wie oft muß man etwas leben, bis man die Hoffnung aufgibt, es könnte einmal anders ausgehen, ein bißchen anders, da es schon ausgehen muß? Wie demütigend, diese Wiederholung. Immer dasselbe, immer nochmals.
Wann war das, fragt Regine.
Achtzig oder einundachtzig, als es mit Philipp zuende ging, sagt Lore. Der unaufhaltsame Herbst, wieder einmal – oder schreibst du nicht so? Er hat übrigens Erich geheißen, der geigende Physiker. Lebt in den Staaten inzwischen und schickt ihr Kartengrüße, aus Miami oder sonstwo, wenn er Ferien hat.
Und sie freut sich, sagt Regine. So sind wir doch.
Sie hat den Ton zu einer Kugel gerollt und stippt mit dem Zeigefingernagel ein Muster hinein: Fermaten, denen der Punkt fehlt, oder andersherum *Fisches Nachtgesang*, ohne Hebungen allerdings, doch zum Stummsein reichen wohl Senkungen auch. Wenn sie neue Fermaten darüber setzt, werden es zahnlose Münder, Greisenmünder, die nach Luft schnappen – oder singen sie? Angewidert schließt sie die Hand, Lore hat die Karte wieder an den Balken geheftet, sie fragt: Willst du Serge sehen?
– Sag bloß, daß du ein Foto hast.
– Aber nein, wie er leibt und lebt. Am Samstag ist er immer in der Gegend. Wir müßten nur die Runde machen.
Wozu, sagt Regine, die wieder ihren Klumpen torpediert. Ich könnte ihn mögen.
Lore schaut auf die Uhr. Halb acht, sagt sie, das Risiko besteht.
– Und was soll ich mit ihm?
– Et altera pars, du weißt doch.
Regine wirft den Lehm nach ihr und hält sich die Augen zu. Blind, aber unparteiisch, sagt sie. Und das Urteil? Alle haben recht, und alle zahlen drauf.
Lore lacht. Nicht *gleich* recht natürlich, und nicht denselben Preis. Sie knetet die zwei Klumpen zusammen, zieht den Hok-

ker unter dem Tisch hervor, ein Novum, Regine hat sie noch nie an ihrem Tisch sitzen sehen. Fasziniert schaut sie zu, wie unter ihren Fingern ein Püppchen entsteht, Krone oder Hahnenkamm auf dem Kopf, hohles Kreuz, eine Hand erhoben, belehrend oder segnend, kommt auf dasselbe heraus, sagt Lore. Nein, kein Gesicht.

Es ist so verblüffend rasch gegangen, daß Regine zuerst einmal schlucken muß. Lore, mit verschränkten Armen und schiefgelegtem Kopf, beschaut sich ihr Werk und kichert, dann löst sie es von der Platte ab. Willst du es an die Wand werfen, fragt Regine, aber Lore sagt: Mein Zauber ist besser. Sie pflanzt es auf dem obersten Brett der Stellage auf, sie kichert wieder, auch Regine lacht, als sie hinaufschaut: einer von Lores grimmigen Witzen, zur Abwechslung mit den Händen erzählt.

Du mußt dir das Gesicht waschen, sagt Lore, und Regine geht gehorsam zum Waschbecken, macht ein Papiertaschentuch naß. Über die Schulter zurück sagt sie: Lehmverschmiert – vielleicht hat damit das Schminken angefangen. Sie sieht im Spiegel, wie Lore, noch immer vor der Stellage, die Achseln zuckt, so daß sie mit einer Antwort nicht rechnet und zusammenfährt, als Lore auflachend sagt: Und mit dem Nasenring der Stier. Lore muß noch das Fensterlicht anknipsen, den Zuber zudecken, sich die Nägel bürsten. Und bereits in der Tür, als sie Regine zu dem Götzlein zurückschauen sieht, sagt sie: Es zerbröselt. Ganz von allein.

Sie sind hungrig jetzt, überdies regnet es, von der Suche nach Serge ist nicht mehr die Rede. Unter Regines Schirm, den Lore trägt, weil sie größer ist, ziehen sie zum SCHWÄNLI, aber Lore begräbt ihre Lust auf einen Zucchetti-Gratin nach einem Blick durch die Tür. Weiter, sagt sie, nur ist es dann überall dasselbe: kein freier Tisch, wo sie auch hineinsehen, Samstag eben, der Regen, und sie sind spät.

Erst bei ALFREDO finden sie Platz, Regines Vorschlag, Lore war da noch nie. Kein Kellner hat sie gegrüßt und keiner von den Gästen, sie muß sich vorkommen wie im Ausland, aber

vorläufig geht ihr nichts ab. Der Chianti kommt fast sofort, er ist erstklassig, sagt sie, und Regine, die nichts von Wein versteht, freut sich, als sei sie verantwortlich für Lores Zufriedenheit. Auch die Ravioli al Mascarpone finden Gnade, Lore, begeistert schon vom Geruch, verdreht nach dem ersten Bissen die Augen: ein Spiel, das Regine kennt und mitspielt, so gut sie kann.
Voll ist es auch hier, lauter Mehrzahl, keine Einzelpersonen, und Lore, die alles sieht, hat auch gleich festgestellt, daß sie die einzigen ohne Männerbegleitung sind. Regine genießt: das Essen und daß Lore zufrieden ist. Erst als sie satt ist, schaut sie sich um, ziemlich träge, doch als Lore sagt: Siehst du die Nasenringe, prustet sie los. Sie sieht sie tatsächlich, darf keinen mehr anschauen, Lore schon gar nicht, Lore lacht auch, wie soll man da wieder aufhören können, schon lacht es am Nebentisch mit. Regine japst nach Luft, muß sich die Seiten halten, erstickt fast, als es nochmals aus ihr herausbricht; sie bedeckt das Gesicht mit den Händen, geschüttelt, machtlos, es ist stärker als sie.
Als sie das Taschentuch wegsteckt, ist sie verlegen, sie erregt nicht gern Aufsehen, wann hat sie je so gelacht. Lore ist egal, was die andern denken, sie ruft nach der Dessert-Karte, als sei nichts gewesen, sucht aus, bestellt, Regine will nur Kaffee. Der Kellner steht noch am Tisch, als Lore sagt: Der Rest ist Lachen – was zu beweisen war.
Regine fragt: Hast du dir das so vorgestellt, früher?
Wünsche, sagt Lore wegwerfend. Mit Wünschen macht man Bankrott.
Denkt sie an Ruth? Sie bekommt ihr Holzschnitt-Gesicht, sammelt sich, sammelt Wut, um sie auszuspucken, Regine wird nervös. Warum kommt der Kellner nicht mit ihrem Dessert? Wenn Lore nichts ablenkt, werden gleich wieder alle Köpfe herumfahren. Regine erwartet den Ausbruch, als Lore überraschend grinst. Lenkt sie sich selber ab? Sie doziert.
Nimm an, sagt sie, sie hätten sich mit zwanzig dasselbe gewünscht. Möglich immerhin, man hat es geglaubt. Und

dann? Wir sind weitergegangen, sie sind dort geblieben. Was hilft unsere Alphabetisierung, wenn sie Analphabeten bleiben? Je älter man wird, desto weiter entfernt man sich, und das Entwicklungsgefälle wird immer größer. Du siehst ja, auch Ruth gibt auf. Und warum? Weil es nicht mehr zu überbrücken ist.

Nein, laut ist sie nicht geworden, hat sogar zwischen zwei Sätzen *grazie* gesagt, als ihr Tiramisù gekommen ist. Jetzt nimmt sie die Gabel auf, kostet, ihr Gesicht wird geradezu glücklich, Regine ist verblüfft und empört. Ein Leichenmahl, sagt sie, *lasciate ogni speranza*, aber Lore hebt ungerührt die Schultern, führt Bissen um Bissen zum Mund. Muß Regine sich das ansehen? Sie trinkt den Kaffee aus, sagt: Zum Teufel, als sie die Tasse abstellt; Lore lacht nur und ißt. Endlich ist der Teller leer, sie lehnt sich mit einem befriedigten Seufzer zurück. Mach dir nichts draus, sagt sie. Komm, ich spendier dir einen Schnaps.

Flügelwehen, blau, oder eine Flagge. Ein Gehäuse aus flüssigen Schatten, Lichtinseln, goldgeprägte Haut. Das Geräusch eines Laubrechens im Kies, aus welcher Vorzeit. Nichts mehr, wie es war. Die Kerzenflamme flattert, wann war gestern? Du hast Funken im Haar, doch was knistert, sind unsre Lippen, schließ die Augen, willst du, trau dem Fingergespinst, ich webe dir Vögel, Flußboote, den Wind hinein. Warum man so wenige Hände hat, und die Herzglocke stammelt. Gewisper der Wimpern, Armgeschling, Haargeschling, deine Streichelaugen, die mich erfinden. Hörst du den Sommerwind, die Zikaden? Und wir, wir laufen, windvoraus, was für ein Land, Licht- und Schattengeriesel, die Haut singt, oder ist es der Durst, der uns leicht und hell macht, das weiße Feuer im Kopf. Tanzt heraus, jagt davon, doch wir fangen es, Stern, der explodiert, grün rot violett orange, aber wir, weinen lachen nicht, Zwischenland, das kein Wort deckt, eine Stille die tönt. Brausen, Summen, dein Atemecho, während wir uns halten, Geländer bauen, damit wir nicht abstürzen in die alte Verlorenheit. Zweierlei Herztakt – hörst du's? – gegen den Schlaf, der die Flüsterspur deiner Nägel auf meinem Rücken löschen wird, später, wenn das Hämmern vorbei ist, du ich du du ich –

Ruth setzt sich auf und macht Licht. Nein, sagt sie, nein. Sie schaltet den Fernseher an, es gibt nur noch Geflimmer, deshalb holt sie das Buch, in dem sie schon unterwegs gelesen hat, ein paar Seiten bloß, wie soll man fliegen und lesen. Ein Lesezeichen hat sie auch nicht gehabt, aber das Buch ist neu, wenn sie es locker zwischen die Hände nimmt, wird es sich selbst aufschlagen. Seite fünfunddreißig? kann das sein? *Als ich aufwachte, war alles anders*, steht da, und eine Weile schaut sie nun doch auf das Schneegestöber des Bildschirms, bevor sie sich das Präteritum gefallen lassen kann.

Sie liest, bis ihr das Buch aus den Händen fällt, trotzdem ist sie schon vor acht wieder wach. Ein Vogel schreit, durchdringend, *sforzato piano*, Aufschrei gegen was. Als sie sich aus dem Fenster lehnt, entdeckt sie ihn in einer Nische, in der Farbe vom Gemäuer kaum unterschieden, und daß er nun auffliegt, vielmehr sich hinunterstürzt in den Hof, indem er wieder diesen gellenden Schrei ausstößt, hat etwas theaterhaft Billiges, das sie lachen macht. Emphatischer Prolog wofür? Geht auf dem Flachdach spazieren, trippelt vielmehr, kopfruckend und pickend wie ein alter Gockel, gänzlich aus der Rolle gefallen – oder hat er zwei? Als sie aus dem Bad kommt, ist er fort.

Fried eggs. Sie hat auf Spiegeleier gehofft, und so ähnlich schmecken sie auch. Nur ist der Spiegel kein Spiegel, das Gelb weißtrüb verschleiert, aus der Bratpfanne sind die nicht. Aber der Toast sieht aus wie Toast, und der Kaffee ist besser, als es üblich ist in Hotels. Sie frühstückt gern allein. Zwar ist es das erste Mal an einem Hoteltisch, doch sie fühlt sich nicht unbehaglich, im Gegenteil. Schadenfreude? Weil sie sich anstrengen müssen, die Frauen rundum, zu reden, zu lächeln, so adrett und präsent zu sein, wie es von einem Gegenüber erwartet wird. Ruth muß nichts, nicht einmal zuschauen, und ob ihr Tag langsam anläuft oder schnell oder überhaupt nicht, ist nur ihre Sache; das Lächeln wird sie aufschieben, so lange sie kann.

Der Angestellte an der Réception, ausgeschlafen und sichtlich unterbeschäftigt, hat nicht nur einen Stadtplan für sie, sondern auch allerlei Ratschläge, und da sie auf dem Anschlag neben dem Empfangspult die mehrzimmrigen Apartments entdeckt, nützt sie das momentane Wohlwollen aus. Vor kurzem renoviert, sagt er, setzt auch noch manches hinzu, doch den Ausschlag gibt die Terrasse. Mit Blick auf die Stadt? fragt sie – und ist schon entschlossen. In zehn Tagen, wenn sie von der Rundreise zurück ist, wird sie hier hausen wie ein Opernstar, gegen Aufpreis natürlich, umbuchen ist kein Problem.

Diesmal geht sie auf der andern Seite der O'Connell Street. Leicht irritiert von ihrem touristischen Wohlverhalten liest sie die Unabhängigkeitserklärung an der Hauptpost, bevor sie sich, wie viele andere, auf die Stufen setzt. Sie studiert ihren Stadtplan, ein Plänchen nur von der Innenstadt, die Sankt-Patricks-Kathedrale in der linken unteren Ecke ist von ihrem Standort am weitesten entfernt. Mit ein paar Straßennamen und der ungefähren Richtung im Kopf – gradaus zuerst und dann rechts, da es eine diagonale Verbindung nicht gibt – macht sie sich auf den Weg. Als sie dann doch die Orientierung verliert, mag sie den Plan nicht auffalten, dreht sich lieber um nach den Schritten, die sie hinter sich hört. Die Frau trägt ein altmodisches Einkaufsnetz, wie Ruth es seit Jahren nicht gesehen hat, der Inhalt ist in Papier gepackt, sie scheint schwer zu tragen daran. Trotzdem läßt sie es nicht genug sein, ihr die Richtung zu zeigen, sondern will sie durchaus begleiten. Es sei nicht mehr weit, sagt sie, sie solle aber die Tasche festhalten, dies sei der älteste Stadtteil, man sehe sich besser vor. Ruth wundert sich, von Altstadt hat sie bisher eine andere Vorstellung gehabt, doch da sich außer ihr und der Frau kein Mensch in der Straße aufhält, könnte immerhin sein, daß es nicht ganz geheuer ist. Die Frau jedenfalls geht so rasch, daß ihr das Netz gegen die Beine schlägt und Ruth, die sich aufs Schlendern eingerichtet hat, nur widerwillig folgt. Sie bedankt sich aber, als die Frau sagt: »Here we are«, läßt sich die Hand schütteln und schaut ihr nach, wie sie mit ihrem Netz davoneilt. Wovor hat sie sich gefürchtet? Hat sie vielleicht ihrerseits Begleitung gebraucht?

Das erste, was Ruth zur Kathedrale einfällt, ist das Wort ungefüg. Sie verwirft es, sofort und blindlings; gibt es so ein Wort überhaupt? Farbwörter sind sicherer, niemand kann widersprechen, wenn sie sagt: grau. Grau die Mauern, grau der Turm und die Türmchen, grau sogar das Dach. Mit Beimischungen natürlich, nur hört da die Sicherheit auf, und sie will ja nicht malen, will nur Wörter finden, die sie nicht schwindlig machen; wenn sie an einen Reiseprospekt denkt, geht es leicht. Ein smaragdgrünes Rasentablett, auf dem sich die graue Massigkeit präsentiert. Coelinblau darüber, unvermischt. Neben dem Turm ein zinkweißer Wolkenklecks.

Daß sie hineingeht, gehört zum Programm. Das Imperiale der katholischen Kirche hat sie immer erschreckt. Zwar über St-Patrick's hat man den Protestantismus verhängt, aber was kann das nach all den Jahren noch ändern. Als ob man dem Petersdom austreiben könnte, ein Denkmal von Macht und Herrschaft zu sein. Ein verstiegener Vergleich, so großartig geht's hier nicht zu, und das Samtlicht, das sie antrifft, ein Licht wie bei Rembrandt, läßt Inquisition und Glaubenskriege vergessen, holt vielmehr herauf, was verloren ging, nicht nur der Kirche, was verspielt ist und nie mehr zurückzugewinnen. Nur hier im Eingang, ein paar leise Herzschläge lang, läßt es sich als Verlorenes erwittern.

Beim Herumgehen dann bloß noch das handgreiflich Sinnfällige: Monumente, Bildnisse, Gedenktafeln, Fahnen, ein Sarkophag. Ruth läßt nichts aus, schaut die gemalten Fenster an, den Aufgang zur Orgel, das Chorgestühl, die alten Kapitel.

Den steinernen heiligen Patrick hat sie fast übersehen, wohingegen es unmöglich scheint, nicht alle paar Schritte über Swift zu stolpern. Von der Schnupftabakdose bis zur Totenmaske ist hier alles zu haben, Grabplatte, Büste, das selbstverfaßte Epitaph. Vorkämpfer der Freiheit nennt er sich da (das einzige, was hierzulande einen Sockel verspricht?), und: mach es nach, wenn du kannst, fügt er hinzu, allerdings in Latein, zu dicht soll wohl das Gedränge der Aspiranten nicht werden. Ruth ist dazugekommen, wie ein Führer es seiner Gruppe übersetzt hat: *Go, traveller, and imitate if you can* – fast hätte sie gelacht. Soll man sich durch den eitlen Dekan den Gulliver verderben lassen? Daß sie wegläuft, ohne sich nochmals die geschnitzte Wand anzusehen (obwohl sie schon unsicher ist, ob die zwei Gruppen von Gehenden, deren verewigtes Vor- und Vorwärts sie bewundert hat, aufeinander zu- oder voneinander wegstreben), tut ihr leid, sobald sie draußen ist in der Sonnenhelle. Sie blinzelt und zögert, nein, sie geht nicht zurück.
Sie wirft einen Blick auf den Stadtplan, Patrick Street, Nicholas Street, diesmal geht es ausschließlich gradaus. Möglich, daß zwei Kathedralen an einem Morgen zuviel sind, aber da es kein Umweg ist, nur ein anderer Weg in die Stadt, vielleicht einer, den die Frau mit dem Netz ungefährlicher fände, will sie wenigstens hineinschauen. Die älteste Kirche von Dublin, hat der Mann im GRESHAM gesagt.
Schon der erste Eindruck stimmt sie herab. Hat sie die goldene Dämmerung von St-Patrick's erwartet? Zu groß, zu hell, zu kalt – wer sagt das in ihr? Sie weiß nicht, wie eine Kirche zu sein hat, und wie kommt sie auf kalt. Groß und hell, dagegen ist nichts zu sagen, nur daß jetzt ein *reverend* von weit vorn auf sie zukommt, durch die ganze Länge der Kirche auf sie zu, ist unangenehm, sie muß sich die Flucht verbieten, was kann er schon wollen, höchstens Geld. Sie steht und erwartet ihn, merkt erst, als sie bereits auf seinen Gruß gefaßt ist, daß er mit Schritten und Blicken vorbeizielt, knapp aber deutlich vorbei, und nun bringt er es fertig, kaum eine Handbreit von ihr ent-

fernt vorüberzugehen, als sei sie Luft. Sie starrt ihm nach, fassungslos, dann läßt sie die Tasche auf den Boden knallen, doch obwohl ein Zucken seines Rückens anzeigt, daß er nicht taub ist, dreht er sich nicht nach ihr um. Als die Tür hinter ihm zufällt, hebt sie die Tasche auf, würde gern auch hinausgehen, nur nicht hinter ihm her, also vorwärts, ein Rundgang, damit er Vorsprung gewinnt. Sie geht bemüht langsam, bleibt sogar ab und zu stehen, aber blind, mit aufgestellten Stacheln, nichts läßt sie herein. Daß sie trotz der zähen Renitenz die Treppe sieht, ist Zufall, und als sie hinuntersteigt, tut sie es ohne Erwartung, hofft nur, daß ihr niemand entgegenkommt. Unten ist es so still, daß sie sich atmen hört, eine Weile nur das: stehen und atmen und dem Atem zuhören. Dann muß sie sich aber doch umschauen, was für ein Raum! Sie geht zwischen den Pfeilern hindurch, die wie uralte Stämme hinauf ins Gewölbe wachsen: ein steinerner Hain, von verwitterten Figuren weniger bewacht als bewohnt. Der Bärtige könnte auch ein gealterter Griechengott sein, es riecht nach vielen Jahrhunderten, sogar die Schatten scheinen alt geworden, haben sich in die Winkel gelegt zum Bleiben und Ruhen. Ein wenig erschrocken über ihre Zustimmung pocht sie an eine der Mauern, versucht ihre Schritte hörbar zu setzen, und weil sie in all der Weitläufigkeit allein ist, sagt sie Ma-ta-dor, sagt Marmara und Barabas, Aphasie, Thalatta, Halbe Nacht, bis sie eine Stelle findet, die Antwort gibt, gerade rechtzeitig, weil nun auch auf der Treppe eine Stimme ist. Trockenes Hüsteln – als Ankündigung gedacht? Sie hat Zeit, sich in den Schatten zu stellen und dem Herabtauchen zuzusehen: halbhohe Schuhe, Spindelbeine in Knickerbokkers, eine dürre Gestalt, Ledergesicht (Rohkost und Golf vermutlich), ein Fossil. Als sie aus dem Schatten hinaustritt und zur Treppe geht, nickt es ihr zu, wobei sich nicht sagen läßt, was in der Mischung aus Strenge, Herablassung und Freundlichkeit das entschiedenste ist.
Sie geht stadtabwärts, sieht zwischen zwei Häuserblocks hindurch das Schloß, es ist keine Versuchung, sie will sich hinset-

zen jetzt. Da sich dafür in der ganzen Dame Street keine Möglichkeit findet, keine zumindest, die ihr verlockend erscheint, gerät sie in eine Nebenstraße, wo sie aus der Entfernung BANKERT gelesen hat. Zwar heißt es dann BANKER'S, als sie hinkommt, doch gibt sie endlich den müden Füßen mehr recht als der Skepsis und setzt sich hinein.
Roter Plüsch, dunkles Holz, sehr wenige Plätze. Außer ihr und dem Jungen an der Bar nur drei Männer, jeder für sich an einem Tisch. Zwei lesen Zeitung, der dritte, der ihr am nächsten sitzt, steckt die seine eben weg und wechselt vor dem Aufbruch ein paar höfliche Sätze mit ihr: Zum erstenmal in Dublin? Gutes Wetter dies Jahr – undsoweiter. Man scheint die Touristen zu mögen in Irland, oder man braucht sie, von Ablehnung keine Spur. Früher hätte es sie gekränkt, erkannt zu werden. Touristen sind immer die andern gewesen, über deren Ignoranz man sich mokiert hat, weil sie so unbeirrt draußen geblieben sind, während man selbst geglaubt hat, man müsse sich dem Ort und den Menschen anverwandeln, müsse das Fremde zum Eigenen machen. Als ob die Anstrengung, sich nicht zu unterscheiden, das Verstehen verbürgen könnte. In Wahrheit hat man sich wohl nur ein wenig Zugehörigkeit erhofft. Angemaßt? Erschwindelt? Vielleicht manchmal erreicht. Hat sie das BANKER'S gebraucht, um sich einzugestehen, daß sie sich fremd fühlt?
Hinter dem Schreck die Erleichterung: sie ist aus der Fron des Rollenwechsels entlassen. Keine Angleichung mehr, sie darf unverwickelt bleiben. Hier sie, dort der riesige Rest. An seine Riesenhaftigkeit denkt sie allerdings besser nicht, aushalten kann man ihn nur parzelliert. Eine Bar in einer Nebenstraße. Ein rotes Plüschsofa. Drei Iren.
Den Kaffee hat sie ausgetrunken und sitzt immer noch da. Denkt zurück an die Frau mit dem Netz, an St-Patrick's und Swift, den *reverend*, die Krypta, den fossilen *Sir*. Und wie ich dich doch heute aufs schönste draußen behalte. Da weiß sie, daß es Zeit ist zu gehen.

Der Mieter der unteren Wohnung hat an die Decke gepoltert, was wohl heißen soll: die Schreibmaschine stört. Er hat den Fernseher abgeschaltet, will also schlafen, und da Regine die Nachbarn nicht aufbringen mag, hat sie den Absatz zuende getippt und sich dann gefügt. Muß man nicht auskommen miteinander, wenn man im selben Haus wohnt? Außerdem ist es zehn nach zehn, sie hat die Hausordnung gegen sich.
Vielleicht auch die Chefin, obwohl die nichts sagt. Regine hat schon das zweite Mal diese Woche verschlafen, nicht lang, doch für alle Beteiligten peinlich; wenn beim Start jemand fehlt, kommt der Tag aus dem Takt. Ihr ist unbegreiflich, daß sie den Wecker überhört, jetzt plötzlich, nach so vielen Jahren. Braucht man mit dem Älterwerden mehr Lärm? Die Kollegin hat ihr zum Telefon geraten, das weckt einen Toten auf, hat sie gesagt. Dabei ist Regine schon halb entschlossen gewesen, es abzubestellen, da es ein Luxus ist, den sie sich eigentlich nicht leisten kann, auch wirklich Verschwendung; der Betrag für ihre Gespräche ist immer viel niedriger als die Grundgebühr. Wenn sie den Budgetposten bis heute nicht gestrichen hat, dann nur deshalb, weil man Anrufe ja nicht nur macht, sondern auch bekommt. Bekommen könnte, denkt sie und hört Lores Hohn. Wünsche? Damit machst du Bankrott.
Sie liest nochmals nach, was in der Broschüre zu Dublin steht (es ist wenig genug), blättert im Fotobuch nach den entsprechenden Bildern, kauert sich vor den Stadtplan, um für Ruth einen Weg durch den Nachmittag zu finden. Castle, notiert sie sich, Book of Kells, National Gallery, über den Merrion Square zu Stephen's Green, Grafton Street mit den Läden, Einkäufe vielleicht. Was könnte Ruth haben wollen? Zwar hat sie Geld und verschleudert es, aber gibt es etwas, das sie besitzen will?
Regine richtet sich auf, zu rasch, sie muß sich einen Moment ans Bücherbord lehnen. Ein Blick auf den Zettel, und sie verliert allen Mut. Zu bewältigen ist das vielleicht mit den Füßen, ein Parcours gegen Zorn und Traurigkeit, aber muß Re-

gine mit? Lore kennt Dublin nicht; bestimmt wird ihr nichts fehlen, wenn sie Lücken läßt. Und will sie denn Dublin? Sie will Ruth.
Den Zettel zerknüllen, das Bett aufdecken. Morgen wird ihr einfallen, wie es weitergeht. Sie dreht das Telefon um und stellt die Schraube für die Klingellautstärke aufs Maximum. Eins-fünf-null zuerst, dann die Weckzeit vierstellig, sagt das Telefonbuch, null-sechs-drei-null also – worauf die Tonbandstimme bestätigt, daß sie das Prozedere begriffen hat.
Lores Nummer zu wählen ist gefahrlos um diese Zeit; es schrillt durch die Werkstatt, während sie, mit ihrer rigorosen Unsachlichkeit, irgendwo Gespräche führt. Nach einer Schrecksekunde, weil sie nun doch abhebt, sagt Regine etwas atemlos: Du bist noch da?
– Ich hab Töpfe im Ofen.
Daß sie beim Brennen dabei bleibt, überflüssigerweise, wie sie selber sagt, hat Regine gewußt. Aber einsame Nachtwachen? Daran hat sie nie gedacht. Muß Lore nicht spätestens, wenn es dunkel wird, reden? Vielleicht redet sie mit dem Ofen, was weiß man. Genaugenommen fast nichts.
– Hat Ruth nachts gemalt?
– Oft hat nächtelang bei ihr Licht gebrannt. Daß sie gearbeitet hat, glaube ich nicht.
– Schlaflosigkeit?
– Wenn sie in Ordnung ist, schläft sie gern.
– Und träumt?
– Sie knirscht mit den Zähnen, sagt sie. Manchmal wache sie davon auf.
Könnte nicht sein, fragt Regine, ich meine –
Daß das einen Mann erschreckt? Lore lacht. Möglich, sagt sie, nur kommt er nicht in die Lage. Ruth schläft nie mit jemandem im Zimmer. Der Schlaf ist das einzige, was sie nicht teilt.
– Du darfst mich lieben, aber dann werfe ich dich hinaus?
– Sie bleibt wach oder geht selber weg. Man kann nächtelang mit ihr aufsein; schlafen will sie allein.

Regine schrickt auf, sie hört Lore fragen: Bist du noch da? Ja, sagt sie, ein bißchen, entschuldige. Lores Lachen klingt nicht verstimmt, sie nimmt ihr sogar ab, eine Schlußfloskel zu finden, indem sie einfach gute Nacht sagt. Anständige Leute schlafen nämlich jetzt, fügt sie hinzu. *Muß* sie hinzufügen – wäre sie Lore sonst?

Gegen sieben erst, nach zehn Stunden Dublin, ist sie ins Hotel zurückgekehrt. Auf dem Rückweg hat sie Ausschau gehalten nach einem Lokal zum Nachtessen, hat Türen geöffnet, Speisekarten gelesen, glücklos, denn entweder gab's nur Sandwiches, dann war's wohl ein Pub, oder es hat ihr sonst nicht behagt. Schummrig, laute Musik, bereits voll oder nur Tische mit mindestens vier Gedecken, einmal der Geruch wie von zwei ungelüfteten Tagen: immer hat etwas sie in die Flucht gejagt. Das McDonald's in der O'Connell Street hat sie schon gestern bemerkt, doch für *fast food,* hofft sie, wird sie es nie eilig genug haben. Sie ist am Hotel vorbeigegangen, hat erst beim Parnell-Denkmal aufgegeben. Hunger hat sie gehabt, kein Bedürfnis nach Helden, deshalb sitzt sie jetzt im Restaurant des Hotels, nicht mit Begeisterung, aber satt.
Zwei Tische von ihr entfernt das Paar, das sie gestern im Aufzug getroffen hat. Zusammengehörigkeit? Wenn sie *so* aussieht, kann man darauf verzichten. Klar, daß sie nun Tisch um Tisch nach Gegenbeispielen absuchen muß. Entdeckt auch wirklich eins, drüben auf der andern Saalseite, weit weg. Da meint sie es funken und funkeln zu sehen, und nicht von Verliebtheit, oder bestimmt keiner neuen. Sie versteht kein Wort, würde auch nicht hinhören wollen; was sie sieht, ist deutlich genug. Vielleicht plaudern sie nur, aber so überwach, daß das Hin und Her ihres Redens etwas Erregtes, fast Heftiges hat. Die lebhafte Gestik läßt Ruth an Franzosen den-

ken, sie scheinen sich auch ins Wort zu fallen, oder sie spielen es sich zu. Reden womöglich, um den andern zum Reden zu bringen, denn ob einer spricht oder zuhört, beides geschieht mit derselben Wachheit, ein früher Godard, denkt sie, oder woher kennt sie Bilder solch ausschließlicher Zuwendung?
Ihr Gesicht wird heiß, sie senkt den Blick auf die Hände. Sie kiebitzt, so weit ist es gekommen mit ihr. Und vergleicht. Ist sie dafür den ganzen Tag herumgelaufen? Serge hat immer nur die Wörter gehört, ihr Ungefähr hat ihn aufgebracht. Wenn er einmal zu müde war, um zu protestieren, hat er zugehört wie bei einem Kind, das man eben reden läßt: gnädig, nicht interessiert. Hast du je für einen Menschen Interesse gehabt, brennendes, schmerzendes Interesse? Hast es vielleicht verlernt, drum traust du es auch andern nicht zu. Oder warum sonst hättest du dich zum Reden so in die Brust geworfen: *Ich will dir was sagen.* Eine Einleitung wie das WAHRLICH, WAHRLICH, als müsse ich geweckt und herbeizitiert werden. Hast dir nicht vorstellen können, daß ich auf *alles* horchte, nicht nur auf die Wahrsprüche, die Auslassungen über Kunst oder die plötzlichen Grobheiten. Ich habe auch das Leisere gehört, nur hat der Inhalt deiner Sätze zu dem, was ich von dir weiß, das wenigste beigetragen. Schrecklich zu sagen: du redest, wie du malst, unter Ausschluß deiner Person und jeden Risikos. Genauigkeit ja, aber Genauigkeit wofür? Sie dient dir als Versteck und als Waffe, beides; da schlägt einer zu, doch wenn man hinschaut, ist niemand da. Serge *the greatest?* Unversehens im Boxring, und ich mit. Du hast gehofft, in mir einen Gegner zu haben, der zwar schwächer ist, aber doch mit Ruhm zu besiegen. Ich habe gehofft, wenn ich dir all meine Punkte verschenke und mich möglichst rasch auszählen lasse, könnten wir den Kampfplatz verlassen und wie Menschen miteinander umgehen. Wir haben uns verspekuliert, alle beide, haben beide verloren, obwohl du der Sieger bist. Oder was hast du gewonnen?
Sie gießt sich Wein nach, Rosé, der Ober hat ihn empfohlen.

Um nicht nach der andern Saalseite zu sehen, schaut sie die Flasche an, eine hübsche Flasche, rund von vorn, flach im Profil, MATÉUS steht auf dem Etikett. Sie ist nie in Portugal gewesen, das Wort ruft nichts herauf, auch der Geschmack ist fremd genug, um an nichts zu erinnern, so daß sie nun doch in den Saal schaut, nicht zu den zweien, nur irgendwohin. Daß sie aufbrechen, sieht sie aber trotzdem; sie gehen an ihrem Tisch vorbei, fallen durch nichts mehr auf.
Noch ein Glas. Die Flasche ist fast leer, sie trinkt heute für ihn mit. Auf dich, wenn du willst. Auf das, was hätte sein können. Unter welchen Umständen, oder gibt es unsere Umstände nicht. Wozu sind wir aufeinander gestoßen? Zufällig, das ist wahr, doch der Zufall von dir ergriffen, als sei es keiner oder kein anderer denkbar, und ich gleich hinterher, hinein in den Strudel deiner Anziehung, alle Angst über Bord, bedenkenlos habe ich mich fallen und herumwirbeln lassen – wie du auch, habe ich gedacht. Ist das der Irrtum gewesen? Oder ist dir die Luft so rasch weggeblieben, war dir das Wirbeln zuviel, daß du mit dem Säbelgerassel gekommen bist? So viel unnötiger Lärm. Und immer DIE KUNST. Habe ich denn gewollt, daß du meine *Bilder* liebst? Wenn sie gemalt sind, stehen sie für sich, stehen, hörst du? – das Bewegliche bin allemal ich. Ars longa, meinetwegen, aber das Leben *lebt*. Es wirbelt – da hast du's; ein wenig schwindlig werden kann einem dabei schon.
Ist sie betrunken? Sie hat gelacht. Hat sich an den deutschen Gedichteschreiber erinnert, der sich etwas darauf zugute hält, die Zärtlichkeit der Häßlichen, Verschupften, Zurückgebliebenen abzusahnen, weil man nirgends so schön geliebt wird, sagt er (sagt es natürlich gehobener), als wo alle Hoffnung auf Liebe schon aufgegeben war. Hat Serge sich vielleicht gedacht –
Was sie ihm alles anhängt. Als sei sie nun doch der Gegner, als den er sie hartnäckig hat sehen wollen. Aber meine ich denn dich? Ich trete mich selbst, weil da noch immer ein Ja ist, entmündigt erst, leider nicht tot. Muß ich nicht aufbieten dagegen, was mir einfällt? Ich rechte mit dir, doch du bist es

nicht, bist es immer weniger. Nicht einmal der Zorn kann dich halten, du tauchst drunter weg.
Falls sie schwanken sollte, ist sie die einzige, die es nicht merkt. Sie nimmt die Treppe, nicht den Aufzug, erst recht, sagt sie und muß wieder lachen; marschiert ist sie heute genug. Daß es im Zimmer noch hell ist, überrascht sie, die Dubliner Lokale sind alle so dunkel, daß man die Tageszeit vergißt. Ob man das Wetter aussperren will? Oder den riesigen Himmel? Hier ist er durch die Dächer beschnitten, am Verblassen bereits, so daß das Wolkengefaser sich kaum abhebt, ohnehin nicht der Rede wert. Alles hat sie gehabt heute, Schäfchenwolken, Quellwolken, Wolkengebirge, einmal die finsterste Gräue, doch den Schirm hat sie nicht gebraucht.
Der Vogel, sieht sie, hockt wieder in der Nische, dunkelmassig, unbewegt wie ein Stein. Du verpatzter Held, sagt sie, du verstummte Mißtönigkeit. Klingt es nach *Eja-popeja*? Er schläft.

Ein Zettel von Lore, fast schon ein Brief. *Nach dem Leichenmahl die Wiederbelebung? schreibt sie. Ich habe geheult. Es war einmal, ja, aber wo ist es jetzt? Dein Präsens hilft dem Vergangenen nicht auf, im Gegenteil. Sagst Du nicht selbst, daß Erinnerung nichts taugt? Eine Schmetterlingssammlung, ein Herbarium. Sicher hat jedes Stück seine heiße, heftige Zeit gehabt, aber damit ist es vorbei. Ich bin kein Sammler, und wenn es sich ohne mein Zutun sammelt, will ich es wenigstens liegen lassen. Nicht ordnen, nicht aufrühren, nicht einmal anschauen: es ist tot! Eine Korrektur ist das nicht, bloß ein Echo auf die versuchte Beschwörung. Mit Ruth hat es nichts zu tun, ich rede für mich.*

Ein blaues Auto hält vor dem Eingang, Ruth atmet auf. Seit zwanzig Minuten wartet sie, sitzt in der Halle und wartet, schaut abwechselnd auf die Uhr und zur Tür. Eine Dame, die aussteigt? Sie hat mit einem Chauffeur gerechnet, aber da der Empfangschef sie zu ihrem Tisch weist, wird es wohl die Person von der Autovermietung sein. Sie redet gleich los, redet so rasch auf Ruth ein, daß sie nur einzelne Wörter versteht, am deutlichsten, weil es wiederholt wird, *diese schreckliche Stadt*. Als sie begreift, daß Stadt den Verkehr meint und daß der geschmäht wird, um die Verspätung zu entschuldigen, hat die Dame bereits die Wagenpapiere ausgelegt. Daß sie jeden Wisch erläutert, wird zu ihrem Auftrag gehören, Ruth versteht wenig, strengt sich auch gar nicht an. Interesse hat sie erst für den Straßenplan, der schließlich auch an der Reihe ist, da läßt sie sich die Ausfahrt einzeichnen, minutiös, vom GRESHAM bis zum Stadtrand, und während die Dame fort- und fortredet, fixiert sie den Plan und prägt sich ein davon, was sie kann. Als sie aufstehen will, erreicht sie das Wort Versicherung, sie erinnert sich, daß es schon öfter gefallen ist, und als sie jetzt hinhört, begreift sie endlich: es meint Geld. »Es ist alles bezahlt«, sagt sie, »von Zürich aus.« Weil aber die Dame zu einem neuen Redeschwall ansetzt, öffnet sie ihre Tasche, blättert die geforderten Scheine auf den Tisch, ist im Handumdrehen befreit.

Der Hoteldiener bringt das Gepäck zum Wagen, ein Ford Orion, so steht es in den Papieren, er öffnet ihr auch die Wagentür: rechts. Da er nicht ins Haus geht, obwohl er sein Trinkgeld schon hat, wird er sehen wollen, wie sie wegfährt – traut er es ihr nicht zu? Zuerst einmal probiert sie die Gänge durch, es geht leichter, als sie befürchtet hat, trotz der linken Hand. Nur mit dem Rückwärtsgang harzt es, gut, daß sie den vorläufig nicht braucht; kein Wagen vor ihr, sie kann ganz sachte in die Fahrbahn ausbiegen: starten, zurückschauen, jetzt.

Sie fährt nicht gerade forsch, aber korrekt, hofft sie, hält sich jedenfalls links, wird rechts überholt, niemand hupt, und falls einer sich an die Stirn tippt, sieht sie es nicht. Sie schaut auf die Fahrbahn, die Ampeln, die Richtungstafeln, übersetzt sich die Befehle von draußen in geflüsterte Kommandos: achtung Rot – Stop – Gang herauf – los – da vorn rechts – zurückschalten – Blinker – Gas und hinüber – links halten, um Gotteswillen links.

Sie hat das Zentrum längst hinter sich, als sie sich traut, vor einem Rotlicht den Rückspiegel zu richten. Ein wenig zittern die Hände, doch ist sie so angespannt, daß die Angst nicht wirklich herauf kann, bereits muß sie wieder schalten und weg. Irgendeine Vorstadt, bloß nicht hinsehen, die Straße ist hier schmaler, der Wagen auf der Nebenspur zu nah. Sie hat nicht allzu viel Tempo, als sie gegen den Bordstein prallt, ein harter Stoß, sie umklammert das Lenkrad – nein, es ist nichts passiert. Durchatmen, kommandiert sie sich, nicht die Nerven verlieren. Warum sie nicht gebremst hat, weiß sie selber nicht, Glück eben, für sie und den Hintermann, Fahrinstinkt hat sie nie gehabt.

Wird nicht die Straße schon wieder breiter? Ob es die richtige ist, darf sie nicht kümmern. Zwar liegt der Plan auf dem Nebensitz, aber um sich zurechtzufinden, reicht auch die längste Rotphase nicht. Auf einer Hauptachse fährt sie, davon zeugt der Verkehr, sie hat auch vor einer Weile ENNISKERRY gelesen, zwischen andern Namen, immer stehen da ganze Listen, sie ist viel zu beansprucht, um alle fertig zu lesen.

Plötzlich die Sonne, sie klappt die Blende herab. Um sechs in der Früh hat es wie aus Kübeln gegossen, danach bloß noch geregnet, irgendwann vor dem Frühstück aufgehört. Seither hat sie nicht mehr ans Wetter gedacht, denkt nur ans Auto und ihren Weg, und könnte sich doch – hier wie nirgendwo sonst – ausschließlich vom Himmel unterhalten lassen.

Könnte sie? Später, wer weiß.

Nochmals eine Vorstadt, Dublin nimmt kein Ende, Kreuzungen und Ampeln fast wie im Zentrum, auch Gewimmel auf dem Gehsteig, wohin sind die Leute den ganzen Tag unterwegs. Dundrum oder Sandyford? Immer vorausgesetzt, daß sie noch auf der richtigen Straße ist. Wie lange hat sie schon keine Richtungstafeln gesehen, nicht beachtet vielleicht, verpaßt.

Sie verkrampft sich vor Schreck: noch ein Stoß, so heftig wie der letzte, der Bordstein kann es nicht gewesen sein. Der Außenspiegel schlingert – hat sie einen Radfahrer gestreift? Sie müßte anhalten, aber wie kann sie, sie ist in die Kolonne gepackt. Keiner hält an, also war es wohl nichts. Nur daß der Spiegel noch immer wippt, worauf ist er geprallt?

Angst, plötzlich riesenhaft, der Impuls zu fliehen. Weit kommt sie nicht, schon wieder Rot, sie zwingt sich, zurückzuschauen. Hinten, am Rand des Gehsteigs, ein Mann mit Fahrrad. Winkt aber nicht, zetert nicht, steht bloß da. Was hat er mit dem Rad auf dem Gehsteig zu suchen, warum geht er nicht weg.

Grün und weiter, ihr ist schlecht, sie muß eine Stelle zum Anhalten finden. Konzentriert sich aufs Linksfahren und vergißt, daß sie rechts sitzt, die ganze Wagenbreite zwischen sich und dem Straßenrand – wie üblich, klar, bloß eben hier auf der falschen Seite. Wie breit ist der Wagen, hat sie ihn überhaupt angeschaut? Das Anhalten kann sie vergessen, nirgends ein Parkplatz, und wie sollte sie parken, da sie mit dem Rückwärtsgang nicht zurechtkommt. Besser bleibt sie eingefädelt in der Schlange und dieser Straße, die zumindest hinausführt, weg von der Stadt, wohin immer. Will sie denn noch irgendwo hin?

Nein, nicht schon wieder! Hat sie geschrien? Die Tränen muß sie verbeißen, sonst sieht sie nichts mehr. Das Auto wird von den Schlägen und Stößen auseinanderfallen, und sie auch. Sieger werden die Bordsteine sein – und strengen sich nicht einmal an; stehen fest und sind hart, das genügt. Wacklig ist *sie,* und auch zweifellos im Unrecht, was will sie beweisen, und wem. Zusammenpacken, sich geschlagen geben. Dabei lockert die Stadt sich nun wirklich auf, auch die Wagenkolonne. Enniskerry! – da vorn steht es angeschrieben, der Pfeil weist nach rechts. Sie blinkt, sie hält an, sie wartet. Nur

kommt sie dann nicht gleich weg, weil sie sich beim Schalten vertut, nervöses Huhn, sagt sie, vergißt immerhin nicht, daß sie auch drüben auf die linke Fahrbahn muß. Blinker abstellen, zurücklehnen, atmen, kommandiert sie sich, und dann paukt sie sich das neue Kommando ein: Links, aber nicht zu sehr.
Nicht an den Radfahrer denken. Man hätte sie doch nicht weiterfahren lassen, wenn etwas gewesen wäre. Oder hat es niemand bemerkt? Ist er nicht umgefallen von dem Stoß? Hat vielleicht einen Schock, oder sie hat ihm mit dem Spiegel die Hand gebrochen. Steht dort auf dem Gehsteig und wartet, bis sie den Anstand aufbringt, zurückzukommen.
Alles nicht wahr, überdreht ist sie, eine hysterische Person. Die glitschigen Finger kann sie am Rock abwischen, viel lästiger ist die trockene Hitze im Kopf, und jetzt noch der Schluckauf, sie drückt sich die Faust in den Magen. Tritt auf die Bremse, als sie das Plätzchen sieht, kaum mehr als eine Ausbuchtung der Straße, aber Platz genug, sie steht schon, hinaus.
Auf der straßenabgewandten Seite lehnt sie sich an den Wagen. Wer sie bemerkt, wird sich denken, daß die Gegend sie interessiert. Touristin, die Landschaft vor Dublin betrachtend, verdächtig ist das nicht. Zwar der Schluckauf schüttelt sie, doch wer sollte es sehen, wen sollte es angehen, sie hält sich gut. Hält sich zusammen mit den eigenen Armen: Faßreif, damit das Gären sie nicht sprengt.
Liebe Lore, lach doch, ich bin nicht bei Trost.
Womöglich hat einer dem Spiegel einen Hieb versetzt, aus Wut, weil sie nicht genug Abstand gehalten hat. Wollte sie erschrecken, klar, und es ist ihm gelungen.
Langsam wird ihr besser. Der Druck im Kopf läßt nach, der Schluckauf verebbt und hört auf zu schmerzen. Sie steht neben dem Auto, die Sonne blendet, der Himmel ist ziemlich blank. *Come on, fish,* sagt sie, weil es ihr einfällt – unpassend, denn mag sie den Ford vielleicht, oder will sie ihn zur Strecke bringen? Eher schon ist er der Hai, allerdings nicht ohne sie.

Zweimal umrundet sie ihn, mißt ihn aus mit Augen und Füßen. Beim drittenmal tritt sie gegen die Reifen und bückt sich; falls der Bordstein Spuren hinterlassen hat, entdeckt sie sie nicht. Sie öffnet die Motorhaube, wittert in den Innereien herum, obwohl die Erkundung nichts einträgt als schwarze Finger, die säubert sie mit dem Taschentuch. Einsteigen, befiehlt sie sich, üben. Doch der Rückwärtsgang tut nicht mit, nie greift er beim ersten Mal. Sie versucht es wieder und wieder, zwei Meter zurück, zwei Meter vor, sie plagt sich und hebelt, bis sie die Hand spürt, findet sich schließlich ab. Es geht ja; solange sie es nicht eilig hat, wird es gehen.

Sie probiert die Scheibenwischer aus, die Scheinwerfer, das Radio, sogar den Zigarettenanzünder. Was jetzt? Motor aus, die sichere Insel genießen. Der Verkehr ist nicht dicht, die Straße nun eine Landstraße, eine Spur hin, eine her. Die Mitte ist markiert, auch am Rand eine weiße Linie, doch nun hört sie es quietschen: einer, der das Plätzchen im letzten Moment entdeckt hat wie sie. Bevor er herangerollt ist, hat sie gestartet, der Split knirscht, als sie in die Straße biegt, zum erstenmal tritt sie richtig aufs Gas. Nicht lang, nur bis sie den ersten Wagen erreicht. Gleich läßt sie sich zurückfallen und von andern überholen, indem sie gegen die weiße Randlinie ausweicht, mit Vorsicht; statt der Bordsteine droht nun der Fransenrand des Asphalts.

Kein Halt in Enniskerry, sie muß heute noch weit. Aus lauter Angst vor einer Mauer am Straßenrand überfährt sie den Mittelstreifen, haarsträubend, nur gut, daß die Iren so anständige Fahrer sind. Noch keinem einzigen Raser ist sie begegnet, Angeberei mit geborgter Kraft scheint hier nicht gefragt, man muß sich nicht fürchten. Gefährlich ist höchstens sie.

Sie fährt auf grüne Hügel zu: der Wienerwald von Dublin, weit ausgezogenes Gewell. Landschaftlich reizvoll, heißt es von der Straße in ihrer Broschüre, doch die Aussicht, an die sie sich halten muß, ist die Fahrbahn. Den See sieht sie trotzdem, mit einem Seitenblick wenigstens. Vorn, wo sie rechter-

dings hinschauen muß, hat sich dunkles Gewölk gesammelt und wird rasch mehr. Ein Gewitter? Vorläufig sind die Schatten scharf, die Blattmuster, über die sie hinwegrollt, wie Scherenschnitte. Oft berühren sich die Äste über der Straße, bilden Tore und Tunnel, durch die sie hindurchzielt, links, aber nicht zu sehr.
Schon wird ihr Kopf wieder heiß, weil sie Radfahrer sieht, vier oder fünf, die Gepäckträger hoch bepackt. Sie schleicht hinter ihnen her. Als sie endlich ausschwenkt, fast bis zum andern Straßenrand, bemerkt sie erst, wie viele sie hat mitwarten lassen. Sie kommen gleich hinter ihr her, die ganze Kolonne, schuldbewußt drückt sie sich an den Rand, bis alle vorbei sind.
Ein Weiler? Ein Dorf? Eine kleine Stadt? Sie weiß es nicht und wird es nie wissen, da sie, gefaßt auf Kinder und Katzen, den Blick stur auf der Straße hält. Den Wegweiser zumindest hat sie gesehen, auch daß die Sonne plötzlich verschwunden ist, ein Operneffekt. Als sei Glendalough die Wolfsschlucht, und sie müsse darauf eingestimmt werden.
Sie stellt den Ford so, daß sie beim Wegfahren nicht wenden muß, hängt sich den Regenmantel um. Scheiben hinaufdrehen, Tür verriegeln, ein Hüpfschritt, als sie sich vom Auto entfernt. Der Himmel ist finster, der Wald auf den Hängen schwarz, doch der Talgrund grüner als der Rasen von St-Patrick's, so daß sie gleich losstürmt: zu Fuß gehen, was für ein Fest. Sie läßt sich nicht bremsen, weder vom Rundturm noch von irgendeinem Gemäuer, auch nicht vom See. Ein winziger See, und der Wald gleich dahinter, während auf ihrer Seite der Weg immer weiter durch dieses unwahrscheinliche Grün läuft, sie mit- und hinterherzieht, ohne daß sie Lust hat zu widerstehen. Sie schlüpft in den Mantel, als es zu regnen beginnt, setzt das zerknautschte Béret auf, alles im Gehen, wird erst aufgehalten von zwei Frauen mit Schirm, die ihr entgegenkommen und die ganze Wegbreite brauchen. Ein Schritt ins nasse Gras, um sie vorbeizulassen, sie grüßen, danken, sie horcht ihrem Geschnatter nach. Die Autos hört sie jetzt auch,

sie muß in die Nähe der Straße gekommen sein, und da sie einmal steht, kann sie ebensogut umdrehen; der Kragen ist schon so naß, daß er sich nicht mehr hochschlagen läßt. Die Nase in der Luft, damit der Regen ihr nicht in den Nacken und den Rücken hinunterrinnt, kommt sie bald wieder in Hörweite der zwei munteren Frauen, geht langsam, um sie nicht einzuholen, außer im Gesicht spürt sie die Nässe nicht. Eine feuchte Wüste hat er sich ausgesucht, der Kelte Kevin, um ein Heiliger zu werden. Ob seine Höhle wenigstens trokken war? Regen macht schön, hat man früher gesagt, was ihm heute wohl niemand mehr zutraut, aber angenehm ist es immer noch, ihm die Haut hinzuhalten. Auch der See wird nicht aufgerührt: das Gekräusel der aufschlagenden Tropfen verwischt kaum am Rand seine Glätte, und draußen liegt er wie Glas, kein Spiegel des Himmels, er holt seine Farben vom Grund. Haben die Mönche das gesehen, damals? Und was daraus abgeleitet, Gotteslob oder Gottesfurcht?
Der Turm überragt alles, fensterlos, grau. Er sticht nach dem Himmel mit seinem konischen Dach, ein gespitzter Griffel, schreibt *was*? Ein Fluchtturm, steht in ihrer Broschüre, und so wird es wohl wahr sein, aber vorstellbar ist es nicht. Wie hat man es ausgehalten in der finsteren Enge, und was getan, während man auf den Abzug der Feinde gewartet hat. Gebetet? Oder aus dem Mauerloch unter dem Dach mit Steinen geworfen? Steine gibt es im Überfluß, Mauern und eingestürzte Mauern, Grabsteine, aufrecht oder windschief, auch Kreuze, Grau in jeder Schattierung, so regellos auf dem Grün verstreut wie die Besucher, die als bunte Kleckse herumschwimmen. Kaleidoskop in Zeitlupe – um die Achse des Turms gedreht?
Sie setzt keinen Akzent, wenn sie sich ins Bild mischt: der Mantel hellgrau, das Béret schwarz, eher wird sie zu den Mauern als den Menschen passen. Ein zu rascher Schluß, wieder einmal; als ob die Farbe es machte. Sie braucht nur zu tun, was die andern tun, und paßt bestens: Touristin unter Touristen, die Rolle ist leicht. Sie geht herum, sieht die Ruinen, die Grä-

ber, die Leute aus der Nähe, sieht, daß der Himmel heller wird, sieht ein Kirchlein, erhalten oder wiederaufgebaut, das an Spielzeug erinnert, sieht die Reste einer Kathedrale. Nein, jetzt *schaut* sie, steht verwirrt in dem Raum, der keiner mehr ist: Gefäß ohne Deckel, der Regenhimmel als Dach. Das Rundbogenfenster über dem einstigen Chor, halb eingestürzt, rahmt das Geäst einer Pinie, die draußen steht, nur ist *draußen* und *drin* hier aufgehoben, alles hereingenommen, alles ins Freie entlassen, was gilt? Je länger sie schaut, desto deutlicher spürt sie das Schaukeln, das von der Unentschiedenheit ausgeht, und als das Gestrichel der Pinie mit einemmal vor dem leuchtendsten Blau steht, während der Regen ununterbrochen herabsprüht, wird das Schaukeln so heftig, daß sie die Füße auseinanderstellen muß.
Es geht gegen Mittag, als sie sich zum Auto zurückbefiehlt. Den Mantel legt sie im Fond zum Trocknen aus, das Béret stülpt sie über die Nackenstütze des Nebensitzes. Hinter dem Zaun, nur ein paar Schritte vom Auto entfernt, steht ein Pferd. Ein sehr schönes Pferd, braunglänzend, hochbeinig, mit langem Hals. Steht reglos wie ein Standbild, horcht oder wartet, wenn man auch nicht weiß, worauf. Ein Pendelausschlag des Schweifs, als sie den Motor anläßt, mehr nicht. Kein Trab über die Wiese, nicht einmal eine Kopfwendung. Soll sie hupen? Sie soll nicht. Sie fährt.

Mehr als eine Anfängerin ist sie nie gewesen, sagt Lore, sie hat zuwenig Übung gehabt. Den Führerschein hat sie für eine Urlaubsreise gemacht, damals mit Philipp, nur hat er sie dann doch kaum ans Steuer gelassen. Und wenn sie später sein Auto benützt hat, zwei-, dreimal für Bildtransporte, hat das auch nicht gereicht, um sie sicherer zu machen.
Sie sitzen vor dem SELECT, es ist nochmals sommerlich warm

geworden. Regine sagt: Kurt ist sein Leben lang Auto gefahren, und trotzdem. Der erste Tag war fürchterlich. Dabei habe ich nichts zu tun gehabt, als auf der Seite zu sitzen, wo die Stöße herkamen. Ohne Mucks, er war unglücklich genug.

Versteh ich nicht, sagt Lore. *Ich* wäre ausgestiegen.

Regine traut es ihr zu, und wenn sie auch keineswegs sicher ist, ob sie ihre Unerbittlichkeit haben möchte, so hat sie doch Bewunderung dafür. Sie weicht nicht von sich ab, nie und um keinen Preis; wer könnte das außer ihr.

Unvermittelt sagt Lore: Deine Hermes in Ehren. Würdest du nicht lieber eine IBM haben? Kein *word processor*, aber ein prima Ding. Korrekturtaste, Farbbandkassette, sechs Kugelköpfe zur Wahl. Überbleibsel der Anglistik. Manchmal hab ich ihm was getippt.

– Du? Der wird doch eine Sekretärin haben.

– Hat er, aber bei seinem Ausstoß. Es hat mich sogar interessiert.

– Und du hast die Maschine behalten?

– Wenn seine Würde nicht zuläßt, daß er sie abholt. Soll ich mir vielleicht einen Leiterwagen leihen?

Regine lacht, aber Lore beharrt darauf, daß die IBM an sie gefallen sei, ein Erbstück gewissermaßen, über das sie verfügen könne. Wir legen für ein Taxi zusammen, sagt sie. Jetzt gleich, wenn du willst.

Es geht nicht, sagt Regine – ungern, doch wo sollte sie hin mit dem Riesending, sie hat nur den Küchentisch. Lore gibt ihr recht, als sie es ihr erklärt, schweigt dann aber und schaut vor sich hin, bis Regine fragt: Warum tun wir das. Hat er dir je mit deinen Töpfen geholfen?

Ich hätte mich bedankt, sagt Lore, er hat zwei linke Hände. Schöne Hände übrigens, die man sich schmutzig nicht vorstellen kann.

Wenn er andere für sich arbeiten läßt, sagt Regine. Lore aber, nach einem ungeduldigen Jaja, verkündet überraschend: Er war der zärtlichste Mann der Welt.

Sieht sie Regine die Verblüffung an, oder fällt ihr von selbst das Herbarium ein? *War,* notabene, sagt sie, bevor er auch das in der Würde ersaufen ließ. Und daß sie jetzt die Zigarette über die Tasse hält und nach einem kleinen Verharren die Finger öffnet, ist so melodramatisch, daß Lore selber lacht. Leider übertrieben, sagt sie, es hat nicht einmal mehr gezischt.
Regine haucht gegen die Gläser der Sonnenbrille, reibt sie mit dem Taschentuch blank. Beiläufig sagt sie: Schau dir meine Hände an. Zu beiläufig vielleicht, Lore antwortet nicht. Sie hat sich einen neuen Kaffee bestellt und sitzt da, wie Lore eben dasitzt, immer wieder von Vorbeigehenden gegrüßt. Regine denkt, daß es Zeit ist zu gehen, da sie sich nur zum Kaffee verabredet haben; aufbrechen also, Lore den andern überlassen. Sie winkt der Serviererin, zahlt, doch Lore hält sie auf. Wir brauchen keine Hilfe, sagt sie, das ist es. Wir leben allein, denken allein, arbeiten allein. Oder hast du je geliebt, damit dir geholfen wird?
Obwohl es mit der Sonne nicht mehr weit her ist, setzt Regine die Brille wieder auf. Sie schaut hinüber zum Ütliberg, befestigt den Blick am abendschattigen Hang, um nicht in Lores Gesicht zu sehen. Vielleicht nicht, sagt sie, aber ich lasse es mir gefallen. Das Reisen mit Kurt zum Beispiel: ich mußte nichts. Er hat geplant, organisiert, sogar bezahlt für mich. Ich habe das genossen.
Und gestöhnt vor Erleichterung, wenn du aus seinen wieder in deine Hände gefallen bist, sagt Lore. War es nicht so?
Man war so unausweichlich zusammengesperrt, sagt Regine. Hinterher habe ich immer tagelang die maßloseste Unordnung gehabt. *Meine* Unordnung, in *meiner* Wohnung: das Ende von Rücksicht und Artigkeit.
Und er? fragt Lore. Ging geradewegs unter sein Joch zurück?
– Es war ihm nicht unbequem.
– Und dir hat es nichts ausgemacht.
– Doch. Aber da ich ihn nicht habe heiraten wollen. Er hat

eben festgehalten, was er hatte. Kennst du einen Mann, der freiwillig ins Ungesicherte träte? Wenn kein Zug zum Umsteigen dasteht, bleiben sie sitzen.
– Hast du ihm das gesagt?
Regine zuckt die Achseln, Lore lacht sie aus. Zu stolz? fragt sie. Ein Fehler. Auch was nichts bewirkt, muß man sagen. Oder willst du ersticken daran?

Das Hotel steht auf einer Anhöhe, groß, häßlich, hoteleigene Parkplätze gibt es nicht. Die Gasse ist eng, und wer ins Hotel will, muß eine lange, an die Außenmauer geklebte Treppe hinauf.
Mehr weiß Ruth nicht von Tramore, als sie am Nachmittag auf dem Bett liegt, erschöpft, doch mit offenen Augen, damit nicht die Straße zurückkehrt: sie ist angekommen, das Zimmer steht still. Den Ford hat sie anständig geparkt, in einer Gasse um die Ecke, das Gepäck ist heraufgebracht worden, was wäre noch zu tun.
Ein gleichmäßig blaues Himmelviereck im Fenster. Die Musik, die heraufdringt, die ganze Zeit schon, ist Jahrmarktmusik. Drei Schritte, und sie könnte hinuntersehen auf den Ort. Nicht jetzt, die Aussicht läuft nicht davon. Die Sonne vielleicht? Soviel hat sie mittlerweile begriffen, daß hier kein Wetter Bestand hat, keine Beleuchtung gilt für den ganzen Tag. Sicher dreimal hat es geregnet seit Dublin, und ebensooft ist es wieder hell geworden. Einmal hat sie Scheibenwischer und Sonnenblende gleichzeitig gebraucht. Da ist sie aus dem Gehügel schon hinausgewesen, die Gegend weit überblickbar, Grün und gedämpfter Ocker, durch endlose Hekken kariert. Zwar trifft *kariert* es nicht ganz, oder man müßte sich ein freihändig gezeichnetes Karo denken, mit schiefen und krummen Linien, gezeichnet von einem Kind. Oder ein

Netz, mehrfach geflickt, wie sie es bei Fischern vor dem Himmel hat hängen sehen, wann, wo –
Wozu strengt sie sich an? Sie sieht es so deutlich, daß es Genaueres als das Bild gar nicht geben kann. Nur dieses eine, sonst ist alles verwischt. Zu den Wicklow-Bergen fällt ihr nichts ein als Bäume, Schafe und Wasser; viel Wasser, bei jedem Ausblick hat es irgendwo aufgeblitzt. Dürftig für einen, der es genau nimmt. Magst du vielleicht von den Kühen hören? Hübsche Kühe, schwarz-weiß gefleckt, im Vergleich zu den unsern geradezu grazil. Erschrocken ist sie aber doch, als sie die Herde vor dem Kühler hatte, angekündigt durch das Blinken eines entgegenkommenden Wagens, nur hat sie keine Ahnung gehabt, was es ihr ankündigen sollte, bis sie um die Kurve war. Der Treiber hat sie in aller Seelenruhe vorbeigetrieben, hat sogar Zeit gehabt, ihr zu winken. Sie hat im stehenden Wagen gewartet und sich gewundert, wieviel Vertrauen man hierzulande in die Autofahrer setzt. In ihre Vorsicht, in ihre Geduld. Ein zivilisiertes Land, finde ich. Hast du gewußt, daß es Kühe ohne Glocken gibt?
Sie lacht zur Zimmerdecke hinauf. Sieht das kleine Mädchen auf dem Schimmel, bei Wexford muß das gewesen sein. Mit einem Sturzhelm wie ein Motorradfahrer, doch darunter so viel Blondhaar, daß es ihm wie ein Cape um die Schultern gehangen ist. Sie hat keine Zeit gehabt, der Erscheinung nachzudenken, denn unmittelbar danach der erste Blick aufs Meer. Eine Erscheinung auch das, gleich wieder verloren. Was hat es für eine Farbe gehabt?
Der Planwagen ist orange gewesen, schon von weitem und lange zu sehen. Zigeunerromantik für die beschädigten Städter vom Kontinent, absurd, hat sie gedacht. Aber als sie das Pferd gesehen hat, wie es einhergetrottet ist, ein Pferdchen eher, gutwillig nickend und mit langem Zottelhaar an den Beinen, hätte sie gern getauscht. Konnte denn etwas absurder sein als sie am Steuer des Ford? Später hat sie Bauernwagen getroffen, zweirädrige, mit ebensolchen Pferden. Sie ziehen, was man sie ziehen heißt, unbeirrbar gemächlich, und wer

ihre schweren, nickenden Köpfe sieht, möchte schwören, daß alle Heimwege darin eingetragen sind.
Der bestellte Tee kommt lange nicht. Tee und ein heißes Bad, das hilft gegen alles mögliche. Die Schmerzen im Genick sind wieder da, aber muß sie nicht froh sein? Was könnte ihr alles wehtun, oder auch *nichts mehr,* eine gräßliche Redensart. Eigentlich ist es ja gut gegangen. Wenn sie sicher wäre, daß dem Radfahrer nichts geschehen ist –
Den Tag mit dem Abend anfangen lassen, jetzt. Ans Fenster zuerst; der Sims ist breit genug, daß sie sich sicher fühlt. Hat sie *Aaah* gesagt – oder nur gedacht? Auf den Ort und den Rummelplatz ist sie gefaßt gewesen, doch das Meer hat sie noch nie zu Füßen gehabt. Wie von einer Turmzinne schaut sie hinab, und auch das Land, sieht sie, ist nicht *nur* Land. Hinter dem Zirkuszelt und den Buden ein See, mehrere Seen, Teiche eher, Tümpel, als habe man Wasser auf einem Tisch versprengt, wo es zufällige Lachen bildet. Sind die Umrisse fest? Trocknet die Sonne sie auf?
Trotz der Rummelplatzmusik hört sie das Klirren vom Gang, sie öffnet, ohne auf das Klopfen zu warten. Der Kellner ist jung, fast ein Kind noch, da wird das Trinkgeldgeben nicht so peinlich sein. Die Tasse hüpft auf der Untertasse, hüpft und klirrt, und wie er das Tablett abstellt, springt der Löffel weg, schlägt klirrend an den Krug. Der Junge wird rot vor Verlegenheit, so daß sie sich wegdreht, als er wieder alles an seinen Platz rückt, ihm vorausgeht zur Tür. Den Geldschein steckt sie ihm in die Tasche der weißen Jacke; eine zu große Jacke, ein zu großer Geldschein, das paßt.
Teebeutel, hat sie gemeint, gibt es nur auf dem Kontinent. Ein wenig enttäuscht wirft sie alle fünf in den Krug, sucht einen Pullover aus dem Koffer, um ihn warm zu halten, trägt das Tablett ins Bad. Das rötliche Licht ist ungewohnt, eine Leuchtröhre fast wie im Schaukasten eines Nachtklubs, oder ist die Blende getönt? Baden bei diesem Abendrot ist bestimmt hübsch, auch das Getöse des einströmenden Wassers gefällt ihr, ein viel zu gewaltiger Lärm für den kleinen Raum,

alles ein wenig verrutscht, denkt sie, von der Norm fortgerutscht. Bloß das Tütchen mit dem Badezusatz ist Allerweltsstandard: sie kriegt es nicht auf. Als sie die Nagelschere gefunden hat und hineinzwickt, tropft es ihr über die Finger, sie hält Hände und Tüte in den Wasserstrahl. Insektensirren, am Wegrand die Räder, rund um den löchrigen Schatten des Olivenbaums flirrendes Mittagslicht, sie schwitzt, sie schnuppert, hört das mehrstimmige Lachen, weil sie gesagt hat: Der Geruch ist kühl.

Der Schaumberg wächst, hier, in dieser gegenwärtigen Badewanne. Hat es auf jenem blau überblühten Hügel etwas anderes gegeben als Jetzt? Wodurch ist es brüchig geworden, wann hat es angefangen mit der Zersplitterung? Keine Stunde mehr komplett, im Rückblick ein Puzzle, bei dem nahezu alles fehlt. Die paar hellen Momente, in denen man wahrnimmt, was vor Augen ist, wie Inseln im unfesten Medium des Ein- und Zufallenden. Gegenwart? Ein Gedankenspiel. Auch eine Zeitform, ja, aber Grammatik und Leben sind zweierlei.

Den Hahn zudrehen. Sich eine Tasse eingießen, kosten, die Tasse abstellen. In die Schaumwolke tauchen, ganz langsam, damit die Haut sich mit dem heißen Wasser versöhnt. Mit einer Schaumkrause um den Hals die Aussicht eines Barockengels haben, hineinblasen in das rosarote Gewölk, mit spitzem Fuß heraufstechen, dem Zehengegenüber Guten Tag sagen. Die Hände ausgraben, den Schaum abschütteln, nach der Tasse langen. An einem Freitag, zirka achtzehn Uhr Ortszeit, Schauplatz das Grandhotel von Tramore. Die Person, weiblich, im Bad ihren Tee trinkend, zelebriert Wohlbefinden.

Wie heißt das Geräusch, mit dem die Schaumbläschen platzen? Rascheln, wispern, zischeln, knistern: alles längst besetzt, würdest du sagen. Die Wörterbücher werden immer dicker, doch du willst es eindeutig haben, für deinen Anspruch gibt es nicht Wörter genug. Ich zerbreche mir also den Kopf (ein Spiel, das wir hätten spielen können) und schlage vor: Schaumbläschenplatzgeräusch. Du gibst zu, daß das an Genauigkeit nichts zu wünschen übrig läßt, und wenn ich nun sage: Ein Wortungetüm, so sagst du: Dafür präzis. Für den, der das Geräusch kennt, sage ich, und ich frage: Setzt deine Eindeutigkeit Eingeweihte voraus? Man muß auch für sich selbst eindeutig sein, sagst du, und weil es ein Spiel ist, sage ich: Du bluffst.

Sie massiert sich den Nacken, sie summt. *Wo Berge sich erheben?* – wo kommt ihr das her. Sie schwindelt sich ins Moll der *Grenadiere* hinüber, zu schwierig, merkt sie, sie summt falsch. Der Abend vorrückend, die Wassertemperatur fallend. Der Tee ist auch nicht mehr heiß. Was die Frau angeht, die aus der Wanne steigt, so mag sie zwar etwas verdreht sein, doch zu sehen ist davon nichts. Daß der Akt im Spiegel sie lachen macht, liegt an der Beleuchtung: eine Nacktheit so rosig, als sei sie von Rubens gemalt. Nur macht eben die Fleischfarbe noch nicht das Fleisch, kein Mensch würde sie suchen hinter so einer Haut, auf pralles Leben geschminkt, ausgerechnet Rubens, eher schon würde Schiele für sie zuständig sein.

Spielt sie *fishing for compliments* mit sich selbst? Übertreibt, um sich damit zu trösten, daß es so schlimm noch nicht ist. Schiele kann warten, mit der Auflösung hat es Zeit.

Und die Haare im Waschbecken? Dauernd verliert sie Haare, eines Tages wird sie keine Haare mehr haben. Was man sich alles gefallen lassen muß. Rost auf den Händen, über den Lippen Geknitter, die Halslinie verdorben, überall Abstriche, Kürzungen, Abschiede vorweg. Jeden Tag einen Mundvoll Tod, warum kann man nicht unversehrt sterben. Und immer die Beschwichtigungen, Abwiegelei, Pastorentrost: Alles ist eitel. Als ob das ein Satz zum Leben wäre und nicht vielmehr zum Sterben.

Sie wirft den Fön in den Koffer und den Koffer zu. Hätte sie damit rechnen müssen, daß hier der Stecker nicht paßt? Ein Anruf bei der Hauszentrale, man ist freundlich, das Problem scheint bekannt. Dem Sofort traut sie nicht, zu unrecht, wie

sich herausstellt. Sie ist kaum angezogen, als sie es klopfen hört, ein Mädchen diesmal, es bringt einen Fön des Hotels.
Den letzten Tee trinkt sie im Stehen. Das Blau im Fenster hat sich gehalten. Keine Wolken, nirgends eine Spur Rot – geradezu nüchtern nach dem Badezauber. Aber hell ist es, und alles noch da: die Lachen der Seen, der Zirkus, die Bucht mit der weißen Gischt.
Unten vor dem Hotel ist die Aussicht fort. Ruth geht rasch, es gelingt ihr, in die Gasse, wo der Ford steht, nicht hineinzusehen. Der Ort ist kleiner, als sie von oben vermutet hat, und der Hauptplatz (oder das, was sie für den Hauptplatz hält) liegt direkt am Meer. Sie läßt sich festhalten vom Spektakel der Wellen, staunt über die Wucht, mit der sie die Ufermauer berennen, Ansturm, Rückprall, erneuter Ansturm, jedes Mal wie das erste Mal, unablässig, mit nicht zu brechender Kraft. Die Gischt vom Wind zerrissen, versprüht, mit dem Licht vermengt, sekundenlang alle Farben des Spektrums, und *daß niemand etwas begreift, als was ihm gemäß ist:* das einzige, was sie von der Farbenlehre behalten hat.
Sie fröstelt, die Abendsonne kommt gegen den Wind nicht mehr auf. Als ihr ein paar junge Leute im Badeanzug begegnen (natürlich: ein Badeort, vergessen hat sie es nicht), bekommt sie trotz Mantel eine Gänsehaut. Der Hunger, sagt sie sich, sie muß essen gehen.
Auch hier, stellt sie fest, hat man den Tag zu verlassen, wenn man sich hinsetzen will. Möglich, daß sie sich für das Kellerlokal entschieden hat, weil Keller auch zuhause keine Fenster haben. Das Tischtuch ist gewürfelt, die Rose im Väslein echt.
Sie freut sich auf die Lammkoteletts, als habe sie tagelang gehungert, ißt Brot, während sie wartet, trinkt Wein, italienischen heute, in einem geblümten Krug auf den Tisch gebracht. »Marvellous«, sagt sie, als das Essen kommt, ein Superlativ, über den sie lachen muß, aber trifft er nicht zu? Sie findet es großartig, alles, auch daß sie der erste und lange der einzige Gast ist, von der Wirtin persönlich betreut. Als das

Lokal sich bevölkert und die Mädchen vorgeschickt werden, hat sie bereits bezahlt. Es wird laut, das letzte Glas läßt sie stehen.

Den Rummelplatz umgeht sie, keine Zeile mehr frei im vollgeschriebenen Tag. Zwei, drei Gassen, die Hoteltreppe, ein paar Schritte zum Zimmer: schon steht sie wieder auf ihrer Zinne, schaut auf ihr Samos hinab. Schläfrig ist sie, gedankenlos, nur die Augen noch wach. Als sie sich hinlegt, scheint es mit dem Festbetrieb erst richtig anzufangen. Die Musik aus den Buden und Karussells, über den Dächern zusammengeworfen, kommt als dickes Gemeng bei ihr an. Ein Kissen aus Lärm, warum soll man sich da nicht draufbetten können. Sie hat schon auf härteren geschlafen.

Geweckt wird sie von der Sonne, das Zimmer ist voll davon. Als sie zum Fenster läuft, blenden auch die Seen: Bullaugen des Erdschiffs, hinter denen ein so gleißendes Licht brennt, daß man, was drin ist, nicht sieht. Das Gegenbild hinter den Lidern flackert, verlöscht, und sie taucht nach einem andern, flackernd auch das, doch sie läßt nicht los, bis es steht und ihr stillhält. Ein langer gerader Gang – Hotelgang? Spitalgang? wo gibt es solche Gänge? Der Mann, der sich entfernt, ist alt, etwas gebückt, er geht den ganzen endlosen Gang entlang, ein verschwimmender Punkt zuletzt, von der Distanz geschluckt.

Die Anleihe bei Chaplin belustigt sie, seit wann borgt sie sich Traumbilder aus. Aber da ist noch eins – von wem geliehen? Eine dunkle Wohnung, rundum verstellt von Kartons bis an die Decke, sie ist eben eingezogen, steht an der Zimmertür, einen Kiesel auf der flachen Hand. Der alte Mann hat ihn gebracht, einen farbigen Kiesel zu ihrer Begrüßung, und der Mann heißt Simon, wie hat sie den Namen erfahren. Sie erinnert sich nicht, daß jemand geredet hat, nur stehen sieht sie sich, zwischen den vielen Kartons, das Fenster wie ein aufgemaltes Viereck, Kulisse wofür. Als sie versucht, Simon zu sehen, kippt alles weg, bis auf den Kiesel, den weiß sie, und daß sie sich gefreut hat wie über Blumen: ein Geschenk eben, von

diesem Simon für sie. Und nun sieht sie ihn doch, den alten Mann. Mit dem Rücken zu ihr steht er in der finstersten Ecke, dort, wo das Bild mit dem Mädchen hängt. Aber gekommen ist er nicht wegen des Bilds, sondern wegen des Kiesels, das weiß sie. Irgendwann vor- oder nachher hat er ihn aus der Gilettasche gefischt.
Ein Geschenk, um den Tag anzufangen? Der Nacken tut auch nicht mehr weh. Und draußen die glühenden Seen, das seidenglatte Meer mit dem Klöppelsaum. Soll sie sich die hundertsiebzig Kilometer nicht zutrauen? Sie wird früh zurücksein. Am Abend dann der Zirkus, den läßt sie sich nicht entgehen.

Kirchen, Klöster – und sonst nichts? hat Lore gefragt. Regine hat sich angegriffen gefühlt, nur deshalb ist sie auf den Vergleich mit Griechenland verfallen; dumm vermutlich, wie die Empfindlichkeit auch. Lore hat streitlustig gesagt: Du vergißt Mykene. Regine hat sofort eingelenkt, was weiß sie von Irland. Sie hat gesehen, was Kurt ihr gezeigt hat. Ahnungslos, daher ohne eigene Wünsche, hat sie sich von Ort zu Ort fahren lassen, ausgesuchte Orte, von ihm ausgesucht. Hätte sie etwas vermissen sollen? Sie hat mehr als genug zu schauen gehabt.
Es liegt am Foto, daß sie nun ausgerechnet bei Cashel an Mykene denkt: ein Hügel, mit Ruinen bekrönt. Keine Farbaufnahme diesmal, der Himmel schwarz, das Grau der Mauern sehr hell davor. Die Sonne muß tief stehen; es ragen zwei überlange Schatten ins Bild, bizarre Schatten von Bäumen, die völlig kahl sind, Baumskelette vielleicht. Auch der Hügel scheint kahl zu sein, eine Unmenge Steine, möglicherweise dazwischen (im Schwarzweiß schwer zu erkennen) ein wenig Gras.

Cashel sei Sitz keltischer Könige gewesen, steht in der Bildunterschrift, und der heilige Patrick selbst habe einen von ihnen, mit Namen Aenghus, zum Christentum bekehrt. Dabei sei ihm passiert, daß er während der Taufzeremonie dem König seinen Stab in den Fuß gebohrt habe, was aber im Glauben, es gehöre zur Taufe dazu, ohne Zorn, ja sogar ohne Ausdruck von Schmerz geduldet worden sei. Ein historischer Augenblick ohne Zweifel, denn Anfang des zwölften Jahrhunderts, steht weiter zu lesen, sei der befestigte Fels als Geschenk an die Kirche gegangen. Statt der Könige nun also Erzbischöfe; sie bauten Cashel zu einer Hochburg des irischen Katholizismus aus.

Und danach? Auch die Broschüre weiß nichts von Verfall oder Zerstörung, nur von Glanzzeit und Blüte, doch das ist *gewesen*. Will niemand Antwort haben auf das, was vor Augen ist? Woran gescheitert? Weshalb vorbei?

Kurt hätte es gewußt, bestimmt. Warum fragt sie erst jetzt.

Der Wind reißt an ihrem Mantel, Gebraus wie von tausend Vögeln, sie muß sich die Haare aus dem Gesicht halten, um etwas zu sehen. Nichts als Himmel rundum, das Brausen, die Wolkenjagd: Augenlust, Hautlust, ein Kinderrausch. Ungealtert die Drachen, Engel, die Hexe auf dem Besen, Werwölfe, das Einhorn. Das wälzt sich und brodelt, Ruth steht mittendrin.

Schwindlig wird ihr erst, als sie hinunterschaut. Gleich tritt sie zurück und hält sich an einer Verstrebung, sieht über fremde Schultern hinweg nach vorn. Der Chor weit entfernt, die Mauern, noch immer gewaltig, tragen nichts als sich selbst. Der mystische Dämmer entflogen, die Taghelle nur durch die Wolken verschattet – ein Licht wie zur Königszeit.

Sie dreht sich in den Wind, läßt den Mantel flattern. Der heilige Patrick muß es schwer gehabt haben. Ein Himmel ohne Goldton, ohne Versprechen außer dem seiner fortgesetzten Verwandlung. Wo hat er seinen Gottesthron festgemacht, wie für die Himmelswohnung geworben, da doch jeder hier sieht, daß nichts am Platz bleibt. Ein geschütteltes Paradies, anders läßt es sich von hier aus nicht denken. Kein Ort zum Ausruhen, dafür kunterbunt und *con brio,* womöglich hat Aenghus sich zu diesem bekehrt. Statt unter die Erde ins Getümmel da oben, mitbrausen, mitjagen, Luft gewinnen – ein Traum, den sie lieber nicht mitdenkt, vorläufig bleibt sie zu Fuß. Tanzen? Wenn sie eine Tarnkappe hätte. Sich drehen und das Jauchzen erfinden, gelehnt gegen diesen Wind, der es mit Wolken und Dächern aufnimmt und nicht müde wird.
Sehr langsam, die Hand am Geländer, steigt sie die Treppe, die sie heraufgerannt ist, wieder hinab. Das Brausen wird schwächer von Stufe zu Stufe, und als sie auf den Platz hinaustritt, ist der Wind zwar noch da, rupft an Haaren und Mantel, aber hat keine Stimme mehr.
Grabsteine auch hier, über die Wiese verstreut. Ein altes Hochkreuz mit verwitterten Reliefs. Sie sieht es, sieht vor allem die junge Frau, die es barfuß umkreist, als schaue sie mit den Füßen. Das Gras ist nur dünn, doch Teppich genug, daß Ruth sie ein wenig beneidet. Hübsch sieht sie aus in dem langen Rock, der ihr die Beine umweht, und so sprühlebendig – mag es der Bursche nicht sehen? Er vertritt ihr den Weg, fragt: Kommst du, fragt es auf deutsch und greift nach ihrer Hand. Wohin? fragt sie zurück, will vielleicht keine Antwort, läßt sich fortziehen von ihm.
Die romanische Kapelle hat noch ihr Dach. Ist der Wind darauf abgerutscht, weil es so steil ist, oder hat er sich durch das höher und prächtiger Gebaute ablenken lassen? Paraphysik, Physiologie. Weil man zu spät geboren ist, um zu sagen: Der liebe Gott hat seine Hand drüber gehalten. Falls es ewige Dinge noch gibt, sind sie von den Wörtern, mit denen man sie benannt hat, weit fortgelaufen. Würden womöglich zurück-

finden aus ihrer Fluchtposition, wenn man sie unbesprochen ließe und die Wörter vergäße. Aber ob man sie dann noch braucht? In der Zwischenzeit hätte man wohl gelernt, ohne sie auszukommen. Tatsächlich kommt man ohne fast alles aus, was man sich einmal gewünscht hat – und noch wünscht, da man Wünsche nicht wegwerfen kann. Auch wenn sie sich als unerfüllbar herausstellen oder wenn man sie ablehnt, weil sie zu dem, was man für richtig hält, nicht passen, leben sie weiter: etwas vom Dauerhaftesten, das es gibt. Eingepflanzt wann und von wem? Denn daß der Wunschkatalog von andern verfaßt ist, steht fest, ein autorisierter sähe anders aus. Vor allem würde man sich Wünsche wünschen, die reagieren; verwandelbar, statt nur domestiziert.

Sie steht drin in der Windstille; Stille überhaupt. Ein klarer Raum, die Zeit hat ihn klar gemacht, alles Entbehrliche fehlt. Oder fehlt eben nicht, *nichts* fehlt, obschon nur der Stein überdauert hat. Die Figuren, die den Altarraum umstehen, ein Kreuzrippengewölbe, die Blendarkaden: nackter Stein. Nur ein Sarkophag weist noch Spuren einstiger Bemalung auf, aber lieber schaut sie sich die Säulenbögen an: die Ornamente als Licht-Schatten-Schrift im Rosa des Sandsteins, lapidar im Wortsinn, nicht zum Entziffern gedacht. Eine ganze Weile ist sie allein mit dem allem, registriert die Ausnahme erst, als die Quäkstimme bei ihr ankommt, da ist die Tür schon verdunkelt, sie muß warten, bis der Einzug vorüber ist. Iren im Sonntagsstaat, ein Wochenendausflug, Nonnen und ein Priester dabei, auch Kinder. Sie sammeln sich um die unangenehme Stimme, ein geschlossener Kreis, der Zaun nicht zu sehen, aber da.

Sie trägt ihre Unzugehörigkeit hinunter in den Ort. Ein Städtchen, etwas verschlafen, zumindest ohne laute Besonderheit, sofern man die Nachbarschaft der kirchlichen Festung vergißt. Ruth hat sie im Rücken, als sie durch die Hauptstraße bummelt; sie sucht nach einem Pub, um ein Sandwich zu essen, sucht nicht allzu dringend, doch als die Wolken aufplatzen, rennt sie, nimmt die erstbeste Tür. Sehr naß ist sie nicht,

als sie sich an einen der Tische setzt, vier sind es im ganzen, und alle leer. Die Frau, die hereinkommt, angemeldet durch Schritte und Treppenknarren, schüttelt den Kopf. Getränke gibt es, nichts zu essen. Tee? Doch, das geht.
Keine Teebeutel: ein Tee in der Kanne, noch dazu mit einer wattierten Wärmehaube, wie es sich gehört. Ruth freut sich, und vielleicht, weil die Frau sich an ihrer Freude freut, zaubert sie jetzt doch ein Stück Apfelkuchen herbei, von oben; Ruth hat sie auf der Treppe gehört und einen Moment lang, durchs Treppenhaus herunter, das Brabbeln eines Kinds.
Tee, Apfelkuchen, ein Fenster; zum erstenmal ein Fenster statt künstliches Licht. Sie schaut in den Regen, schaut auf die Straße, horcht auf die Geräusche; die Frau ist wieder nach oben gegangen. Als die zwei Burschen die Räder vors Fenster lehnen, hat sie schon fast Wurzeln geschlagen. Sie lassen das Gepäck aufgeschnallt, laufen nicht, weil sie ohnehin triefen; lachend spazieren sie herein. Sie will nicht hinhören, es ist unfair, bloß wo soll sie die Ohren abgeben, sie reden Französisch, und unverfänglich genug. Reden vom Wetter, als sei es ein Bunter Abend, eigens für sie inszeniert, sie sind auch nicht zum Trocknen gekommen, bloß für ein Gingerale, schütteln die Haare, klatschen sich auf die nassen Knie, während es draußen bereits heller wird: »Tu vois?« – das kennen sie schon.
Sie steigen auf, vor dem Fenster, Ruth sieht sie davonfahren. Dann schaut sie der Frau zu, die mit leisen Gesten den Tisch abräumt und die Stühle trockenreibt. Ihre Freundlichkeit ist ebenso leise, sie hüllt Ruth damit ein, paßt ihr beim Herumgehen wortlos ein Stück Wärme an, tut es so nebenbei, daß man nicht einmal danken kann.
Auf der Rückfahrt wieder die Vögel. Beidseits der Straße, doch statt in den Bäumen auf dem Rand des Asphalts. Da trippeln sie, hin, her, einzeln oder in Gruppen, fliegen nicht auf, trotz der Autos, auch der Anblick von ihresgleichen, blutend oder zerquetscht auf der Straße, übt keine Wirkung aus. Behaupten zäh ein Revier, das ihnen nicht bekommt, dumme

schwarze Vögel, ohne Fluchtinstinkt, denaturiert. Als Antwort vielleicht auf die Unnatur Auto? Perspektiven sind das.
Jetzt hat sie mechanisch heruntergeschaltet – zum erstenmal? Sie fährt besser als gestern, nur vor den Ortschaften fürchtet sie sich. Immer führt die Straße mitten hindurch, verbindet noch nicht Punkte auf der Karte, sondern Ort mit Ort.
ROSEGREEN: der Name gefällt ihr, den hat sie auf der Herfahrt übersehen. Der Verkehr ist enorm gewesen, einmal hat sie lange einen Lastwagen vor sich gehabt. Sie hat sich anstrengen müssen, elend hat sie sich nicht gefühlt. Hat sie hier je eine Hupe gehört? Nichts von Zwängerei oder Hetze; fast will man die toten Vögel nicht glauben. Und nun staunt sie schon wieder, weil sie im Dorf auf den Dubliner stößt, von dem sie gerade überholt worden ist. Ohne Zeichen von Ungeduld sitzt er im Wagen und wartet, bis ein paar verschreckte Hühner von der Straße vertrieben sind.
Dorf oder Städtchen? Sie unterscheidet auf gut Glück. Wenn es Passanten, Parkplätze, Geschäfte gibt, denkt sie *Stadt*, bei Hühnern auf der Straße *Dorf*. Dabei glaubt sie sich nun zu erinnern, daß sie auch Schaufenster gesehen hat, flüchtig, weil sie sich zwischen wild geparkten Autos hat durchschlängeln müssen. Oder ist das vorher gewesen? Die Orte sind leicht zu verwechseln, für sie zumindest: immer die Hauptstraße, immer vom Auto aus. Bei den größeren sind die Häuser zusammengebaut wie in Städten, lange Zeilen, die nur durch die einmündenden Nebengassen unterbrochen sind. Durchgehend die Vorliebe für Pastellfassaden: Flieder, Zimt, Reseda; von kräftiger Farbe höchstens die Tür. Die Schaufenster kaum größer als gewöhnliche Fenster, das Angebot im Vorbeifahren selten identifizierbar; Ware eben, benötigt, gewünscht.
Die Schilfdachhäuser als Gegenstück? Es gibt sie nicht nur auf Ansichtskarten, sie trifft ab und zu eines an. Oder sieht sie stehen auf freiem Feld, weit von der Straße und jeder Ansiedlung entfernt. Ausgesetzt, verloren, weltverlassen: solche

Wörter hat sie sich vorgesagt, um das Einverständnis zu übertönen; ein Ja von weither. Sie kennt das kleine Haus mit dem großen Dach. Nest- und Höhlenträume – wann geträumt? warum in dieser unangemessenen Form? Das Nest braucht Bad und Elektrisch heutzutage, und wieso streicht der Traum die Nachbarn weg.
Man träumt falsch. Das Landhäuschen, vor dem sie am Morgen gehalten hat, gehört auch dazu. Über und über in Efeu gesponnen, hat es kaum noch aus den Fenstern gesehen. Heimat? Aber woher denn. Sie ist ein Stadtmensch, mit so viel ungebärdigem Wachstum finge sie nichts an. Angst würde sie ihr machen, diese wuchernde Umklammerung, Erstickungsangst. Die Träume sind zurückgeblieben, wie das Wünschen; überholt, aber nicht ersetzt. Liebe Lore, etwas in uns ist nicht mitgekommen. Was soll ein mittelalterliches Arsenal, wenn es atomare Sprengköpfe gibt. Es muß doch einen Grund haben, daß wir keine Traumbilder zustande bringen, die auch wach zu bewohnen sind. Lauter falsche Zuhause; wie sähe das richtige aus.
Sie hält an in Waterford, weil sie einen Parkplatz entdeckt hat. Mit dem Aussteigen muß sie warten, ein Hund kommt gelaufen, vor Hunden fürchtet sie sich. Gleich fürchtet sie auch den Herrn, der ihm pfeift, ihn zum Sitzen zwingt, mit der Leine ausholt. Erziehung? Sie will es nicht sehen, hat schon wieder gestartet; daß der Rückwärtsgang auf Anhieb gehalten hat, fällt ihr erst auf der Straße ein. Den Hafen hätte sie gern gesehen. *Eine Hafenstadt bauen.* Einmal ist in der BODEGA einer mit am Tisch gesessen, der nichts weiter gesagt hat als das. Unbeteiligt am Gespräch, nur von Zeit zu Zeit aus einer Versunkenheit auftauchend, die offenbar immer zur selben Folgerung kam: eine Hafenstadt bauen. Waterford *ist* gebaut, doch was den Hafen angeht, so muß er am andern Ende der Stadt sein. Weder Schiffe noch Wasser, nicht einmal von fern.
In Tramore dafür ein Staatsempfang. Die ganze angeklebte Hoteltreppe hinunter, vom Windfang bis weit in die Gasse

hinaus, ein roter Teppich; nach einem Blick auf ihre Schuhe geht sie möglichst am Rand. Auf einem Tisch vor der Bartür stehen gefüllte Gläser, nach Farben in Reihen geordnet, vor allem das Blau fällt ihr auf. Künstlich blau wie ein Swimmingpool, kann man so etwas trinken? Sie wartet, bis jemand Zeit findet, ihr den Zimmerschlüssel zu geben, bekommt zum üblichen *sorry* auch die Erklärung hinzu: eine *wedding party,* die Gäste sollten schon hier sein, die Drinks werden warm. Sie flieht vor der allgemeinen Nervosität auf ihr Zimmer, legt sich hin, hört von allem nichts.

Zwei Stunden später ist der Spuk vorbei. Zuerst hat sie auf die Treppe hinausgehorcht, dann ist sie zögernd hinuntergegangen. Keine Gläser mehr vor der Bar, und auch drin, als sie vorsichtig die Tür aufmacht, ist es still. Zum erstenmal geht sie hinein, vom Format her ist es ein Tanzsaal, aber Tisch an Tisch, sauber aufgeräumt. Nichts läßt auf ein vergangenes Fest schließen außer dem offenen Flügel, der mitten im Raum steht und ihr gewaltiger vorkommt als alle, die sie je gesehen hat. Die paar Gäste, ein Dutzend höchstens, sind auf die Ränder verteilt, sitzen wie sie mit dem Blick zur Theke und dem Rücken zur Wand. Auch die Theke ist gewaltig: wandlang, und über die ganze Länge ein Fries aus Jugendstilscheiben, Mattglas, von hinten beleuchtet, ein Fenster hinein statt hinaus. Sie trinkt einen Brandy, will sich auch die kleine Dame, die als Künstlerin kostümiert ist und sich ausgerechnet jetzt an den Flügel setzt, gefallen lassen, bloß spielt sie so fürchterlich, daß man nicht lange vorbeihören kann. Die Hochzeitsmusikantin? Kein Wunder, daß die Gesellschaft so rasch verschwunden ist. Oder sie ist gar nicht gekommen, Hochzeit abgesagt, und nun will die Person ihr Honorar anders verdienen. Wenn sie schon die Samtjacke angezogen hat, vielleicht sogar geübt –

Als sie merkt, daß ihr Ärger sich in Mitleid verwandelt, steht sie auf. Ein Affront natürlich: sie geht, bevor sie ausgetrunken hat. Und nun traut sie sich nicht einmal, der gekränkten Dame zuzulächeln. Sähe es nicht wie Verhöhnung aus?

Mit dem Zirkus wird es auch nichts. Das Zelt ist noch verschlossen, damit hat sie gerechnet, aber es ist kein Zirkus. Ein Kino? Ein drittklassiges Varieté? Sie wird aus den Fotos nicht klug. Etwas wie Nachtleben wohl, für später, wenn die Kinder im Bett sind; vorläufig ist ihre Zeit. Sie quietschen auf der Geisterbahn, thronen auf den Pferdchen des Karussells, bekommen Luftballons ans Handgelenk gebunden, quengeln, wenn sie etwas möchten und die Mutter nein sagt: nichts, was sie nicht kennte, bloß ist sie die unrechte Ruth. Das zwirblige kleine Mädchen mit dem Schatz von zwei Zwanzigern (einen vom Großvater und einen von der Gotte), die heiße Hand in der großen des Vaters, eine hellblaue Masche im Haar: *das* wäre hier unter seinesgleichen, selbst die Eltern von damals würden noch passen. Eine alte Albumseite, frisch koloriert, und sie geistert als Schatten herum. Ein Schatten, der stolpert und sich auslacht, fehl am Platz, aber leibhaftig, noch lange nicht ohne Gewicht. Das wird sie jetzt Richtung Dorf verschieben, dorthin, wo sie die Buden mit den Süßigkeiten vermutet; nicht eilig, sie achtet auf ihre Füße, weicht den Pflöcken nun aus.

Sie hat alles im Rücken: Karussells, Familien, die Musik; auf die erwarteten Buden ist sie nicht gestoßen. Aber übergangslos schnappt die Zeit wieder um, ein so harter Schnitt, daß sie lachen muß: Las Vegas in Tramore. Geglitzer, Geflimmer eine ganze Straße lang, der Takt des Blinkens wechselt von Haus zu Haus, von drinnen piepst, summt, knattert, klingelt es, und weil noch heller Tag ist, kommen ihr Geräusche und Lichterspiel zweifelhaft vor, unschicklich geradezu, wenigstens von der Straße aus; hinter den Türen ist Nacht.

Der Saal ist überraschend groß. An Wänden und Zwischenwänden Dutzende von Spielkästen, die Signale versprühen, hektisch, unverständlich, eine Unzahl von Zeichen – können die Spieler sie lesen? Sie geht hinter ihren Rücken vorbei, sieht keine Gesichter, würde sich wohl auch scheuen hineinzusehen. Daß es Männer sind, sieht sie trotzdem, jugendliche, erwachsene, ältere; eine Spielerin kann sie nicht sehen.

Es sind mehr Automaten als Benützer da, so daß manche ihre Rätselsprache nur für sich selber sprechen, nervös und gehetzt wie die andern, als müsse etwas ein- oder nachgeholt werden, bloß was. Sie schaut es sich weniger an, als daß sie es sich geschehen läßt, geht durch das Geblink und Geschrill wie durch ein Wetter; Sturm, Regen, Sonne: man hält eben die Haut hin.

Plötzlich *das ganz andere,* sofort vergessen die schreiende Hektik vor diesem Gegenteil: ohne Lichtspektakel, langsam, durchschaubar, stumm. Ein Kind spielt, ein Bub in Begleitung des Vaters, so daß sie ohne Bedenken dabeisteht, neugierig nicht auf die zwei, sondern auf das Ding.

Eine Art Haus, von oben bis unten aus Plexiglas. Im Flachdach die Öffnung, in die das Geldstück gesteckt wird, mehr ist nicht zu tun. Nur zuschauen kann man, wie die Münze in ein Stockwerk darunter fällt. Fällt? Sie bleibt auf der Kante stehen, von einem Wändchen gestützt. Ein bewegliches Wändchen, es fährt hin und her, doch so sachte, daß die Münze sich aufrechthält. Auch wenn sie umfällt, früher oder später, wird sie vom Wändchen geschoben. Und da sie liegend weiter in die Fläche reicht, gerät sie jetzt in Berührung mit andern Münzen, die da schon liegen; eine Menge Münzen, eingeworfen von andern, umgefallen, zu dem Haufen geschoben. Die neue stößt höchstens am Rand dazu, weil das Wändchen weiter nicht ausfährt. Aber wenn sie so günstig auftrifft, daß sich das bißchen Schub bis zum andern Rand überträgt, ist es möglich, daß eine der Münzen sich dort bewegen läßt, durch eine Aussparung in der Bodenfläche ins nächstuntere Stockwerk zu fallen. Auch auf diesem liegen bereits Münzen, mehr noch als oben, auch dichter übereinander. Ein fahrendes Wändchen gibt es hier nicht, keinen Schub von außen, nur die Münze, die fällt. Diesmal fällt sie wirklich, und mittenhinein in den Münzenberg. Ein wenig bewegen sich die, auf die sie drauffällt, doch muß das kleine Gerüttel sich fortsetzen bis an den Rand, wo die Bodenfläche abbricht, damit dort (vielleicht) eine der andern Münzen gedrängt, ge-

schoben, hinausgestoßen wird – und in die Gewinnmulde springt.
Das Kind ist lange schon weg, die Spieler wechseln rasch. Mehr als ein Geldstück wirft keiner ein, die Gewinne sind selten und klein. Fällt sie auf, wird sie angestarrt? Sie zieht ein wenig die Schultern hoch, sie schaut nur, wen sollte es stören. Schaut dem Zufall zu, der Verkettung von Zufällen, bis einer sagt: »Have a try.« Er streckt ihr eine Münze hin, sie wird rot, stottert irgendwas, findet trotz der Eile zur Tür.
Hat sie das Geldstück von ihm genommen? Sie öffnet die Faust, hört es fallen. Bereut es gleich und bückt sich: zehn Pence, zum Fortwerfen nicht genug.

Warum zum Teufel ruft niemand an. Man hat doch Freunde, was tun die, wo sind sie, während man selbst das Sprechen verlernt. Unnötig, daß man im Adreßbüchlein blättert, wer hat denn am Samstag nichts vor. Man würde sich höchstens für später verabreden, auf einen Tag, von dem man noch keine Ahnung hat, wie er aussieht. Nur von diesem weiß man, daß er zu lang wird; heute, jetzt gleich fällt einem die Decke auf den Kopf.
Lore schweigt auch. Hat vielleicht lächerlich gefunden, daß diesmal die Sendung expreß gekommen ist. Erst gestern mittag in die Maschine getippt, weil es Donnerstagnacht zu spät war. Halb drei, und sie hat doch nicht verschlafen. Ist meist aus dem Bett, noch bevor die sprechende Uhr abschnappt, taumelig zwar vom Schock, doch das geht vorbei. Wenn sie im Konsum die Schürze anzieht, ist sie wach genug, um sich durch das, was zu tun ist, steuern zu lassen. Müde? Man denkt nicht daran. Auch nicht an den Küchentisch, zum Glück. Genug, daß man ihm zuhause nicht ausweichen kann. Tu was, sagt er, oder man glaubt es, weil man sich einbildet,

daß Lore wartet. Dabei heißt ihr Schweigen vielleicht, daß sie es satt hat. Zuviel Irland, zuwenig Ruth?
Man müßte fragen, aber nicht jetzt, so viel Mut bringt sie heute nicht auf. Lore wird ohnehin schon woanders sein. Sitzt in einer Runde und gibt ihre unumwundenen Kommentare ab. Ach was Freunde, hat sie einmal gesagt. Sind alles bloß Bekannte, und nicht einmal im buchstäblichen, nur im herkömmlichen Sinn. Flugsand, an- und vorbeigeweht, ich brauche das. Hat womöglich Ruth inzwischen begraben, illusionslos wie sie ist, und man könnte den Tisch abräumen.
Seit Wochen nichts gelesen. Willkürlich aufgehalten das Sterben des Doktor Reis, um selber in dünne Luft zu geraten. Der Augenblick schon vorbei, wo man sich das Klingeln des Telefons als Erleichterung gedacht hat. Wie denn reden, mit wessen Stimme, als wer. Das bißchen Regine, das zwischen Konsum und Irland noch übrig ist?
Sie legt sich mit dem Tagblatt aufs Bett, studiert die Veranstaltungs- und Todesanzeigen. Bevor sie mit dem Kreuzworträtsel zuende ist, beginnt es zu dunkeln. Kein Fernseher heute von unten, auch von nebenan hört sie nichts. Für Ruth Gesellschaft finden. Wenn es Lore erschreckt, daß sie nur mit sich selber spricht. Mit wem hat man geredet dort? Kann man sich zu den Gesichtern des Fotobuchs Stimmen denken?
Die Stille gestört, kaum hat sie Licht gemacht. Ein Geräusch, das sie kennt: wie wenn es auf ein Blechdach regnet. Sie wartet, daß es aufhört, lauert vielmehr, belauert es hinter der Küchentür. Durch den Türspalt beobachtet sie den zuckenden Schatten in der Lampe: ein großer Schatten, wie kam er herein. Schießt aus der Lampe hinaus, stößt gegen die Decke, prallt ab, stürzt zu Boden, ein häßlicher grauer Fleck auf dem Teppich. Liegt still? Sie pirscht sich ins Zimmer mit einem Plastikbecher; als sie ihn über den Fleck stülpt, setzt das Geräusch wieder ein. Sie sucht und findet ein Stück Karton, das sie mit aller Vorsicht unter den Becherrand schiebt. Den Karton hart an die Öffnung drücken, aufheben, zum Fenster tragen. So weit sie kann, streckt sie die Arme hinaus, ent-

fernt den Karton, sieht es wegtaumeln. Ins Falterglück? Die Nächte sind schon kühl.

Das Wetter ist schlecht, zum erstenmal mit Nachdruck Regenwetter. Ruth hört es schütten bei jedem Aufwachen, um halb zwei schon und dann immer wieder, sie hat keine gute Nacht. Hinter den Augen ein Spiegel, der springt und nochmals springt, als werfe jemand Steine hinein. Aus den spinnenbeinigen Rissen Ruß und Gedröhn, der Schädel ein Hohlraum, in dem der Lärm sich vervielfacht: die Zahnmühle mahlt. Der Puls wie ein Hammer, hämmert endlich die Schwärze auf und den Schraubstock des Kiefers, und wenn das Herzjagen aufhört, fängt das Sekundengeriesel an. Warten. Auf den Schlaf oder den Tag.
Sonntag. Das Meer Chrom und Asche. Draußen stumpf, die Abgrenzung gegen den Himmel ungewiß. Glanzlos grau die Seen, etwas Glanz dafür auf den Dächern. Der Rummelplatz trostlos wie alle Rummelplätze bei Regen. Ein neues Bild; das letzte, bevor sie fährt.
Sie nimmt die Straße über Annestown, Küstenstraße heißt sie in ihrer Broschüre, obwohl sie der Küste nur selten nahe kommt. Der Ausblick dann um so überraschender: finstere Seestücke, eine Lagune in Schwarzbraun, regenverhangene Buchten. Fast keine Autos, die Straße ist nicht besonders gut, alle fahren langsam, Ruth darf sogar stehenbleiben, um aufs Meer zu schauen. Das Licht über dem Wasser wechselnd: silbrig, milchig-fahl, diffus. Schauen, sagt sie sich, sich an den Tag halten. Regentag oder nicht, sie ist wach, sie verfügt über sich. Noch tun ihr die Zähne weh, doch mit dir hat das nichts zu tun. Geknirscht hat sie schon als Kind, zum Schreck der Eltern, die sich keinen Reim darauf wußten. Kein Reim bis heute, ungeklärt, was da nächtelang zermalmt wird, und im-

mer aufs neue, und immer nicht genug. Du hättest vielleicht eine Erklärung gehabt – wofür hast du keine –, oder du hättest *Ach* gesagt. Warum bist du zwei, wie kann man zwei sein? Und jeder für sich, als wolle er den andern löschen oder nicht kennen. Einer, der hegt, und einer, der zerstört. Hast mich mit den Wechselbädern dazu gebracht, daß ich mir selbst nicht mehr traue. Worin bin ich undeutlich, daß du dir von meiner Verheerung etwas versprochen hast? Als hätte ich mich *ganz* dir nicht anvertraut.
Ardmore, und noch immer schüttet es. Wenigstens braucht sie nicht lange zu suchen: ein Griffelturm wieder, vorn auf dem Hügel, der ist nicht zu übersehen. Sind geflohen, ja, aber immer hinauf, himmelwärts zur Ehre Gottes oder der eigenen, wer wollte das heute entscheiden. Mönchstraum von Babylon? Ragt jedenfalls, hat sich gehalten. Beherrscht die Bucht, die sich nur ahnen läßt: eine graue Leere, von der noch mehr herauftaucht, als sie aus dem Auto steigt. Dann sofort alles schlierig, Nahes und Fernes, weil ihr der Regen in die Augen rinnt. Den Schirm hat sie verloren oder irgendwo vergessen, also Kragen hoch und den Kopf zwischen die Schultern. Ihr Auto ist das einzige vor dem Mauertörchen, kein Mensch wird sie sehen.
Daß die Kirche kein Dach hat, ist nicht mehr überraschend, aber dieser Schrei von Violett! Übertönt das Grün und den grauen Tag, Unkraut vielleicht, ganze Büsche, höher als das Gras, doch vom Regen geduckt. Nur die Blütenstände wie Kerzen, so unglaublich violett, daß sie hineinwatet, um es zu glauben. Oder weshalb?
Im Gegenwind zur Kirche, nasser kann sie nicht werden. Das Wasser gluckst in den Schuhen, wieder muß sie den Regen aus den Augen wischen. Zwei Reihen Reliefs an der Giebelmauer, Bibelbilder, von denen sie nur eins mit Gewißheit erkennt: den Sündenfall. In der Mitte der Schlangenbaum, Adam auf der einen, Eva auf der andern Seite, einander kaum zugewandt. Können sich nicht einmal sehen, der Stamm ist zwischen ihnen, eine Grenze, die auch Evas ausgestreckte

Hand nicht durchstößt. Was hält sie zusammen, die zwei? Bloß das Bild —
Der Mantel ist dunkel vor Nässe, das Haar trotz des Béréts so vollgesogen, daß es ihr in den Ausschnitt tropft. Undine abgetakelt, ohne Prinz und Gefolge, und kein Messer in den Füßen, das Messer sitzt im Kopf. Sticht drin und sticht heraus, kerbt sich ein, pflügt das Gesicht um. Um *was* zu säen?
Unter dem kaum geöffneten Kofferraumdeckel tastet sie im Koffer, wirft alles durcheinander, findet immerhin, was sie braucht. Mit einigen Verrenkungen schafft sie es auch, sich im Wagen aus dem nassen Mantel zu schälen, und als die Haare frottiert und die Schuhe gewechselt sind, will sie sich wieder kennen. Sie rutscht auf den Nebensitz, klappt den Spiegel herab, zuckt die Achseln. Warum nicht? Ungefähr Ruth.
Fast eine Stunde hat sie geschlafen, im Auto neben dem Mauertörchen, das Handtuch überm Gesicht. Der Regen hat etwas nachgelassen, dafür ist es dunstig geworden. Sie verläßt die Küste, ohne nochmals das Meer zu sehen; die Hauptstraße nach dem Westen kann sie nicht verfehlen.
Cork bleibt ihr verschlossen: kein Parkplatz, umsonst kreuzt sie am Hafen herum. Krane sieht sie, Schiffsbäuche, riesige Silos, finster, schmutzig alles, oder das Wetter ist schuld. Sonst sieht sie nicht viel, nur daß es eine veritable Stadt ist, die erste seit Dublin, obwohl kaum zu vergleichen. Vergleichbar ist nur der Verkehr, aber wenn er sie auch am Bleiben hindert, so läßt er sie doch ungekränkt hindurch. Weder Bordsteine noch Radfahrer, denen sie zu nahe tritt, und die Ausfallstraßen sind so gut bezeichnet, daß sie kein einziges Mal im Zweifel ist.
Das Mittagssandwich ißt sie in einer Dorfbar. Stickig ist es, übervoll von Männern, alle trinken Bier. Sie riecht ihre feuchten Jacken, während sie auf ihr Sandwich wartet, das getoastet wird; der Barmann hat es ihr vorgeschlagen, dabei hat er alle Hände voll zu tun. Warum brauchen die Leute zwei Bier zugleich? Sie gehen von ihren kaum angetrunkenen Gläsern

weg zur Theke, kommen mit andern, frisch gefüllten zurück. Sie hat den Kaffee schon ausgetrunken, als der Barmann den Toast bringt: Schinken und Käse, ein Sonntagslunch.
Als sie aufbrechen will, ist die Tür verschlossen. Sieht man ihr an, daß sie Angst hat? Der Barmann steht schon neben ihr, er lächelt, er bringt sie zur Hintertür. »Geschlossen seit zwei«, sagt er, und weil sie erstaunt nach den vielen Gästen schaut: »Austrinken ist erlaubt.«
Kurz hinter dem Dorf dann die junge Frau an der Straße, aufgeweicht wie Ruth nach Ardmore. Die wievielte Anhalterin seit Dublin? Aber diese kann sie im Regen nicht stehenlassen.
»Wenn Sie nach Killarney wollen —«
»Darf ich hinten rein? Ich muß mich trockenlegen.«
Ruth nimmt den Mantel, der noch naß ist, nach vorn, legt ihn auf den Nebensitz und die Karte drauf. Daß die Frau den Reißverschluß ihrer Tasche aufzieht, hört sie nur noch, so wie sie auch an der ganzen ausführlichen Wiederherstellung nur mit den Ohren teilnimmt. Kaum zeigt das erneute Geräusch des Reißverschlusses das Ende der Prozedur an, sagt es hinter ihr: »Sie kommen nicht vom Blarney Stone.«
Ein Wink mit dem Zaunpfahl. Man küsse ihn und erlange die Gabe der Rede, Ruth hat es in der Broschüre gelesen. Will die Mitfahrerin unterhalten sein? Ihr Gesicht taucht hinter ihr auf, sie spürt ihren Blick von der Seite, hütet sich aber, sich umzudrehen. Soweit ist sie noch nicht, daß der Ford von alleine fährt; sie muß aufpassen, jetzt sogar für zwei.
Die junge Frau heißt Elke, hört sie, sie komme aus Hannover. Tatsächlich sei sie auf Schloß Blarney gewesen, gestern. Seit zwei Wochen schon in Irland unterwegs.
»Ich habe Sie in Cashel gesehen«, sagt Ruth.
»Und Sie fragen mich gar nicht, warum ich allein an der Straße stehe?«
»So viele Möglichkeiten gibt es ja nicht.«
Daß sie sich nun entfernt, diese Elke, sich zurückzieht in den Fond, wo sie sich häuslich einrichtet, sofern Ruth die Geräusche richtig interpretiert, heißt vielleicht, daß sie verletzt ist,

aber Ruth will die Geschichte nicht hören. Immer dasselbe, immer nochmals. Und was hilft denn das Reden, wenn es geschehen ist; wegreden kann man es nicht.

Die junge Frau hat sich so installiert, daß der Rückspiegel nichts von ihr zeigt. Auch zu hören ist nur der Motor, und nicht laut; Ruth hat für das Umziehmanöver die Scheiben hinaufgedreht. »Im Jasagen sind wir wohl besser«, sagt sie in die Stille hinein. Antwort bekommt sie nicht, erst als sie nach einer Weile sagt: »Und im Neinsagen auch«, hört sie Elke schnauben. Ihr Gesicht erscheint wieder zwischen den Nackenstützen, Ruth sieht es aus dem Augenwinkel, und als sie nun doch einen ganzen Blick riskiert, grinst Elke sie an. Verzweifelt vielleicht, aber wütend verzweifelt, sprühlebendig noch immer, man muß keine Angst um sie haben.

Ruth sagt: »Sie könnten die Karte übernehmen.« Das Kopfschütteln neben ihr ist so heftig, daß sie hinüberschaut. Der Kopf verschwindet sofort, Elke sagt von hinten: »Ich will nirgends hin.« Ruth dreht das Fenster herab, weil die Frontscheibe anläuft. So laut, daß sie zusammenfährt, sagt Elke in ihrem Rücken: »Immer soll ich den Weg suchen, den andere brauchen. Was geht es mich an, wo Sie hinwollen. *Mein* Weg ist es nicht.«

»Ich will in mein Hotel in Killarney«, sagt Ruth. »Falls Ihr Nirgends zufällig an der Straße liegt —«

»Werde ich Halt schreien«, sagt Elke, sagt es so wütend, daß Ruth wieder denkt: Man muß nicht fürchten um sie. Was natürlich nicht heißt, daß sie Zuspruch nicht brauchen könnte, bloß wo nähme man ihn her.

Sie durchfahren jetzt einen Ort, Ruth wie immer mit doppelter Vorsicht, sie will nichts ums Leben bringen. Elke verhält sich still, auch als sie wieder draußen sind, so angestrengt still, als übe sie Totsein. Legt es darauf an, daß man den Kopf dreht, um zu sehen, ob sie noch da ist. Als ob ihre Anwesenheit zu verkennen wäre, Raumverdrängung, oder wie heißt das. Auch blind wüßte man um sie. Ruth sagt: »Haben Sie die Häuser gesehen? Bienenstöcke. Alle gleich: eine Tür, zwei

Fenster, nur in der Farbe verschieden. Damit die Heimkehrer sich nicht verfliegen ...«
»Ich habe sie gesehen.«
Bissig klingt es. Daß sie nicht hinzufügt: Wie denn nicht, bei Ihrer langweiligen Fahrerei, muß Ruth wohl für etwas halten. Immerhin, Elke rührt sich, ihr Rock reibt über die Polsterung, eine Hand über den Rock. »Aber die vorher, mit den Vorgärtchen«, sagt sie, »die finden Sie nicht der Rede wert?«
Ruth kann sich nicht erinnern, sie sehe überhaupt wenig, sagt sie, was Elke mit einem abfälligen Laut quittiert. Doch die Häuser haben es ihr angetan, sie will davon reden. »Ein blaues mit schneeweißen Fensterstürzen. Und eines in Lila und Grün. Wie frisch bemalte Ostereier«, sagt sie. Das hübscheste seien jedoch die Gärtchen. Meist eine Mauer rundum, mindestens eine Hecke, man könne sie nur durch die Gartentür sehen. Keins sei wie das andere, doch herausgeputzt alle, vom Begonien-Rondell über gemusterte Rabatten bis zu winzigen Bauerngärten: Blumen überall. Einmal nichts als Rosen, so dicht, daß sicher nicht einmal eine Katze hindurchschlüpfen könne. Gepflegt aber trotzdem, ein Rätsel. Vom Himmel aus gepflegt?
Ruth stellt die Scheibenwischer ab, will plötzlich für möglich halten, daß die Sonne noch kommt. Vorerst kommen Planwagen, leuchtend orange, gleich drei hintereinander, und daß Elke sagt: »Nicht einmal in der Farbe verschieden«, muß nicht heißen, daß sie die Pferdchen nicht sieht. Will nirgends hin, darf nicht an Heimwege denken.
»Kann ich bei Ihnen schlafen?«
Ruth schüttelt den Kopf. Nachdem sie ein paarmal geatmet hat, sagt sie es auch, sagt nein, laut genug, um gehört zu werden. Eine Reaktion erfolgt nicht, auch dann nicht, als sie sagt: »Wenn Sie Geld brauchen. Geld habe ich genug.« Kein Ton von hinten, bis der Heuwagen in Sicht kommt, »Heu bei diesem Wetter«, hört sie Elke sagen, doch dann hört sie nichts mehr, weil das Überholen sie völlig in Anspruch nimmt. Wenn sie einmal weit genug sieht, tanzt der Bauernhund so

irrwitzig auf der Gegenfahrbahn herum, daß sie sich wieder nicht traut. Endlich – nach dem wievielten Anlauf? – gelingt es doch, und Elke sagt mit einer Unverfrorenheit: »Na also«, daß sie lachen muß. Weinen ginge auch, ist ja blödsinnig alles, warum geht man nicht zu Fuß. Jeder aus eigener Kraft und wohin er selber will, statt sich den Weg und die Hindernisse diktieren zu lassen.
Elke sagt: »Sie sind ganz schön zäh.«
Ruth zuckt die Achseln, sie will nicht wissen, wie es gemeint ist, müde ist sie, deshalb fragt sie: »Und Sie?«
»Frech.«
Bestreiten läßt sich das nicht. Elke wird auch verzichten darauf, daß man sie zu ihrem Frechsein beglückwünscht; wieviel Wahl ist denn schon dabei. »Geld brauch ich übrigens keins«, sagt sie, sagt es so wenig patzig, daß Ruth es glaubt. Sie muß schon wieder Radtouristen überholen, schrecklich, auch ohne Elke wäre es schrecklich genug. Es geht aber, sie schafft es, und unerwartet rasch; hat sie nun selbst *Na also* gesagt? Hinter ihr lacht es, aus vollem Hals und so ausdauernd, daß sie mitlachen muß. Man kann der Narr im Epilog sein, ohne das Stück zu kennen. Glückssache natürlich, wenn Elke aber lacht. Lacht sich vielleicht fort von ihrem Debakel, weit genug fort, daß sie es anschauen kann.
Sie nähern sich Killarney, der Verkehr ist dicht, Ruth muß sich konzentrieren. Soll sie überhören, daß Elke fragt: »Wie alt sind Sie?« Ihrerseits hat sie die Frage unterdrückt, aus irgendwelchen Skrupeln, die Elke nicht hat. Sie sagt: »Einundfünfzig«, und ist froh, daß sie Elkes Gesicht nicht sieht. Die arme Elke, die nun mitfühlend sagt: »Sie sind aber noch recht lebendig, was?« Ein Grablied, genaugenommen; was ließe sich darauf sagen, das Elke glauben könnte, bevor sie es selbst erfährt. In zwanzig, dreißig Jahren begräbt man sie auch, und vielleicht wird jemand so freundlich sein, ihr hinterherzurufen: Wie eine Leiche sehen Sie nicht aus.
Die Stadt ist ziemlich verstopft, sie kommen nur langsam voran. Als Elke die Reisebusse sieht und die Scharen auf dem

Gehsteig, sagt sie verdrossen: »So viele Touristen.« Die Straßen sind noch naß, kein Fetzchen Blau am Himmel, trotzdem wird promeniert. Elke bleibt stumm auf die Frage, wo sie abgesetzt werden wolle, aber Ruth ist gefaßt auf ihr *Hier!* und hält sofort an, obwohl sie nicht dürfte. »Gute Reise«, sagt sie, da ist Elke schon draußen und packt sich die Tasche auf. Mehr sieht Ruth nicht, sie muß weg.
Dreimal fragt sie, durchs Wagenfenster, bis sie auf der richtigen Straße ist. Die Hoteltafel steht am Eingang einer Allee, in die sie etwas zögernd einbiegt. Die Stadt ist zuende, außer dem Kies unter den Rädern hört sie nur das Brüllen einer Kuh. Melkzeit? Das Hotel ist ein altes Landhaus, in der Halle brennt ein Feuer, am Empfang sind zwei junge Frauen, von denen eine sie auf ihr Zimmer bringt: ein riesiges Eckzimmer mit drei Fenstern, Ruth steht sprachlos in der Tür. Ob sie lieber im angebauten Trakt wohnen wolle, moderner? – es sei da jemand abgereist. Ruth stellt so entschieden ihre Tasche aufs Bett, daß die Frau sich zurückzieht.
Sie wandert von Fenster zu Fenster, die Nischen sind dunkel getäfelt, sie streicht über das alte Holz. Dann setzt sie sich auf einen der gradlehnigen Stühle am runden Tisch, der in der Ecke zwischen den Fenstern steht. Die Tischplatte wackelt, als sie die Lampe an- und wieder ausknipst, ein Tisch nur zum Ansehen, zu etwas anderem braucht sie ihn nicht. Aber unbedingt benützt sein will die Kommode, auch der Sockelschrank mit dem hohen Spiegel, so daß sie, als der Koffer gebracht wird, zum erstenmal auspackt. In jede Lade legt sie etwas hinein, hängt ihre Sachen auf die Haken im Schrank, räumt den Koffer so gründlich leer, als gedächte sie drei Wochen und nicht drei Tage zu bleiben. Was für ein Zimmer, sagt sie. Daß es das gibt.

Kein Bild von Killarney in ihrem Buch. Ein Touristenort wie Ascona, von Fremden überfüllt: genaueres treibt Regine in der Erinnerung nicht auf. Weiß nur noch den Abend dort, begonnen im Speisesaal. *Grande cuisine,* damit hatten sie nicht gerechnet in Irland, schon gar nicht in einem Hotel. Sternstunde für den Gaumen, hat Kurt gesagt. Die Sternstunde hat sich dann ausgedehnt; Regine hat glauben wollen, daß er doch nicht aufgehört habe, sie wahrzunehmen, oder er fange neu damit an. Ein Abend der Nähe, der letzte. Danach ist alles nur noch Bemühen gewesen. Der Abschied im GRESHAM, sie ist sicher, eine Erleichterung auch für ihn.

Zu blöd, daß sie den Plattenspieler nicht zur Reparatur gebracht hat. Aufgeschoben seit dem Frühjahr, weil er so schwer zu transportieren ist. Einmal die irischen Tänze anhören, statt immer ins Fotobuch schauen. Kurt hat ihr auch Balladen gekauft in Dublin, doch die alten Tänze haben ihr viel besser gefallen. Im Ohr sind sie ihr nicht geblieben. Zu lange her, auch nicht oft genug abgespielt; sie hat keinen Grund gehabt, sich zurückzuversetzen. Und jetzt, wo sie einen hätte, Lust jedenfalls, sind die Platten stumm.

Sie steht trotzdem vom Tisch auf. Braucht sie einen Vorwand, um sich eine Pause zu gönnen? Möglich, daß sie sich keine verdient hat, aber da heute ohnehin nichts mehr wird. Den Umschlag zukleben und zum Postkasten tragen. Sie wird sich ein Glas Wein in der Quartierkneipe leisten, dann wieder einmal früh schlafen.

Die Wirtin setzt sich zu ihr, das hat sie noch nie getan. Schlecht sehen Sie aus, sagt sie, Sie sollten mehr an die Luft. Worauf Regine natürlich ihre Sonnenbräune bemerkt und weiß, was von ihr erwartet wird.

– Ferien gehabt?

Zugesperrt habe sie, vier Wochen lang. Sei in Tunesien gewesen, in Hammamet. Meer, Swimmingpool, prima Hotel und kein Tropfen Regen. Fabelhaft.

Regine hängt sich an das Wort Hammamet. Sie befestigt ein Lächeln auf dem Gesicht, um ungestört auszufliegen, nur hält

es dann doch nicht, weil etwas sie einholt und laut wird: *Geh nicht nach El Kuwehd*. Man geht aber trotzdem, denkt sie, und daß die Wirtin sie nun beim Arm packt, geschieht ihr recht. Über Tunis regt sie sich auf. Gassen gebe es da, so was habe Regine noch nie gesehen. Gelesen vielleicht, doch solange man es nicht mit der eigenen Nase rieche –
Gut, daß dort nur Tunesier hausen und es für unsereins die feinen Hotels gibt, würde Lore sagen, allerwenigstens; Regine sagt nichts. Wo ginge sie hin an so einem Abend, wenn sie nicht mehr hierhergehen könnte. Sie ist froh, daß die Wirtin sie kennen will, obwohl sie so selten kommt. Da nach Bier gerufen wird, muß sie zum Schank, kehrt aber gleich zurück. Ist Regine die einzige, der sie noch nicht von Hammamet erzählt hat? Ihr liefen die Serviertöchter weg, weil sie zuviel rennen müßten, sagt sie, aber dort. An jeder Ecke ein Boy, der darauf warte, daß er zu tun bekomme. Ein Wink, und sie stünden da, gedrillt seien die, daß man hier einpacken könne. Die Schweizer Hotellerie hervorragend? Das war einmal.
Regine, um nicht an den bissigen Kommentar zu denken, den Lore nun für angebracht hielte, weicht ins Fragen aus. Ob die Frauen verschleiert seien, dort in Hammamet?
Man habe ihr im Hotel geraten, nicht in die Stadt zu gehen. Wenn sie Schleier gesehen habe, dann in Tunis, aber viele nicht. Richtige Moslem-Frauen dürften doch gar nicht auf die Straße, und sie habe sich sagen lassen, auch auf den Himmel hätten sie kein Recht. Also hier nichts und dort nichts, die seien nicht zu beneiden. Die Wirtin lacht. Klar, sagt sie dann, manchmal wäre es ganz angenehm, sein Gesicht zu verstecken. Früher, wissen Sie, da haben die Blicke gestreichelt, aber wenn einmal der Verputz herunter ist. Bienenstiche ... Ein Schleier wäre nicht schlecht.
Und einer für die Hände, sagt Regine. Sie bedauert es sofort. Die Wirtin stößt einen ihrer hohen Lachschreie aus, reserviert für besondere Gelegenheiten, Regine erschrickt jedesmal. Sichtbar, wie es scheint, denn die Wirtin schüttelt den Kopf.

– Was Sie nervös sind. Tunesien täte Ihnen gut.
– Ins Goms fahre ich irgendwann.
– Irgendwann ist nichts. Und was wollen Sie im Goms. Herumlaufen natürlich. Statt daß Sie auf der faulen Haut liegen und in den Himmel schauen.
Chefin, brüllt einer herüber, wir sind auch noch da. Du sei mal still, sagt die Wirtin, lärmen kannst du zuhaus. Sie steht aber doch auf, stellt sich wieder zum Schank. Ein Blick rundum, der keinen ausläßt, und gleich ist klar, wer hier das Sagen hat. Einer, der wohl betrunken ist, sagt zu Regine: Wir haben nämlich Ordnung, falls du es noch nicht weißt. Laß die Dame in Ruhe, sagt die Wirtin, sie kann es ohne dich machen. Der Mann murrt. Ist sie was Besseres? habe ich sie etwa angefaßt? Bist schon recht, sagt die Wirtin, worauf der Mann zu seinem Bier zurückfindet. Einer aus der Runde sagt noch: Vorsicht mit Damen, alles lacht, dann ist Regine vergessen. Sie trinkt ihren Magdalener aus, und als sie geht, sagt die Wirtin: Denken Sie an Hammamet.

Das rotblonde Mädchen, das hier Judith heißt. Trotzdem hat sie es gleich erkannt: die Eva von Florenz. Etwas älter geworden, ernster vielleicht, aber ebenso traumverloren. Keine Spur von Schreck im Gesicht über das, was ihre Hände halten, auch kein Triumph. Eine Schlafwandlerin ist sie, hat sich in Samt, Brokat und Pelz kleiden lassen und das Schwert genommen. Sehr einsam steht sie da mit ihrer Trophäe, eingemauert in das Prunkgewand, und man wünscht ihr, daß sie nicht aufwacht oder daß alles nicht wahr ist: Eva spielt Theater, und wenn der Vorhang fällt, ist Adam wieder ganz.
Ruth dreht sich auf den Rücken, sieht die Zimmerdecke weit weg. *Alles* ist weit weg, fällt ihr ein, deshalb stützt sie die Ellbogen auf und wandert mit den Augen das prinzeßliche

Zimmer ab, läßt auch die Aussicht mit den windgezausten Nebelfetzen nicht aus, bevor sie sich wieder fallen läßt. Soll sie liegenbleiben? Mit so viel Raum um sich würde sie es schon aushalten, und wenn sie nur denkt, was sie darf –
Sie könnte sich das Bilderbuch aus der Kommode holen. Nochmals den Cranach anschauen. Oder eben *nicht* den Cranach, sondern den Bruegel, die Ijsenbrandtsche Madonna, den Sisley, von denen sie nur eine vage Erinnerung hat. Drei Stunden Nationalgalerie, und nichts deutlich behalten außer der Judith. Es macht ja auch nichts, Bilder sind nicht zum Auswendiglernen; merkwürdig ist höchstens, wie wenig man in seinem Gedächtnis mitzureden hat.
Sie steht nun doch auf. Auf der andern Seite des Rauchtischs, beim zweiten, dem schmaleren Bett, liegt noch das Buch, in dem sie gestern wieder einmal gelesen hat. Zwölf Schritte sind es ins Bad; die weiteren, hin und her zwischen Badezimmer, Schrank und Kommode, bis sie zum Frühstück fertig ist, zählt sie nicht mehr, möchte aber keinen einzigen sparen, im Gegenteil. Sie geht wieder die Fenster ab: Rasen, Bäume, dahinter die Wiesen mit dem Nebelgeschlier, der Himmel herabgesenkt, pappig grau. Noch während sie ihre verschleierten Spiegeleier ißt, weiß sie nicht, ob sie ihr Programm einhalten will. Erst als ihr unvermittelt die Sonne auf den Teller scheint, beschließt sie zu wollen.
Die Straße führt bergauf, Rhododendron zu beiden Seiten, leider verblüht. Auch sonst eine südliche Vegetation, sogar Palmen. Und wenn Büsche und Bäume die Sicht freigeben, immer ein See. Immer ein anderer? So kommt es ihr vor. Jeder eine Stufe höher als der vorige, eine Treppe von Seen.
Bei einem Aussichtspunkt, der Lady's View heißt, hält sie an. Sie ist nicht gemeint mit der Lady, sowenig wie die andern, die da herumstehen. Doch der Blick reicht für alle, die ihn haben wollen, der Parkplatz ist ziemlich voll.
Seen, von oben wie in Tramore. Wieder diese sonderbar zufälligen Formen, diesmal zwischen Bergwiesen und Fels. Bei dem bißchen Steigung seit Killarney kann es so steil nicht hin-

untergehen, und doch wird ihr schwindlig, so daß sie sich wegdrehen muß. Traumtänzer, der gefallen ist ... Sie erinnert sich: nicht zu Tode gefallen, aber geweckt und verstört. Wie soll er nun tanzen, wo die Leichtigkeit hernehmen, die Selbstvergessenheit? Wenn man ihm auf die Füße schaut, stolpert er, wenn jemand ihn berührt, fährt er zurück, wenn man seinen Blick sucht, fangen ihm die Lider zu flattern an. Wo hat sie die Geschichte her, und was will sie damit. Leichtigkeit hat sie nie gehabt, und wer tanzen *kann*, braucht dazu nicht zu schlafen. Der Klartext für ihren Schwindel heißt Abnützung, Altern, Verfall – ein häßlicher Text, will sie ihn verbrämen? Sie würde schon wollen, wenn es helfen könnte, aber nichts hilft.

Noch geht es weiter in die Berge, vielmehr zwischen Bergen hindurch. Fast unmerklich kippt das Bergauf ins Bergab, die Straße ist schmal, viele Kurven, sie hat zu tun. Wenn ein Reisebus ihr entgegenkommt, muß sie sich an den Rand drücken und warten, auch unten an der Küste wird es nicht besser, der Verkehr nimmt noch immer zu.

Ebbe, denkt sie, als sie den dunklen Streifen auf den Klippen sieht. Oder schließt sie falsch? Die Markierung ist brandschwarz, ein Ruß- und Rauchrand wie in einem Riesenkamin; wieso sollte Wasser Brandspuren hinterlassen. Eine schartige Küste, auch hier, die Straße kann ihr nicht folgen, doch wo immer sie in die Nähe kommt, ist der Fels mit dem rußigen Streifen markiert. Manchmal eine Sandbucht darunter, unzugänglich, stellt sie sich vor, später wohl von der Flut überspült. Weiß nichts von den Gezeiten, als daß es sie gibt, und denkt sich nun aus, was ihr passend scheint; *ungefähr* passend; zu dem, was sie *ungefähr* sieht.

Das Fahren ist mühsam, zum erstenmal machen andere Fahrer ihr Angst: Touristen vom Festland, die gegen alle Vernunft überholen und angebraust kommen, so direkt auf sie zu, daß ihr die Luft wegbleibt. Und immer wieder Radfahrergruppen, schwer zu nehmende Hürden, nicht nur für sie; die entgegenkommenden Busse, die sie vorbeilassen muß, zitternd, wenn gleichzeitig von hinten einer gerast kommt. Sie verwünscht sich, sie schwitzt.

Ein Muß, hat man ihr gesagt; wer den Ring of Kerry auslasse, sei nicht in Irland gewesen. Hätte sie sich nicht denken können, daß dort, wo alle hinmüssen, sie auf diese alle aufpassen muß? Keine Zeit und keine Augen für das, wofür man hier unterwegs ist. Selber schuld, und nun fängt es auch noch zu regnen an. Hört aber wieder auf, kaum hat sie die Scheibenwischer angestellt, die Beleuchtung ist plötzlich so unstabil, als spiele jemand mit einem Scheinwerfer herum. Sonnen- und Schattenzonen, dazwischen alle Grade der Verdunkelung, einmal eine scharf umrissene Lichtinsel auf einer Landzunge, auf dem Meer dahinter ein Dunstschleier, eine rasch sich verdichtende Silberschicht, die sich gleich danach wieder auflöst; so daß die Nebelkappe des Bergs weiter vorn, unverrückt, so oft Ruth danach ausschaut, bald das Befremdlichste ist: in all dem Wechsel so etwas wie Bestand.

Ein Schilfdachhaus, und noch eins. Weißgetüncht, mit tief herabgezogenen Dächern, stehen sie dicht an den Klippen oder am Berg, wo er ausläuft, und sehen leer aus, aufgegeben, oder bloß insgeheim bewohnt. Nur um Gotteswillen nicht hinschauen, sie will nicht *zufällig* sterben. Sie hält das Steuer sehr fest, immer geht es um Zentimeter, ein Schreck nach dem andern, soll man sich gewöhnen daran? Aufgeben gilt nicht, wäre auch gar nicht möglich, außer sie wolle im Straßengraben warten, bis alles vorüber ist, und sich dann abschleppen lassen. Aber von wem denn? Sie erinnert sich nicht, eine Tankstelle oder ein Telefon getroffen zu haben seit Lady's View.

Hortensienbüsche am Straßenrand, seit wann. Die Blüten kleiner als die in den Gärten zuhause, dafür Busch neben Busch, ein kompakter Farbsaum für die Fremdenstraße, blau, rosa, purpur, blau. Fast wie die Schafe vorhin. Kostümiert haben sie ausgesehen, aus Disneyland entsprungen. Hinterteile in Pink und Babyblau, warum tut man das. Sie müssen doch erschrecken voreinander, oder können Schafe keine

Farben sehen? *Nichts* weiß man, nichts *genau*. Überschnappen müßte man an seiner Unwissenheit, wenn das Gehirn nicht mit Spekulationen einspränge. Zeitweise zumindest, damit man es mit seiner Ahnungslosigkeit aushält. Und was die Schafe angeht, so haben die ihr egal zu sein wie alles, was nicht auf der Straße ist. Geradeaus muß sie denken, stur geradeaus.

Ein Ort zum Anhalten, endlich: Waterville. Sie parkt auf dem Dorfplatz, Badeort und Anglerzentrum, memoriert sie, bleibt aber im Auto sitzen. Das einzige, was sie in sich auftreiben kann, ist der Wunsch, schon wieder in ihrem Hotel zu sein. Umkehren? Die Karte sagt nein. Wenn sie den Ring zuende fährt, hat sie nicht weiter nach Killarney; und keine Berge mehr, die sie ohnehin nicht sieht.

Mit dem Restchen Vernunft, das ihr geblieben ist, kommandiert sie sich aus dem Wagen. Ein paar Schritte gehen, wenigstens das. Das Meer ist da, sie nimmt es zur Kenntnis, doch dringt es nicht weiter als bis zur Netzhaut, nichts bewegt sich in ihr. Das gräßliche Auto. Ohne Auto hätte sie mit Elke anders geredet, sie hätten sich nicht so abrupt getrennt. Bloß wären sie wohl auch gar nicht zusammengekommen, und überhaupt. Der Ford ist nicht schuld, er könnte in der Garage stehen, wenn sie nicht diese Idee gehabt hätte. Hirnverbrannt.

In einem der Touristenlokale ißt sie eine Suppe, ein Glück, daß es ihr eingefallen ist. Wenn sie nichts zu Schaden bringen will, muß sie sich instand halten, so gut sie kann. Sogar den Kaffee trinkt sie aus, obwohl die Fracht eines ganzen Autobusses hereinquillt und sich neben ihr breit macht: unbeschwerte Leute, die sie beneidet, aber nur kurz erträgt.

Ein bißchen erholt ist sie doch, oder es liegt an der Straße. Es gibt weniger Kurven, sie sieht weiter voraus. Statt der Berge weich konturierte Hügel, der Himmel wieder groß: eine Milchglasglocke, deren Rand vor ihr zurückweicht, und der Gegenverkehr nicht mehr so dicht. Sie kann sich nun öfter Seitenblicke erlauben, bloß halten sie nichts fest. Ab und zu ein mechanisches Klick, aber nicht das Bild, höchstens die Legende bleibt haften: Kohlrabenschwarze Kühe. Heuhokken, die helle Tücher aufhaben und wie Schneeberge aussehen. Ein Hügel, bis zuoberst von Hecken kariert. Sollen andere das alles behalten, sie will es nur hinter sich haben, sieht vor sich ihr Zimmer, steuert den Ford darauf zu. Das Auto abstellen, die Tür zuschlagen: ein Ziel.

Sie ist leer und leicht vor Erschöpfung. Steigt aus, als lande sie auf dem Mond. Wie Heuschrecken sind sie gehüpft, sie erinnert sich. Sie tritt nur mit den Fußballen auf, hält die Balance mit den Armen, spürt das Seil wippen, plötzlich, und springt ab. Schaut zum Eingang, da steht jemand – belauert sie? spioniert sie aus? Ein unauffälliger Mann, natürlich, so heißt es doch immer. Daß er verschwindet, als sie ihn scharf ins Auge faßt, gehört auch dazu.

Hat er sich unter die Herrschaften gemischt, die um den Kamin sitzen? Niemand spricht, als sie die Halle betritt; kein Laut außer dem Knistern des Feuers. Was bedeutet es, daß sie den Schlüssel bekommt, ohne daß sie die Nummer sagt? Und nun muß sie die Halle durchqueren. Nicht zum Kamin schauen, nur die Lifttür anpeilen. Sie starren ihr nach, zweifellos, starren ihr Löcher in den Rücken, während sie wartet. Aber der Lift kommt und ist leer. Auch im Zimmer ist niemand. Zweimal dreht sie den Schlüssel um.

Der Umschlag ist so dick, daß sie gedacht hat: Lore schickt alles zurück. Aber nun sind es Durchschlagblätter, und nicht ihre Hermes-Schrift. Der Anfang heißt: Liebe Ruth, und auf der Ansichtskarte, die dabeiliegt, steht: Liebe Lore. Erst als sie nochmals in den Umschlag greift, findet sie den Zettel mit Lores Handschrift, der ist für sie. Lore schreibt: *Dieses Wochenende war ich in Dublin – auf Kredit, doch er ist gedeckt.*

Mit dem dicken Auftrag hat es nämlich geklappt. Oder habe ich Dir nicht davon erzählt? Tafelgeschirr für einen von denen, die es sich leisten können. Dieser *kann sich sogar leisten, aus Jux damit herumzuwerfen. Siehst Du ihn??*
Regine sieht ihn, aber Lore in Dublin? Was hat sie gewollt? Ruths Fremd- und Alleinsein nachvollziehen? Regine kann sich nicht vorstellen, daß Lore irgendwo sitzt, ohne ein Gespräch anzufangen. Aber hätte sie ihr denn zugetraut, daß sie Briefe mit Durchschlag schreibt? Man ist nicht nur das, was man herzeigt, und man zeigt nicht jedem dasselbe. Auch in dem Brief wird Lore nicht die Lore sein, die sie kennt.
Sie blättert ihn durch: ein fast perfekter Durchschlag, sogar maschineschreiben kann Lore besser als sie. Die Seiten sind numeriert, sie braucht nicht zu zählen, siebzehn sind es, die letzte nur noch zu einem Drittel beschrieben, aber eng beschrieben, und alles unter einem einzigen Datum, verrückt. Sie schaut im Kalender nach, ein Donnerstag, der Tag nach Ruths Abreise. Wohin hat Lore den Brief adressiert? Unwichtig. Abgeschickt hat sie ihn, und allem Anschein nach ist er angekommen. Regine hält sich mit Nebensachen auf, trödelt, wieder einmal, weil sie den Brief nicht lesen mag. Warum mutet Lore ihr das zu? Es ist ungehörig – als dringe man in einen fremden Garten ein. Und wenn Lore nichts dabei findet, so ist da noch immer Ruth.
Regine steckt alles in den Umschlag zurück. Am Sonntag vielleicht, irgendwann wird sie sich überwinden. Wenn sie heute ihre Fortsetzung fertig kriegt, kann sie morgen ins Kino. Oder ins Hallenbad; schwimmen, das täte ihr gut.
Sie brütet über Ruths Abend. Schreibt Sätze auf, die sie sofort verwirft, versucht es mit andern; brauchbar ist nichts. Den Abend weglassen, die Tage sind leichter. Der Dienstag, noch immer in Killarney, Ruth muß sich erholen.
Verlorene Zeit. Jeder Satz Makulatur schon im Kopf: unangebracht, nichtssagend, überflüssig. Daß sie den Bleistift zerbricht, ist lächerlich. Sie ärgert sich, über Lore und den Brief. Wenn er auch ungelesen stört, kann sie ihn genausogut lesen.

Liebe Ruth, was hat Dich vertrieben? Sicher ein heftiger Stoß, sonst wärst Du nicht so weit ausgeschert. Und nun bist Du dort und ich hier, und statt daß wir reden, plagst Du Dich mit dem Auto ab. Schade, daß Du wegbist! Ich mag gar nicht an Deine Plage denken, auch wenn sie Dir vielleicht beim Ausschwitzen hilft. Oder soll ich Austreibung sagen? Ein Gewaltakt auf jeden Fall, und ich kann Dir nur wünschen, daß er gelingt und Du ganz bleibst dabei. Ein Jammer, daß wir uns immer so zusetzen lassen. Sind sie es denn wert? Der eine ist die Ausnahme, denkt man, und es stimmt ja. Nur ist, was an ihm lebt und glänzt, halt von uns: herausgelockt oder hinzugedacht. Zieh die Liebe ab, und was sitzt Dir gegenüber? Ein Häufchen voraussehbarer Sätze und Gesten, das sich als glorreiche Armee aufspielt. Immer wieder lassen wir uns rühren durch ihre Kindlichkeit, weil wir daraus schließen wollen, daß noch alles werden kann. Aber nichts wird, sie sind unbeweglich und halten es für Charakter. Befaßt mit ihren Wichtigkeiten, werden sie alt, ohne erwachsen zu werden. Ammen würden sie brauchen, deren einzige Sorge es ist, sie vor dem Durchzug zu schützen und immer im richtigen Moment »Brav, brav« zu sagen.

Lachst Du? Hoffentlich. Oder gehen Dir meine Sprüche auf die Nerven? Das Ungeheuer Lore, denkst Du vielleicht. Wenn ich Dich gegenüber hätte, könnte ich auch den Mund halten, aber da die Post das Mundhalten nicht transportiert...

Ich habe mir jetzt einen Ruffino aufgemacht – und überlegt, daß Du meine Verkürzungen vielleicht als Zynismus liest. Also anders, also unverkürzt, also was. Das Was ist bereits rhetorisch, denn bevor ich mich wieder an die Maschine gesetzt habe, ist es mir eingefallen. Ob es ein guter Einfall ist, weiß ich nicht. Und so trinke ich meinen ersten Schluck auf alle guten Geister, Du weißt schon: jene, die uns nicht verlassen sollen, Dich dort und mich hier.

Die Artikel-Serie für die Amerikaner – erinnerst Du Dich? Ich habe Dir so lange davon vorgestöhnt, bis Du gesagt hast:

Die Werkstatt ist Dir davor. Du hättest auch sagen können: der eingefahrene Trott, aber so oder so hat die Folgerung geheißen: Tapetenwechsel, ein paar Tage Klausur. Das Arbeiten kann man nicht erzählen, hast Du einmal gesagt, und so hat es Dich bestimmt nicht erstaunt, daß wir nie über jene Woche geredet haben. Nur habe ich Dir verschwiegen, daß es dort außer der Arbeit noch etwas gab. Eine ziemlich lachhafte, unerhörte und unerhört banale Geschichte: tatsächlich alles zugleich. Unterschlagen habe ich sie Dir deshalb, weil mein Anteil an der Lächerlichkeit sich nicht wegerzählen läßt. Du sollst aber nicht Ausreden, Du sollst die Geschichte haben.

Also zuerst: die Klausur war keine im wörtlichen Sinn, denn die Vormittage habe ich immer am See verbracht. Es gibt da eine Anlage: Bäume, eine Wiese, ein paar Bänke, auch eine Hütte zum Umziehen ist da. Weil die Saison vorbei war, hat mir das alles allein gehört, und die Sonne dazu; der Herbst hat sich von seiner schönsten Seite gezeigt. Ich habe im Badeanzug gearbeitet, auf einer Bank oder in der Wiese, bin zwischendurch sogar schwimmen gegangen. Alles in allem war ich hier ungestörter als in der Pension – von ein paar peinlichen Augenblicken abgesehen. Bestimmt kennst Du die knorrigen Alten, wie es sie in Tessiner Dörfern gibt. Einer von denen hat sich auf dem Heimweg vom Angeln den Spaß gemacht, sich in der Nähe aufzupflanzen und mich anzustarren. Als halbnackte Frau, umgeben von meiner Zettelwirtschaft, war ich wohl wirklich ein Schaustück, womöglich eins, das ihm mißfiel, so daß er mich hat wegekeln wollen. Übelgenommen habe ich es ihm nicht – es war schließlich sein Dorf –, nur vertreiben ließ ich mich auch nicht, und bereits am dritten Tag blieb er weg.

Soviel zum Parco publico und meiner Alleinherrschaft, mit der es, nochmals zwei Tage später, zuende war. Auf einer Bank, ein ganzes Stück von mir und vom Wasser entfernt, lag ein Mann: auffällig braun, aber von jener ungewaltsamen, goldschimmernden Bräune, die keiner hinkriegt, der seinen

Sonnenhunger in drei Wochen Ferien zu stillen hat. Er war nicht in Badehosen, sondern trug weiße Shorts und hatte etwas von einem alternden Filmstar, die Haare aschblond – gefärbt, habe ich gedacht. Er mußte sich verlaufen haben; auf dieser Wiese jedenfalls, wo es außer mir kein Publikum gab, war er deplaziert. Ich habe weitergearbeitet, doch wenn ich über mein Heft wegschaute, hatte ich ihn im Blick, auch ohne den Kopf zu heben, so daß er sich nur zu rühren brauchte, um sich in Erinnerung zu rufen. Eigentlich posiert hat er nicht, doch ob er aufstand und um die Bank herumging, oder sich niedersetzte, sich wieder hinlegte: man konnte nicht anders, als an Côte d'Azur, Schickeria und Luxus zu denken. Als ich bei einem seiner Positionswechsel bemerkte, daß er den Umkreis seiner Bank verließ, behielt ich den Blick auf dem Heft.

Er war schon halb vorbei, als er stehenblieb wie zufällig, und obwohl ich mir alle Mühe gab, die braunen Beine am Rand meines Blickfelds zu ignorieren, sah ich doch, wie sie einen Schritt auf mich zu machten. Aufgeschaut habe ich nicht, aber was folgen würde, war vorauszusehen.

»Sie lernen?« hat er gefragt (– italienisch natürlich, doch damit will ich mich vor Dir nicht blamieren. Du weißt, ich kann's nicht; nur schlecht und recht verstehen). Ich habe genickt, der Einfachheit halber, denn wenn ich erst zu reden anfinge, sagte ich mir, würde er so bald nicht mehr gehen. Auch wenn ich mir einbildete, aus seiner Stimme etwas herausgehört zu haben, was dem ersten Eindruck von ihm widersprach: ein Mann für mich war das nicht. Was hätte mich also veranlassen sollen (eine Frau auf dem Bauch!), diesem senkrechten Frager Erklärungen abzugeben? Nur ist er jetzt neben mir in die Hocke gegangen, und nach einem Blick auf das Gesudel in meinem Heft hat er gefragt: »Oder schreiben Sie einen Roman?«

Es war erst sein zweiter Satz, aber jetzt wußte ich, warum seine Stimme zu seiner Erscheinung nicht paßte: sie war sanft. (Das Wort ist ziemlich genau, glaube ich. Nicht schwül, nicht ölig – ohne Beiklang sanft.) Ich habe ihm deutsch geantwortet, lakonisch, um ihn loszuwerden, doch statt abzuziehen hat er gefragt, ob ich nicht auch Französisch spreche, das könne er ein bißchen verstehen. Also habe ich ihm, und nun wirklich genau, auf französisch gesagt, was aus dem Gesudel werden sollte. (Warum? – die vier Tage Gesprächsentzug vielleicht.) Er hat so wenig davon verstanden, daß ich es mir hätte sparen können. Die Überzeugung, ich sei eine Romanschreiberin, hatte sich in seinem Kopf schon so festgesetzt, daß daran nicht mehr zu rütteln war. Mit einer weiteren Frage – ob ich die Landschaft beschreibe? – hat er übergeleitet zu seinem Bekenntnis, daß er »pittore« sei, er male »paesaggi«, und dabei ist nicht mehr zu übersehen gewesen, daß seine blauen Augen die Sanftheit seiner Stimme hatten. Er schaute in die Welt wie auf den Schlafzimmerbildern unserer Großeltern DER GUTE HIRTE *oder* CHRISTUS IM ÄHRENFELD: *sanft zum Losheulen, und eben deshalb zum Lachen.*

Nein, ich habe nicht gelacht. Er war ein Phänomen, wie er im Gras kauerte und eine Unterhaltung versuchte. Zu dem, was er auf den ersten Blick darstellte, fehlte ihm alles. Arglos war er – statt ein Draufgänger, oder überheblich, oder raffiniert. Als ich ihm sagte, daß Landschaften für mich kein Thema seien, war er sichtlich erstaunt. Er hat aber nicht den geringsten Bekehrungsversuch gemacht, anscheinend gestand er andern andere Interessen zu. Als er dann allerdings mit seiner sanften Ernsthaftigkeit den Satz aufstellte, die Welt sei materialistisch, deshalb gleichgültig gegenüber Kunst, mußte ich doch lachen: das Wort Kunst, mit seiner Stimme gesprochen, hat in meinem Kopf die scheußlichsten Bach- und Bergbilder evoziert. Er war aber nicht gekränkt, hat vielmehr mein Lachen als Zustimmung aufgefaßt, zu seinem Satz oder zu was immer, und hat sich zu mir in die Wiese gesetzt; die Einleitung schien er für abgeschlossen zu halten. Nun kam das Übliche: ob ich »solo« sei, ob hier ansässig oder auf Urlaub, wie lang. Danach seine Versicherung, daß auch er allein sei, »di-

vorziato« – *wobei er meinen Einwurf, daß Alleinsein doch keineswegs »seulement triste« sei, durchaus als das Gegenteil verstehen wollte; meine Gemütsfarbe mußte der seinen gleichen, es war jedes Insistieren umsonst. Du kannst Dir die Situation nicht komisch genug vorstellen. Ein Schrumpfdialog, zwei von drei Wörtern durch Nichtverstehen ausgesiebt, weitere hinterhergeschickt, alle aufs Geratewohl – welche kommen an?*
Er habe sein Atelier in Vezia, hat er mir eröffnet, ob ich mir seine Landschaften nicht anschauen möge. Die Frage war zu erwarten gewesen, aber daß ich ja sagte, war ein dummer Reflex. Zur Wiedergutmachung nämlich, weil ich schon wieder die gräßlichen Bilder sah und mich für mein Vorurteil schämte. Interessiert war ich nicht, weder an seinen Schneebergen noch an seiner weltfremden Sanftheit, und wenn ich auch das, was er war, bei weitem lieber mochte, als was er schien, so forderte er doch vor allem meine Lachlust heraus.
Wir haben unser Sozusagen-Gespräch noch ein wenig fortgesetzt, es war mühsam, für beide, doch er wollte nicht gehen. Erst als ich ihm sagte (grob bin ich mir vorgekommen dabei), ich müsse arbeiten, ist er aufgestanden. Er fahre ins Malcantone am Nachmittag, zum Malen, »über jenen Berg dort«, ob ich mitfahren wolle. Arbeiten könne ich dort auch, er werde mich nicht stören.
Ich wollte nicht, natürlich, langsam bin ich ungeduldig geworden. Für den Atelierbesuch (er tat mir nicht den Gefallen, meine Zusage zu vergessen!) haben wir uns auf den nächsten Abend geeinigt; um sieben werde er bei seiner Bank auf mich warten – ein Stelldichein am See also, wirklich zum Lachen. Da ich ihm aber meine Pension nicht sagen mochte, auch kein Gasthaus kannte, wo ich ihn hätte hinbestellen können, habe ich auch dazu noch ja gesagt, und er ist endlich gegangen.
Das hatte ich mir nun eingebrockt: eine Abmachung gegen jeden Instinkt. Richtig sauer war ich auf mich, doch ist es mir gelungen, nicht mehr daran zu denken, immerhin hatte ich

Aufschub bis anderntags. Ich habe mich in die Arbeit gestürzt, bin auch gut vorangekommen; am Abend hatte ich wieder einen Artikel fertig, habe ihn noch ins Reine geschrieben und dann wunderbar geschlafen. Aber am andern Morgen! Nichts ist mir nach Wunsch gelaufen, plötzlich habe ich Probleme mit dem Englischen gehabt, kein Wort schien mir mehr zu stimmen – ekelhaft. Ich habe mich geplagt und geärgert, und weil es die erste größere Panne war, wollte ich die Schuld nun durchaus auf diesen Vittorio schieben. Ich habe ihn verwünscht, und mich auch, und wenn ich das Sitzenlassen nicht gar so jämmerlich fände, hätte ich beschlossen, unsere Veranstaltung zu schwänzen. Am Nachmittag war ich so demoralisiert, daß ich die Arbeit Arbeit sein ließ und mir einen Spaziergang verschrieb. Er hat wenigstens soviel bewirkt, daß ich mit dem Vorsatz zurückkam, den Abend zu genießen. Nachtessen in einem Grotto, habe ich mir gedacht, eine Flasche Wein trinken: dafür braucht man wenige Wörter, auch kein gemeinsames Interesse außer dem am Genuß. Natürlich waren zuerst noch die Bilder zu absolvieren, aber auch das, sagte ich mir, ließ sich mit der Aussicht auf einen Tessiner Risotto überstehen.
Er hat nicht bei der Bank, sondern vorn am Wasser gewartet, eine dekorative Silhouette, die sich in Bewegung setzte, sobald ich auf die Wiese hinaustrat. Er ist mir entgegengekommen und hat »ciao« gesagt, sanft wie gehabt. Einen Moment war ich verstimmt, bisher hatten wir uns Sie gesagt. Nachdem ich mit einem möglichst kühlen »buona sera« protestiert hatte (komisch sicher, und ganz wirkungslos), habe ich mich abgefunden, darauf kam es ja wirklich nicht an.
Ob ich sein Auto mit den Bildern gesehen hätte, hat er gefragt, es stehe am Eingang zum Park. Ich hatte es nicht gesehen; kann sein, ich hätte mich sonst doch noch verdrückt. Er hatte im Fond drei Leinwände aufgebaut, so, daß man sie durchs Heckfenster anschauen konnte. Die eine war zur Gänze unter seinen Farben verschwunden, auf den andern gab es noch Lücken zu sehen. »Das Malcantone«, hat er ge-

sagt, »ist es nicht schön?« Schlimm war es, Du kannst es mir glauben. Und weißt Du, was mir jetzt einfiel? Er muß so schlecht malen, weil ich es erwartet habe – absurd natürlich, wie alle Schuldgefühle. Ich habe mich losgekauft, indem ich ja sagte, ja, es sei schön. Jeder andere hätte die Lüge gehört, aber dieser Vittorio war von der Freude an seinen Bildern so übervoll, daß der Verdacht, irgendwer könnte die Freude nicht teilen, gar keinen Platz fand in ihm.
Auf einem viel reizvolleren Weg als der Taxifahrer, der mich hergebracht hatte, ist er mit mir Richtung Lugano gefahren. Er hat mir die Namen der Dörfer genannt, hat an die Hänge hinaufgezeigt, er kannte sich aus. Im übrigen hat er das Thema der Unterhaltung mir überlassen. Wenn er jedoch am Vortag noch das eine oder andere Wort Französisch verstanden hatte, so schien es damit nun vorbei. Ein Frevel natürlich, daß ich italienische Wörter untergemischt habe, wo sie mir einfielen, nur war anders das Gespräch (kümmerlich, aber immerhin) nicht aufrechtzuhalten. Reden war wichtig, denn wenn wir schweigend nebeneinander saßen, ist er sofort wieder in die Figur seines ersten Auftritts geschlüpft: ein verwöhntes Mannsbild, ein Luxusmensch. Zu den Shorts trug er jetzt ein Hemd, offen bis zum Nabel, blendend sah er aus, ein Zierstück für die Vitrine, stumm ließ sich das nicht ertragen. Wobei ich redlicherweise sagen muß, daß er sich nicht als schöner Mann in Szene setzte, er tat überhaupt nichts dazu, steuerte sein Auto so selbstverständlich wie irgendwer, von Pfauenhaftigkeit keine Spur. Das einzig Eitle oder Hochmütige an ihm (oder was man so auslegen konnte) war seine Unbekümmertheit um unsere Sprachnot. Als sei damit, daß ich in seinem Auto saß, ohnehin alles gesagt.
Er hat auf dem Vorplatz eines großen Neubaublocks gehalten. Ich konnte mir nicht vorstellen, daß das unser Ziel sei, aber da er anfing, seine Bilder auszuladen, habe ich ihm eben geholfen. Wir haben sie ins Haus getragen, sie in einen Zweipersonenaufzug verfrachtet – und uns dazu. Du weißt wie mir in kleinen Aufzügen zumute ist, aber als er oben die Tür

aufschloß, ist mir erst wirklich die Luft weggeblieben, auf diesen Schock war ich nicht gefaßt.
Die Wohnung war leer! Kannst Du Dir das vorstellen? Eine Zweizimmerwohnung neuesten Zuschnitts: ein großes und ein kleineres Zimmer, beide mit Parkettboden, hochglanzversiegelt, wegen des vorrückenden Abends ein Licht wie unter Wasser, tote Räume, eine Leere zum Schreien. Nur die Paesaggi! Vom Boden bis zur Decke, ungerahmt, mit Zentimeterabständen höchstens, wo immer es ein Stück Wand gab, selbst über den Türen, rundum und in beiden Zimmern: Bild an Bild.
Er hat dann Licht gemacht, und ich habe gesehen, daß es doch ein paar Möbelstücke gab. Einen Tisch und zwei Stühle im großen Zimmer, ein Bett und einen schmalen Schrank im andern, alles im Farbton des Parketts. Keine Lampe, nur Glühbirnen an der Decke, sechzig Watt, wenn's hoch kam, keine Staffelei, kein Büchergestell, kein Regal für das Handwerkszeug. (Der Farbkasten, den er vom Auto heraufgebracht hatte, lag irgendwo auf dem blanken Parkett.) Mir war unvorstellbar, daß es jemand hier aushalten konnte, der einzige Blick, der mich ein wenig aufatmen ließ, war der vom kleinen Balkon, obschon mir sogar das Draußen durch das Zimmer, das ich im Rücken wußte, etwas Dutzendmäßiges abzubekommen schien. Landschaft? Diese habe ich vergessen, ich mußte auch wieder hinein. Zwar hat er die Balkontür offengelassen, aber mir ist nicht besser geworden. Es war die Armut, die mir Atemnot machte, noch nie hatte ich sie so nackt gesehen. Keine Verschlissenheit, sondern spiegelnde Leere: war das die Armut, die paßte zu unserer Zeit? Gesichtslos, personunabhängig, denkbar in ebendieser Form in allen Wohnungen des Blocks – die Vorstellung hat mich so entsetzt, daß ich plötzlich froh war um seine Bilder, diese unansehnliche, aber unübersehbare Besonderheit.
Ich ging die Wände ab, bemüht um meine Fassung, während Vittorio mitten im Zimmer auf dem Parkettboden kniete. Er hatte aus dem Auto auch einen Rahmen heraufgebracht, und

da klebte er nun – mit diesem grauen Kunststoffklebeband, das man für Verpackungen braucht – sein neuestes Bild hinein. Es sei ein Auftrag gewesen, vierhundert Franken, vorausbezahlt, er habe sie für die Miete gebraucht. Mich hat das Geräusch, wenn er ein Stück Klebeband von der Rolle herunterriß, so nervös gemacht, daß ich am liebsten gesagt hätte: Hör auf, gehen wir woanders hin. Natürlich konnte ich »andiamo« sagen, aber wie weiter? Ich kannte kein Woanders in dieser Gegend, also schob ich mich vor den Bildern herum, Großformate zum Teil, achtzig mal einszwanzig, »das Wallis«, »Graubünden«, »das Berner Oberland«, erläuterte er in meinem Rücken. Und als ich vor einem Rustico stand, wo er für jeden Stein einen dicken Farbhaufen gesetzt hatte, um die Mauerstruktur herauszubekommen, hörte ich ihn sagen: »Molto lavoro.« Ich hätte heulen können. Daß ein Mensch, um solche Bilder zu malen, die Armut, die öde Wohnung, den Abzug seiner Frau auf sich nahm, weil er »für nichts als für die Kunst« leben wollte, schien mir so ungeheuerlich, daß ich kein Lachen mehr zustande brachte, nicht einmal über mich.

Was übrigens seine Frau angeht, so würde er nichts erzählt haben, wenn ich nicht gefragt hätte. Sie sei ihm davongelaufen, »weil ich das hier mache und weil es nicht viel Geld bringt«. Sie habe einen mit mehr Geld gefunden (das konnte bei Lage der Dinge so ungefähr jeder sein), mit dem sei sie auf und davon. Überließ ihn also den Landschaften mit seiner sanften Schönheit, hatte wohl von beidem genug. Mit Mitleid konnte ich nicht aufwarten, erst recht nicht mit Empörung. Er schien auch gar nicht damit zu rechnen, eher schon sah es aus, als gäbe er ihr selber recht.

Ich habe pflichtschuldigst meine Bildbetrachtungen fortgesetzt. Von Zeit zu Zeit hat er gefragt: »Ti piace«, und da ich einmal damit angefangen hatte und meine paar Italienisch-Vokabeln für ausweichende Unverfänglichkeiten nicht reichten, habe ich »si, si« gesagt. Ich habe ihm auch, weil er darauf bestanden hat, von all den Schauerlichkeiten zwei bezeichnet, *die mir »am besten« gefielen. Nur als er dann noch wissen wollte, ob seine Bilder mich zum Schreiben inspirierten, habe ich nein gesagt – ein Nein ohne jeden Erläuterungsversuch. Da sind wir aber, glaube ich, bereits an seinem Tisch gesessen.*

Er hatte mich gefragt, ob ich hungrig sei, er nämlich müsse jetzt essen, er habe seit dem Morgen nichts gehabt. Ich habe vorgegeben, in der Pension gegessen zu haben, er hat mir eine Untertasse als Aschenbecher gebracht, und ich habe mich an die Seite des Tischs gesetzt, von der aus ich ihm in der Küche zuschauen konnte. Sie war eingerichtet wie alle heutigen Küchen, klein zwar, aber glitzernd von Wandfliesen, Chromstahl und schneeweißen Schränkchen. Als er eins davon aufmachte, habe ich gesehen, daß nur auf einem der Tablare zwei oder drei Tüten standen, alles andere war leer. Die blitzblanke Trostlosigkeit seiner Armut, dazu ihre Sinnlosigkeit, wenn man vor Augen hatte, wofür sie ertragen wurde, haben mir nochmals so zugesetzt, daß ich dumm und stumm auf meinem Stuhl gesessen bin, während er sich sein Essen zurecht machte.

Mein Zuschauen hat ihn überhaupt nicht gestört. Er hat in eine riesige Tasse Brot gebrockt, hat Zucker draufgestreut, und als das Kaffeemaschinchen schon summte, hat er noch eine Milchtüte, ein Ei, einen Teller mit Nüssen zum Tisch gebracht. Den Kaffee über die Brotbrocken, etwas Milch dazu, und schon hat er sich hinter die Tasse gesetzt und zu löffeln begonnen. Er hat Nüsse gekaut, das Ei ausgetrunken, aufs neue gelöffelt – mit dem Star aus dem Parco publico hat er keine Ähnlichkeit mehr gehabt. Über die Tasse gebuckelt, um dem Löffel ein Stück Weg zu ersparen, hat er geschlürft und gemampft; manchmal ist ihm ein Brocken vom Löffel zurück in die Tasse geplatscht.

Ich hatte zuerst wegsehen wollen – eine rechte Philisterreaktion. Ihm fiel gar nicht ein, verlegen zu sein. Er aß, wenn man so sagen kann, mit der ganzen Person. Es war nichts von ihm übrig, um den Eindruck abzuschätzen, den sein Essen machte; wahrscheinlich hat er nie im Leben nach einem fremden Tisch geschaut. Daß mir das gefiel, muß ich Dir nicht sagen. Er mochte ein miserabler Maler sein, aber während er aß, war er, was die meisten nie sind: er selbst, ungeniert im Wortsinn, nicht von sich abzurücken.

Nicht, daß er mich ganz vergessen hätte. Mitten im Löffeln hat er gefragt: »Willst du nicht wenigstens einen Kaffee?« Weil er bei seinen Vorbereitungen aber auch eine Flasche gebracht hatte, etwa halbvoll mit Rotwein, habe ich gesagt, daß ich abends lieber Wein trinke – unverschämt, wie ich eben bin. Gleich hat er aufstehen und mir ein Glas holen wollen, hat sich dann aber überreden lassen, zuerst fertig zu essen. Nur einmal noch zwischen zwei Löffeln, als habe er mein Befremden über das Riesling-Etikett erraten, hat er mit einer Kinnbewegung zur Flasche hin gesagt: »Travasato.«

Als er den Tisch abgeräumt, die Tasse gespült und offenbar auch versorgt hatte (dorthin, wo sein Geschirr stand, konnte ich vom Zimmer aus nicht sehen), bückte er sich zum Schrank unter dem Tropfbrett und brachte von den zwei Flaschen, die er enthielt, die eine herein. »Der ist besser«, hat er gesagt, mit etwas wie Stolz: Ehrenwein für den Gast. VINO ROSSO *stand auf dem Etikett, und daß ich hingesehen und es gelesen hatte, brachte mich so auf gegen mich, daß mir das Blut in den Kopf geschossen ist.*

Vittorio ist viel zu beschäftigt gewesen, um etwas zu merken. Er hatte den Korkenzieher durch die Plastikkappe hindurch in den Korken geschraubt, nun zog er und zerrte, bis das Plastik aufplatzte, und daß bei der Prozedur alles ganz blieb: die Flasche, der Korken und seine Hände, war erstaunlich – wenn auch offenbar nicht für ihn. Er hat Gläser aus der Küche geholt, hat gefragt, welches ich haben wolle, und ich habe ihm wohlerzogen das größere überlassen, obwohl ich bereits wußte, daß ich mehr trinken würde als er. Sobald er mir eingegossen hatte, setzte er den Korken wieder auf die Flasche, »ich nehme vom andern«, hat er unbefangen gesagt. Darüber war ich so konsterniert, daß ich nicht einmal anständig mit

ihm anstoßen konnte. Der Wein ist mir aus dem Glas geschwappt, über den Blusenärmel und seinen Tisch, wie in einer Posse, bloß hat hier niemand gelacht. Er hat sofort einen Lappen geholt, ordentlich war er, daß man hätte verrückt werden können, sogar sein Bett: glatt wie in einem Hotel! Jetzt hat er also den Tisch getrocknet, ihn so sorgsam poliert, als sei er aus Holz, es war nicht zum Mitansehen, deshalb bin ich wieder vor den Bildern promeniert. Dahin hat er mir dann das neu gefüllte Glas nachgetragen, und weil es nun etwas anderes nicht mehr zu tun gab, war natürlich nicht aufzuhalten, daß er zur Sache *kam.*
Du kennst das Spiel, wir kennen es alle. Die Abweichungen sind so geringfügig, daß Du vielleicht denkst, ich könnte mir das Erzählen ersparen. Aber da ich dieses eine Mal nicht verkürzen will (was auch heißt: mich nicht schonen), gehört es dazu.
Er hat mir einen Arm um die Schultern gelegt – so leicht allerdings, daß ich nur einen Schritt zu machen brauchte, um mich zu entziehen. Um seine Eitelkeit nicht zu strapazieren, habe ich gesagt: »Bruciato.« Das war nicht gelogen, er hätte es am Vortag selbst bemerken können: die Tessiner Sonne hatte mich erwischt, wenn auch nicht so sehr, daß es mich an irgend etwas hätte hindern können, was ich wirklich wollte. Aber was wollte ich denn? Nur diesem Mann mein Nein so freundlich wie möglich servieren. (Auch Berechnung, bestimmt. Wie kam ich ohne sein Auto in mein Dorf zurück?)
Die Freundlichkeit hat er begriffen, das Nein nicht. Ohne mich anzufassen, hat er sein Gesicht an meins gelegt, hat meinen Sonnenbrand ernst genommen statt mich. Ich war so irritiert, daß mir, als ich diesmal den Schritt von ihm wegtat, schon nichts mehr einfiel, um die Kränkung zu mildern. Aber da er das Nein nicht geglaubt hat, war er auch nicht gekränkt, und so ist es jetzt wortlos weitergegangen: Nachrücken, schrittweises Entziehen, immer der Wand entlang, immer mit dem Vorwand der Paesaggi – der alte dumme Tanz, von dem ich nicht wußte, wie ich ihn abbrechen sollte. Brüllen oder

dreinschlagen? Beides ging nicht, nicht bei diesem sanften Vittorio. Er war nicht der Mann, den man »fertigmacht«, ich wollte auch nicht. Nicht einmal auslachen wollte ich ihn, denn (um auch das noch zu sagen) er war mir nicht zuwider. Woanders als in diesem Gruselkabinett, und wenn er sprachlich nicht so unerreichbar gewesen wäre, hätte ich vielleicht gern mit ihm geschlafen.
Wenn und vielleicht: damit hat sich die aktuelle Situation nicht klären lassen. Ich habe es mit ein paar zusätzlichen Schritten versucht, zurück an den Tisch, habe mich auf den alten Platz gesetzt und ihm, als er nachkam, das leere Glas zugeschoben. Wir haben wieder angestoßen, diesmal ohne Panne, und während wir unsern Wein getrunken haben – ich den »besseren«, er vermutlich einen kaum noch trinkbaren –, ist er auf seine »Galerie« in Lugano gekommen, auf die Verkaufsschwierigkeiten, und er wußte auch die Erklärung: »weil Touristen billige Souvenirs lieber mögen als teure Kunst«. Ich habe ihm zugehört, kommentarlos, was wäre zu sagen gewesen. Möglich, daß er der Ansicht war, wenn ich schon seinen Wein trinke, habe er das Recht, auch etwas von mir zu wollen. Noch bevor ich das Glas leer hatte, ist er herübergekommen, hat sich neben meinen Stuhl gekauert, nach meiner Hand gegriffen und auf ein Bild gezeigt. Es sollte wohl das Liebesspiel von zwei Schwänen darstellen; das Freundlichste, was man ihm antun konnte, war das Ignorieren. Aber dieser Vittorio hat (mit Verschwörerstimme!) wieder sein »ti piace?« gesagt. Stell es Dir vor – das abscheuliche Bild, den Mann zu meinen Füßen –, und versuch, nicht zu lachen. Für mich war es zuviel. Ich habe herausgelacht, nein gesagt, ihm meine Hand weggenommen, alles auf einmal, und als ich ihn wieder ansehen konnte, war sein sanfter blauer Blick sehr erstaunt. Er hat gefragt, ob ich auch auf den Händen den Sonnenbrand hätte – nicht scheinheilig und nicht hinterhältig, nur eben erstaunt. Ein Phänomen war er, dabei blieb's, aber ich hatte seine Begriffsstutzigkeit satt. »Apertamente«, habe ich gesagt, »je ne veux pas faire l'amour avec toi.«

Das war nun Gemeinplatz genug, daß er es auf Anhieb verstanden hat, und es hat ihn so gewaltig verblüfft, daß er sofort aufgestanden und hinüber zu seinem Stuhl gegangen ist. Wie aus allen Wolken gefallen, hat er »perché no?« gefragt. Und als ich mitten in sein fassungsloses Gesicht hinein mein »perché si?« plazierte, hat er nachgedacht: ein gehorsamer Schüler, der sich anstrengt, dem Lehrer zulieb.
Er habe mich gesehen, dort auf der Wiese, allein wie er selbst, »eine schöne Frau«, hat er gesagt. (Du weißt, dafür ist man empfänglich – aber auch mißtrauisch in unserm Alter. Wann und wem haben wir es zum letztenmal geglaubt?) Er habe sich also ein Herz gefaßt und sich mächtig gefreut, daß ich ja gesagt hätte. »Du hast doch ja gesagt. Warum jetzt nein?«
Er konnte es nicht begreifen, ganz und gar nicht, ich hatte sein Weltbild erschüttert. Weil ich nicht »hau ab« gesagt hatte – das einzige offenbar, was er als Nein ausgelegt hätte. Und nun trank ich ihm den Wein weg, für nichts. Daß ich mich rechtfertigen wollte, war Unsinn, aber ich habe es versucht. Mühselig, mit meinem Taschenwörterbuch, habe ich ihm auseinandergesetzt, daß es zwischen dem »hau ab« und seinem »ja« noch ein paar weitere Möglichkeiten gebe. Oder ob sich für ihn der menschliche Umgang auf das Fortgejagtwerden und den Beischlaf beschränke? Er hat mich die Wörter zusammensuchen lassen, ohne Ungeduld, doch als ich es heraushatte, mein Sprachgemurks, mußte ich ihn nur ansehen, um zu wissen: über unsern Abgrund, und nicht nur den sprachlichen, war keine Brücke zu schlagen.
Er hat ein wenig vor sich hingeschaut, dann hat er gesagt: »Du magst keine Abenteuer.« Und ich, wieder mit dem Wörterbuch (schrecklich, ein Zeitlupengespräch), habe etwas gesagt, von dem ich hoffte, daß es ungefähr hieß, was ich meinte, nämlich daß Abenteuer anders aussähen für mich. »Du kannst mich nicht leiden«, hat er gesagt. Verstehst Du, daß ich jetzt wütend geworden bin? Kindisch vielleicht, doch ich habe losgelegt. »Ich bin kein Teddybär, und ich mag keinen Teddybär lieben. Weich und warm ist ganz schön, aber

wo bleibt das Abenteuer? Das Brummen vielleicht, wenn man ihm auf den Bauch drückt? Also was mich angeht –«
Undsoweiter, so genau weiß ich es heute nicht mehr. Nur daß ich deutsch geredet habe – und lachen mußte, als mir einfiel, mitten in einem Satz: DEUTSCH, DUMM UND EINFÄLTIG, so heißt es doch. Natürlich hat er kein Wort verstanden, nur »Teddybär« hat er behalten, das hat er wiederholt. Ich habe es im Wörterbuch für ihn aufgeschlagen, »orsacchiotta di stoffa«, er hat eine Weile daran gekaut, dann hat er gefragt: »Ist Liebe etwas Kompliziertes für dich?« Das wäre nun einer Antwort wert gewesen, aber mit dem Wörterbuch?
Diesmal hat er auch nicht darauf warten wollen. Ich war noch beim Blättern, als er schon weiterfragte. »Wenn du es mit andern getan hast, warum nicht mit mir?« Da habe ich es aufgegeben, wozu reden, es kam nichts bei ihm an. Dabei hätte ich ihm gern gesagt, daß mir ein bißchen zu wenig ist. Ein bißchen Liebe, ein bißchen Leben, ein bißchen Kunst: weiß der Teufel, wie jemand sich damit einrichten kann. Vielleicht noch ein bißchen Verständnis, ein bißchen Krieg und Frieden, von allem ein bißchen und nichts ganz – doch sie sagen: besser als nichts. Ein bißchen Lore soll gegen das Alleinsein helfen, was macht aber die Lore mit dem Rest?
Das alles war, wie gesagt, nicht an den Mann zu bringen, ich habe vor dem Abgrund kapituliert. Er hat aber noch eine Frage gehabt: »Mai –?« Ich kannte das Wort nicht, es war ihm so wichtig, daß er über den Tisch nach meinem Wörterbuch gegriffen hat. Er hat es auszusprechen versucht: »j-e-mals«, hat auch, als er mir das Buch wieder zuschob, den Finger auf die Stelle gelegt. Dann hat er uns mit einer Handbewegung zusammengefaßt, und wenn ich ihn richtig verstanden habe, so war es eine abstrakte Frage; es ging nicht mehr um ein Tun, sondern um eine Denkbarkeit. Am übernächsten Tag würde ich über alle Berge sein, das hat er gewußt, und das Ja, das er nun von mir hören wollte, war ein Ja ohne Folgen. Außer für sein Selbstgefühl?
Ich habe nein gesagt, obwohl es nicht ganz genau war, aber

das Ja wäre noch ungenauer gewesen, und da ich nun einmal auf JA, JA – NEIN, NEIN *reduziert war, habe ich es ihm zugemutet. Wenn er so scharf war auf Abenteuer, mußte er ein bißchen Rütteln schon ertragen können. Und hätte ich ihm denn die Verblüffung über mein erstes Nein wieder entwenden sollen? Er war auch überhaupt nicht beleidigt, den ganzen Abend hat er keine Spur von Beleidigtsein gezeigt. Was sich auf seinem Gesicht malte, war immer nur dieses totale Nichtverstehen, ein staunend-fragendes Verwundern, weil es all das ihm Unverständliche gab. Und wenn ich zuerst Lust gehabt hatte, mich zu erklären, lag es wohl auch an diesem Gesicht. Der Wunsch – oder der Ehrgeiz –, ein Begreifen darin zu sehen? Das hat er mir nicht gewährt; wir hatten Pech miteinander, was das Wünschen anging. Und weil wir uns nicht über die Enttäuschung wegschwatzen konnten, was ja der übliche Spielverlauf gewesen wäre (ein paar muntere Belanglosigkeiten, und man kann sich einbilden, es sei nichts passiert), sind wir ziemlich ratlos herumgesessen, jeder mit dem eigenen Nachsehen beschwert. Es war aber ein Gewicht, das ich nicht gleich abschütteln wollte, deshalb habe ich ihn um ein letztes Glas Wein gebeten, »wenn du mich nicht hinauswirfst«, habe ich gesagt – nochmals mit dem Wörterbuch, indem ich ihm das ganze italienische Repertoire zum Wort hinauswerfen vorgelesen habe.*
Er hat mir das Glas gefüllt, ich habe das Wörterbuch eingesteckt, dann sind wir nur noch dagesessen, mit dem Tisch zwischen uns. Ich weiß nicht, was er gedacht hat in dieser wortlosen Viertelstunde; kann sein, er hat bloß auf meinen Aufbruch gewartet. Scheinwerfer hätten wir gebraucht statt des mageren Deckenlichts, damit wir in all dem Ungenauen, das wir voneinander wußten, wenigstens die eine Genauigkeit gehabt hätten: des andern Gesicht. Denn wir haben uns angesehen, ab und zu, über die Gläser hinweg, und ich glaube, wir haben uns nicht einmal die Erleichterung eines Lächelns erlaubt.
Auf mein »andiamo« ist er mit mir aufgestanden. Doch weil

er »dove?« gefragt hat, ganz mechanisch vermutlich, bin ich für einen Moment abgestürzt. Erinnerst Du Dich? BIS ANS ENDE DER WELT. Ein dummer Mädchentraum, längst schon weggepackt, und nun kommt das Stichwort und schlitzt das Päckchen auf. Ich habe das Gespenst weggelacht, Vittorio hat in der offenen Tür gewartet, und als ich nachkam, hat er mich in die Arme genommen. Einfach so – und ich habe mich nicht gewehrt. Wenn ich sage: aus Erbarmen, wird es Dich wundern, aber es stimmt schon, Erbarmen für mich und für ihn. Er hielt mich behutsam, er hatte meinen Sonnenbrand nicht vergessen, und meine Ecken und Kanten sind weggetaut: nichts mehr von Wollen oder Weigern, nur diese Trostgebärde über alle Distanz.
Es war gleich vorbei, denn nun hat er seine Tür wieder zumachen wollen. Ich ging ihm zum Aufzug voraus. Beim Hinunterfahren dann nochmals sein »perché«, ohne Vorwurf, ja kaum als Frage. Zu sagen blieb nichts mehr – und ihn berühren? Er würde es mißverstanden haben. Ende also, hinaus ins Auto, zurück in mein Dorf. Die Gegend schwarz jetzt, keine von seinen Landschaften mehr auszumachen. Wir saßen im Finstern, ließen unsere Gedanken weiden, jeder für sich. Schließlich tat er, was ich im Aufzug unterdrückt hatte: er legte einen Augenblick die Hand auf meinen Arm.
Möglich, daß es auch das war, nicht nur die abseits auftauchende Lichtergirlande, was meinen müden Kopf auf die Idee einer ländlichen Lustbarkeit brachte. »Magst du tanzen?« habe ich gefragt. Er sagte nicht nein, doch er dachte auch nicht daran, die Frage als eine aktuelle ins Auge zu fassen, er hatte ja kein Geld. Schlimm war, daß ich jetzt nicht sagen konnte: Ich lade dich ein. Wenn ich hinzugefügt hätte: Für den Wein, für das verfahrene Benzin, wäre es ihm vielleicht möglich gewesen, zu akzeptieren. Doch genau das – eine Rechnung mit ihm aufmachen – wollte ich nicht. Die Fehlinvestition war seine Sache, sie hatte mich nichts anzugehen.
Vor meiner Pension, im Auto, noch ein kleiner Dialog. »Grazie«, habe ich gesagt, »per –«. Bevor ich das Wort fand, hat er

blitzschnell ergänzt: »Per la compagnia.« Ich habe es nochmals versucht, habe »per mostrare —« gesagt, und er sofort: »I quadri.«
Ironie hatte ich ihm nicht zugetraut. So entgegenkommend und gleichzeitig messerscharf – war es ihm bewußt? Als er dann noch sagte, wir würden uns ja bestimmt einmal wiedersehen, habe ich es als blanken Hohn, als Spottvers auf die Touristin gehört. Nun ist er dran, sich über mich lustig zu machen, habe ich gedacht – und ich hoffe wirklich, daß ich es mir nicht bloß eingebildet habe.
Der Titel als Nachtrag: LE BEAU ET LA BÊTE. *Das Untier ist allerdings ein Untier geblieben, der Zauber hat nichts getaugt. Schade, heute geht es nur noch mit rechten Dingen zu. Dafür kann man sie genau anschauen, die rechten Dinge, und feststellen: so recht sind sie auch nicht; nicht die rechten für uns.*
Nein, keine Weiterungen, es ist halb vier (bei Dir hoffentlich nicht). Schlaf gut. In zwei Wochen reden wir, ich freu mich. Paß bloß mit dem Auto auf!

Der Sonnenstreifen zieht sich vom Vorhangspalt zur Tür. Er trennt eine Ecke des Betts ab. Was ist heute für ein Tag. Den Durst aufschieben, wie alles. Eine ausgewachsene Grippe, hat sie der Chefin gesagt. Vorgestern, oder wann. Betrieb eingestellt. Nicht aus Stein, noch nicht. Obwohl es appetitlicher wäre. Keine Innereien, kein Stallgeruch.
Man müßte sich waschen. Wer sagt das. Immer dasselbe, immer nochmals. Hundert- und tausendmal das Bett gemacht, wozu. Wozu aufgestanden, wozu mitgewimmelt im Ameisenhaufen. Tag um Tag um Tag um Tag. Sich regen bringt Segen, man kennt das. Köder oder Peitsche? Und da laufen sie.

Sie liegt. Warum ist sie aufgetaucht. Ausgespien aus der Schwärze des Walbauchs. Ohne Auftrag. Ninive ist ein Wort. Wie HIC RHODOS. Hier ist nirgendwo. Ein Streifen Sonne, ein Bett, ein Klotz im Bett. Will nichts, kann nichts, hat nichts zu erwarten. Wie soll man dem Beine machen. Wohin sich denn tragen, was für Nützlichkeiten sich einreden. Man hat immer nur Entbehrliches getan. Nichts erreicht, nichts ins Rechte gewendet. Nur müde geworden. Ausgetrocknet, nicht nur vom Durst, und sich selbst zu schwer.
Sauft ab. Nein. Nein, nicht wieder, man darf es nicht zulassen. Oben bleiben. Oben? Ist das Bett. Ist der Klotz. Ist –
Herbstsonne, sagt sie. Und sagt: Nachmittag. Sie räuspert den Rost aus der Stimme fort, sagt: Bücherbord, sagt: Tisch. Sie fordert sich die Namen der Dinge ab, die sie im Zimmer weiß. Die Irlandkarte auf dem Boden. Der defekte Plattenspieler. Das Buch von Saramago. Die leergetrunkene Mineralwasserflasche. Die Karte von Ruth.
Nicht die Decke über den Kopf ziehen, von vorn. Mit Augenkontrolle, der Reihe nach. Die Stehlampe hat sie vergessen, das Telefon. Dafür ist Ruths Karte nicht da. Verloren? verlegt? – wo sie doch Lore gehört. Das Blut sprengt ihr fast den Kopf, als sie unterm Bett danach angelt. Sie wischt den Staub ab, legt sich zurück. Hat sich bewegt? Sie zittert. Das Zimmer komplett. Hält wieder ohne Wortnetz zusammen: *ihr* Zimmer, Festland. Sie weint.
Der Sonnenzeiger rückt gegen Abend, steht aufrecht an der Wand. Draußen wirft einer die Wagentür zu, noch eine, eine dritte. Ein Familienausflug? Sonntag? Könnte sein. Sie hört Stimmen im Hausflur. Der Atem geht, das Herz schlägt, die Haut ist warm. Die Hand, die die Karte hält, ist die eigene und läßt sich befehlen – hinauf, hinüber –, sie kann die Buchstaben sehen.
Liebe Lore, danke für die durchwachte Nacht und Deine Geschichte. Vorläufig setze ich auf die einzige Maßlosigkeit, von der niemand überfordert wird: ich verschwende Geld. Ein Kunststück ist das nicht, viel schwieriger ist das Hinschauen.

Was sich nicht *übersehen läßt, ist der Himmel, er ist das Wirklichste hier. (Ob wohl dieser Vittorio den Wein, den Du übriggelassen hast, zum andern in die Riesling-Flasche geschüttet hat?)*
Sie liest es, Wort für Wort, hält die Karte in den Lichtstreifen, bis der Arm müde wird und das Gelesene wieder zum Text, den sie kennt: Ruths Nachricht von weit weg. Kein Ort, kein Datum, die Unterschrift winzig am Kartenrand. Der Laden der Margaret Joyce läßt keine Schlüsse darüber zu, wo Ruth die paar Sätze verfaßt hat. Daß er in Clifden steht, hat nichts zu besagen, man kann die Karte in jedem Fremdenort kaufen. Wie die Schilfdachhäuser, wie die glühenden Sonnenuntergänge. Groß ist bei allen auf der Rückseite REAL IRELAND aufgedruckt.
Sie lehnt die Karte gegen die leere Flasche. Das rosa Haus mit dem braunen Beiwerk und der schön gemalten Namenstafel füllt das ganze Foto aus. Vom Himmel ist wenig zu sehen. Hat Ruth ihn vor Augen gehabt, als sie die Zeilen schrieb? Mit Bleistift, als traue sie sich mehr als Provisorisches nicht zu. Keine Antwort auf Irland, keine auf Lores Brief. Ob sie gewußt hat, schon immer, daß Lores Unerbittlichkeit Löcher hat? Oder hat Lore ihr *dafür* die Geschichte geschickt?
Der Vorhangspalt erlischt, es wird grau im Zimmer. Sie muß endlich etwas trinken. Steht neben dem Bett, flau, flattrig, aber kann sich tragen. Vom Bett zur Tür, von der Tür zum Küchenstuhl. Hier ist es noch hell. Sie rückt den Stuhl vor den Ausguß, trinkt sitzend direkt aus dem Hahn, hört jeden Schluck in sich glucksen. Plötzlich der Hunger, lichterloh, und sie auf den Füßen und vor dem Eisschrank: was? Nichts aus dem Tiefkühlfach, das dauert zu lang. Bleiben die Eier. Etwas Wurst. Auch ein Glas Gurken ist da.
Sie schiebt die Schreibmaschine zur Wand, damit sie aufdecken kann. Eine Leinenserviette, ein Kristallglas voll Wasser, Silberbesteck wie für einen Gast. Sie hat aufgehört zu taumeln, als sie die Pfanne auf den Herd setzt, und als die Butter darin zu knistern beginnt, sagt sie: Resurrexit Regine. Eine

großmäulige Anleihe, klar, reichlich verstiegen für eine, die im Pyjama herumfuhrwerkt und nicht weiter als ans Essen denkt. Kann es kaum erwarten, daß die Eier gerinnen. Hat sie je Rührei mit Wurstschnipseln gehabt?
Es riecht gut, sie kippt alles auf den Teller. Hoffentlich ist es genug für ihren ausgehöhlten Bauch. Nicht ein einziges Mal legt sie die Gabel ab, schaufelt und schlingt, ist schon fast fertig, als sie es merkt. Umsonst das Dekor, die Serviette nicht einmal aufgefaltet, das Glas ohne Hinsehen geleert. Immerhin hat sie auch die Schreibmaschine vergessen. Sie deckt die Serviette darüber, füllt sich nochmals das Glas. Während sie aufißt, fällt ihr Vittorio ein, und da sich mit Rührei nicht schlürfen läßt, tut sie es mit dem Wasser. Schämt sich gleich, als sitze er gegenüber, von ihr lächerlich gemacht. War nicht so gemeint, sagt sie.
Sich zurücklehnen – abräumen kann sie später. Etwas rumort in ihr, kein Wunder vielleicht. Wie viele Tage entwöhnt? Irgendwo muß sie das Datum erfragen. Nicht jetzt, zuerst einen Tee, Kamille, die soll gut sein für den Magen. Die Blechdose ist voll bis oben, wann hat sie das alles gekauft. Hagebutten, Fenchel, Eisenkraut, am Ende längst nichts mehr wert.
Das Wasser kocht noch nicht, als das Telefon klingelt. Sie schaltet die Herdplatte aus, läuft ins Zimmer – und hebt doch nicht ab. Kann nicht, hat noch die Hand in der Luft, als das Klingeln aufhört, steht da, eine dumme Gans. Sie legt die Hand auf den Hörer, behutsam, da schrillt es schon wieder. Sie zuckt zusammen, meldet sich aber sofort.
Lore sagt: War die Geschichte schuld? Meinst du, sie hätte eine andere gebraucht?
Regine weiß es nicht, ganz ist sie noch nicht bei der Sache. Lore hat nicht gefragt: Wie klingst du, was ist mit dir los? Also hängt ihr nichts an von den letzten Tagen, sie ist wiederzuerkennen. Sie sagt: Du hast sie ihr geschenkt, oder nicht? Wie Simon den Stein. Braucht man den vielleicht? Man freut sich.
Man kann Falsches schenken, sagt Lore. Zur falschen Zeit.

– Sie kennt dich doch.
Lore schnauft laut ins Telefon. Sie sagt: Vielleicht ist ihr vorher nie aufgefallen, wie gewöhnlich ich bin. Komisch, ich habe gedacht, es würde sie ablenken, je mehr Seiten, desto besser. Jetzt nach Dublin, als ich den Brief wiedergelesen habe –
Ich mag ihn, sagt Regine. Ich würde ihn gern bekommen haben.
– An ihrer Stelle? Weißt du, diese Karte. Als sie gekommen ist, hat sie mir nicht fremd geklungen. Kühl, ja, wie alle ihre geschriebenen Sätze. Nicht auffällig. Aber jetzt –
– Jetzt klopfst du die Wörter ab. Wozu?
– Ich hätte sie abholen sollen! Wofür habe ich die Ankunftszeit auf der Liste gehabt. Aber wie hätte ich wissen sollen, daß sie das Atelier nicht mehr hatte. Ahnungslos habe ich angerufen am Abend, da war die Telefonnummer gesperrt. Hingerannt bin ich: der fremde Kerl war schon da. Wenn ich sie auf dem Flughafen erwartet hätte, wäre sie mir sicher nicht ausgewichen. Sie hätte geredet mit mir, oder denkst du –
– Vielleicht weiß sie nicht, was sie sagen soll. Weiß nur, daß sie muß, was sie tut, aber nicht warum. *Will* es vielleicht nicht wissen und fürchtet, daß jemand *warum* fragt, bevor es gelebt ist.
– Und redet mit keinem Menschen?
– Sie hat einen Job, hast du gesagt.
– Sie *muß* einen haben. Wovon lebte sie sonst.
Eben, sagt Regine. Da redet man auch.
Lore schnauft wieder, schimpft plötzlich los: Dieses Dublin – fürchterlich. Zwei Stunden Stephen's Green, und kein einziges Liebespaar. Wie ein exotisches Tier bin ich mir vorgekommen in dem sterilen Gewimmel. Und der Offenwein in den Pubs! So etwa wie der von Vittorio. Ich habe auf Flaschen gewechselt und bin ziemlich verkommen. Dabei hatte ich noch nach Tramore gewollt, zu deiner Zufallsmaschine. Aber nach dem Dubliner Fiasko? Mit einem Phantom herumsitzen kann ich schließlich auch hier.

Regines Bauchweh wird heftig, sie schwitzt. Während sie um den Glastisch herumgeht, um sich hinzulegen, hört sie Lore sagen: Dreimal bin ich heute am Briefkasten gewesen. Magst du nicht mehr?
Der Schmerz läßt etwas nach, als sie die Knie anzieht. Sie sagt: Ich kann Ruth nicht mehr sehen. Sogar ihr Gesicht habe ich vergessen.
– Weil du dich verbeißt. Wie ich in Dublin. Wenn du wieder einmal alles liegenläßt ... Komm doch mit in den WEISSEN WIND.
– Ich bin im Bett. Irgendwas mit dem Bauch.
Schade, sagt Lore. Was hat sie sonst noch gesagt? Gute Besserung vermutlich. Vielleicht auch: Kommst du zurecht. Regine schleppt sich in die Küche, sie schaltet den Herd wieder ein. Die Teebeutel gleich in den Topf und den Deckel drauf, barbarisch, doch es kürzt die Wartezeit ab. Zusammengekrümmt sitzt sie am Küchentisch, nochmals ein Schweißausbruch, der Schmerz kommt und geht. Wenn Lore auf Post gewartet hat, muß heute Samstag sein. Drei Tage im *Out,* und jetzt – der Topf pfeift.
Es schmeckt scheußlich. Die Ellbogen aufgestützt, die Tasse in beiden Händen, schluckt sie das heiße Zeug, horcht auf das Bohren im Bauch und schluckt. Ist noch einmal Regine geworden, um sich krank zu essen? Weil man mit dem Hungern keine Erfahrung hat. Wer hungrig ist, hierzulande, der ißt.
Noch eine Tasse. Der Pyjama am Rücken festgeklebt. Sie rülpst. Nimmt die Serviette von der Hermes, trocknet sich damit das Gesicht. Der Sudelblock liegt unter dem Umschlag mit Lores Brief. Das Klarsichtmäppchen leer, sie hat alles zerrissen. Lächerlich, auch wenn Lore die Blätter nicht hätte. *Gelesen* sind sie, zurücknehmen läßt sich das nicht.
Sie kann wieder gerade sitzen. Der Tee, oder einfach die Zeit? Die streitbaren Zellen. Noch lange nicht mutlos, die nicht. Und die verläßliche Wärme, wenn man sich anfaßt. Animalische Zuversicht? Zählebiges Leben, Katzenleben, das andere dünn obendrauf. Dient? regiert? Was weiß man.

Sicher ist, daß nicht der Bauch sich jetzt freut, der hat den Schmerz schon vergessen. Reagiert auf Gefahr, aber hat keine Erinnerung daran. Was Lore Abenteuer nennt, braucht vielleicht nicht so sehr Sprache als vielmehr Gedächtnis. Ein Wagnis ist keins, wenn man nicht weiß, was man wagt, und wie soll man es wissen ohne Erinnern. Zum Aufbewahren von Glück taugt es nicht, das ist wahr, aber wie ließe sich leben, wie denken, wenn nicht nach Maßgabe dessen, was man schon weiß. Womit wäre Ruth denn angetreten, dort in Irland, gegen Fremde und Einsamkeit? Auch wenn man hilfloserweise annimmt, sie sei hingefahren, um zu vergessen.

Den Kiesel hat sie gewaschen, abgetrocknet, auf den wackligen schönen Tisch gelegt. Sitzt auf dem Stuhl, schaut den Tisch an, die Täfelung der Fensternischen, den Himmel – und wieder das Zimmer. Der Schrank offen, der Kofferdeckel bereits hochgeklappt. Voreilig, sie mag jetzt nicht packen. Faul sein will sie, am Schontag festhalten bis zuletzt.
Nicht einmal geduscht hat sie, so spät ist sie erwacht. Das Frühstück knapp vor zehn, und keine Eier, sie hat Lust auf Kuchen gehabt. Hat sich versteift darauf und nicht lockergelassen, bis das Serviermädchen nach Beistand gelaufen ist. Es hat ihn bekommen, zum Glück, und sie ihren Kuchen: eine Art Madeleine, mit einer Menge Rosinen und einem zuckrigen Überzug.
Im Auto dann, beim Studieren der Karte, hat sie Dingle gestrichen. Wieder eine Halbinsel, wieder Berge, und die Straße schlechter als die von gestern – was hätte sie von der Fahrt gehabt? Einen abgehakten Programmpunkt und einen qualvollen Tag. Statt dessen hat sie einen Tip der Broschüre befolgt, Muckross, kaum zehn Minuten zu fahren. Die Strecke schon vertraut: der Anfang der Seentreppe, der verblühte

Rhododendron; neu nur die Abzweigung, der Parkplatz im Wald.
Schon bei der alten Abtei hat sie die Pferdewagen, in denen die Touristen sich herumkutschieren lassen, los gehabt. Ist im Kreuzgang auf einer Mauer gesessen, bis hinter ihr einer gesagt hat: »A peaceful place, isn't it?« Gleich hat sie ihm Platz und Frieden geschenkt und sich davongemacht. Durch das Wäldchen, durch den Garten des Schlosses, auf geharkten Kieswegen durch den Herrenpark, auf einem Fußweg hinunter zum See und zwischen Bäumen und Schilf immer weiter; weder der Weg noch der See haben aufgehört. Erst auf dem Rückweg, bereits wieder in der Nähe des Schlosses, als sie sich umgeschaut hat nach etwas Hartem, um den Lehm von den Schuhen zu kratzen, ist der Kiesel ihr aufgefallen: zweifarbig wie der von Simon, deshalb hat sie ihn eingesteckt.
Müde Füße hat sie, endlich wieder einmal müdgelaufene Füße. Weil sie sich die Herrschaften und den Speisesaal nicht hat antun wollen, ist sie auch noch die halbe Stunde nach Killarney gegangen. Ist da im ersten Stock eines schmalen Hauses gelandet: der Name EMANUEL hat ihr gefallen. Ein Raum in Wohnzimmergröße, dafür mit zwei Fenstern, eins sogar offen; die Tischdecken bunt, ein Bibelspruch an der Wand. Der Jüngling, der sie bedient hat, hat aber nicht Emanuel, sondern Brendan geheißen, und auch den Jüngling hat sie zurücknehmen müssen. »My wife Mary«, hat er von der Frau in der Küche gesagt, und: »My son Brian« von dem Dreikäsehoch in der Tür. Er hat ihr ein so enormes Fuder Salat aufgetischt, daß es noch kaum weniger geworden war, als er ihr den Gemüsereis brachte. Dann haben sich die drei mit einem Brettspiel an den Nebentisch gesetzt, der Kleine auf den Knien der Mutter, die ihm beim Abzählen der Felder geholfen hat. Die Köpfe dicht beieinander, haben sie ihre Steine über das Brett geschoben, versunken in ihr Nähe-Glück, und so hat sie für die heilige Familie *Ochs und Eselein* gespielt, hat gekaut und geschaut und ihr Grünfutter aufgegessen, bis die Idylle durch neue Gäste gesprengt worden ist.

Auf dem Weg ins Hotel zum erstenmal der Abendhimmel der Ansichtskarten: ein fernes Feuer, die Bäume der Allee schwarz davor. Auch jetzt noch lange nicht Nacht, die Dämmerung dauert hier Stunden. Obwohl keins der drei Fenster nach Westen geht, wäre es hell genug, um zu lesen. Nur liegt das Buch drüben beim Bett. Warum sich nicht mit dem Kiesel befassen, der ist da. Liegt auf der honigfarbenen Tischplatte, klein neben dem schweren Lampenfuß. Ein Findling, ein Gast.
Zum Wort Kiesel das Wort Demosthenes; kaum mehr als ein Wort. Ein Stotterer, der sich den Mund stopft, um *doch* zu sprechen – das begreife, wer kann. Steine statt Brot? Auch so eine alte Geschichte, die aber nichts gegen die Steine sagt. Wer wollte einem Stein übelnehmen, daß man ihn nicht essen kann. Dafür läßt er sich gegen ein Fenster werfen. Oder in Nachbars Garten. Was immer man tut mit ihm, seine Schuld ist es nicht.
Wie soll man ihn anreden. Du, Kiesel? Daß es ihn nicht berührt, ob ich Du oder Sie sage, kann nicht heißen, daß es egal ist. Die Distanz, in die man sich zu einem Gegenüber setzt, muß erwogen sein. Besser, man wählt sie groß. Mit Ihrer Würde, Herr Kiesel, hat das nichts zu tun.
Sie sind stumm. Aller Prophezeiung zum Trotz haben Sie bis heute das Schreien nicht gelernt. Das ist gut, nehme ich an; obwohl so ein bißchen Stimme – es müßte ja nicht geschrien sein – nicht zu verachten wäre. Ich hätte Sie gern gefragt, wie es ist, ein Stein zu sein. Weiß man von sich, bewahrt man etwas von seinem Gewordensein in sich auf? Gibt es Vergangenheiten für Sie, Zukünfte vielleicht, oder immer nur Jetzt? Keine Erinnerung an die Stiefel, die Sie getreten haben, kein Warten aufs Geschleudertwerden? Wozu all die Jahre und Jahrtausende, Jahrmillionen vielleicht, durch die Sie geschoben, gestoßen, gerollt worden sind? Doch nicht, um am Ende, etwas runder und leichter geworden, zufällig auf meinen Tisch zu geraten?
Am Ende wovon. Wenn es für solche wie Sie ein Ende gibt,

dann sicher nicht auf meinem Tisch. Auch nach dem Einsturz des Hotels, oder wenn es abbrennen sollte, traue ich Ihnen noch einige Jahrhunderte zu. Aber daß ich Sie um Ihre kleine Ewigkeit beneide, dürfen Sie von mir nicht erwarten. Ich bin nicht so strapazierfähig wie Sie und fühle mich bereits etwas abgenützt. Von unsereinem wird ja ziemlich viel mehr verlangt, als einfach dazuliegen und rund zu sein. Ein Einwand gegen Sie ist das nicht. Ich will damit nur sagen, daß ich ganz zufrieden bin, ein absehbares Ende zu haben.
Ich nehme Sie in die Hand, Sie können das als Besitzergeste auslegen. Gehören Sie mir? Gern würde ich Sie jetzt lachen hören, doch selbst wenn Sie es könnten: Humor haben Sie wohl nicht. Eher, denke ich, würde Ihnen der Kanzelton passen, getragen, mit langsam verebbendem Nachhall: Wem gehört die Erde? Dem, der sein Fähnlein draufpflanzt?
Unterstellung, ich weiß. Es kümmert Sie nicht, ob jemand Sie besitzt oder zu besitzen meint. Man kann Ihnen nichts anhaben, ein für allemal, nichts berührt Sie, und ob ich das großartig oder beängstigend oder bloß langweilig finden will, läßt Sie auch kalt. Zwar wenn ich die Hand schließe, werden Sie warm. Ich bin aber nicht sicher, ob ich Sie wärmen mag, da Wärme ja nichts bedeutet für Sie. Ein wenig geschätzt wissen will man schon, was man hergibt. Und mag das Eingeständnis auch vielleicht peinlich sein: Wer gibt, will auch etwas bekommen. Was haben Sie zu bieten außer Ihrer Ewigkeit? Da sehen Sie.
Sie sind ziemlich glatt. Das Material der Einlagerungen scheint ebenso hart wie der rote Grundstoff, die weißen Linien sind weder erhaben noch vertieft. Aber feinkörniger, oder wie würden Sie das nennen? Wenn ich den Daumennagel über die Oberfläche führe, findet er mehr Widerstand im Rot als im Weiß. Die Zeichnung übrigens läßt vermuten, daß Sie es mit der Regelmäßigkeit halten. Wie Ringe laufen die weißen Linien rundum, elliptische Ringe, von der gedachten Achse stark weggeneigt und in ihrem Verlauf oft eher zu erraten als zu sehen. Der letzte ist der breiteste, voll ausgezogen,

und erinnert – je länger man hinsieht, desto aufdringlicher – an einen verrutschten Heiligenschein.
Merken Sie die Schadenfreude? Ich mache den Spiegel für Sie. Denn das habe ich Ihnen voraus: ich kann Sie sehen. Ich sehe Ihre blinde Unerschütterlichkeit an und muß lachen. Der heilige Kiesel – wie gefällt Ihnen das? Daß ich aber vor Ihrer verdienstlosen Unschuld in die Knie gehe (das werden Sie einsehen), wäre zuviel verlangt.
Vielleicht war es doch ein Fehler, Sie anzufassen. Buchen Sie meinen Ausfall auf das Konto zu großer Nähe. Ich lege Sie nun zurück und mache die Lampe an, da mögen Sie hell und warm werden. Der schiefsitzende weiße Ring mag stehen, wofür Sie wollen, für das Auge Gottes meinetwegen oder für den Nabel der Welt. Mir sind Ringe verdächtig, sie stammen von Kreisen ab. Die wollen etwas bedeuten, was es nicht gibt. Sind eine Hilfskonstruktion, sozusagen, wobei nur die Konstruktion geglückt ist, die Hilfe nicht. Eine Täuschung, eine glänzende Vorspiegelung, schnöde Verlogenheit. Kitsch also, Herr Kiesel, Kreise sind Kitsch. Was sich auch daraus ersehen läßt, daß die Kunst sie verschmäht.
Nein, Ihr Fach ist das nicht. Ich erwähne es nur, damit Sie nicht glauben, es sei persönliche Häme, die spricht. Ich setze voraus, daß Ihre männliche Sachlichkeit an repräsentativen Mengen interessiert ist, nicht am Einzelfall. Wenn nun bekannt ist (und es *ist* bekannt), daß Künstler mit ihrem unglücklichen Hang zum Besonderssein für die Statistik nicht taugen, hat dann nicht ihre seltene Einmütigkeit in Sachen Kreis das doppelte Gewicht?
Von den Künstlerinnen kein Wort. Da Sie zur Unterhaltung nichts beizutragen haben als Ihr Vorhandensein, müssen Sie die Wahl des Gegenstands schon mir überlassen. Wenn Sie eine Meinung über Frauen hätten, könnten wir uns auseinandersetzen – *vielleicht*, denn das Thema interessiert mich nicht sehr.
Ich bin ziemlich müde jetzt, ich beginne mich mit Ihnen zu langweilen. Als Kränkung brauchen Sie das nicht aufzufas-

sen. Sie sind, was Sie eben sein können: ein Stein. Wenn Sie wenigstens ein bißchen Hintergrund hätten. Einen Dorfbach etwa, wo Sie einem Bauernjungen unter die nackten Füße geraten sind. Oder einen Waldweg mit Sonnenkringeln, wo die Stockspitze eines rotsockigen Wanderers Ihnen einen Funken entlockt hat. Nichts Großartiges, noch nicht einmal eine Geschichte; bloß ein winziger Zusammenstoß Ihrer Ewigkeit mit der Menschenzeit.
Immerhin ist da Simon, er hat Sie in seine Gilettasche gesteckt. In der Gilettasche trug man früher die Taschenuhr. So flach sind Sie nicht, Sie müssen ihn gedrückt haben. Hat er ab und zu nach Ihnen gegriffen, Sie in eine für ihn bequemere Lage gerückt? Womöglich hat er Sie einen Abend lang vor sich auf den Tisch gelegt, wie ich, und Sie als Gegenüber verworfen. Falls er Ihnen etwas aufgetragen hat für mich, haben Sie es verlorengehen lassen. Nicht böswillig, nur weil Sie als Bote nicht geeignet sind. Sie sprechen noch nicht einmal für sich.
Ich gehe jetzt zu Bett. Was die Botschaften angeht: ich erwarte keine. Ich werde – mit Verlaub – schlafen wie ein Stein. Und da wir schon bei den Redensarten sind: Könnten Sie nicht der Stein sein, der jemandem vom Herzen fällt? Eine stumme Rolle, genau richtig für Sie. Gute Nacht.

Bis morgen, sagt sie im Weggehen. Hört die automatische Tür hinter sich zu- und gleich wieder aufgehen, die neue Kollegin ist neben ihr.
– Wo wir doch denselben Heimweg haben.
Regine schüttelt den Kopf. Heute nicht. An der Ecke sagt sie: Schönen Nachmittag, und weil die junge Frau stehenbleibt, wiederholt sie: Bis morgen. Lächelt, nickt ihr zu, geht davon.

Daß das Lehrmädchen versetzt worden ist, tut ihr leid, seine trockene Einsilbigkeit wird ihr fehlen. Nicht geeignet für Kundengeplauder, es hat den Kassendienst gehaßt. Die Neue nicht. Die kann Preise eintippen und dabei reden, kommt nie aus dem Konzept. Regine profitiert davon, sie darf öfter im Hintergrund bleiben. Wenn sie Waren auszeichnet, Gestelle nachfüllt, hin- und hergeht zwischen Laden und Magazin, hört sie Unterhaltungen nur noch von fern. Braucht nicht mehr mitzureden über den Aufschlag der Milch oder das Kinderfest im Quartier, muß sich nicht mehr blamieren. Man kann so viel Falsches sagen, wenn man nicht aufpaßt, und wenn sie aufpaßt, klingt es unversehens geschraubt. Ob die Kolleginnen über sie lachen? Sie kann ja nicht einfach *nichts* sagen, wenn die ihr etwas erzählen. Die Schwiegermutter, das Auto, der Waschküchenstreit, das Kind, das vom Lehrer schikaniert wird, der Speisezettel: was versteht sie davon? Sie versucht zu erraten, was man von ihr hören will, trifft nicht immer daneben, vermutlich, da man immer noch mit ihr spricht.

Aber mit der neuen Kollegin im Tram sitzen, jeden Mittag, und sich Antwort um Antwort ausdenken? Alle sagen doch, daß sie schlecht aussieht – Alibi genug, um zu Fuß zu gehen. Ein bißchen Bewegung gegen die Stubenhockerei, schon immer gewollt, die Chefin wird sich erinnern.

Spannend ist es nicht, die Straße leer, die Geschäfte geschlossen. Vorstadt eben, Mittagsruhe bis um halb drei. An der Metzgerei steht sogar angeschrieben, daß sie nur vormittags offen ist, Dienstag bis Freitag, ob das noch rentiert. Das Coiffeurgeschäft hat geöffnet. Neonlicht und ein faltiger Hals, über dem lilafarbene Löckchen aufgewickelt werden. Greisinnen-Look? Genießt hoffentlich die jungen Hände im Haar, oder warum läßt man das tun mit sich, da doch längst nichts mehr hilft.

Grinst sie? *Längst* hat begonnen, für sie auch. Mit ein wenig Verstand müßte man sich sagen: Alles loslassen, jetzt gleich. Sich nie mehr auf die Waage stellen, keine Haare mehr aus dem Kinn zupfen, auf Flecken und Falten pfeifen. Aber nein, man wehrt sich, kämpft diesen miesen Kampf, den man täglich verliert.

Sie geht durch die Genossenschaftssiedlung, obwohl da PRIVATWEG steht. Alle schon beim Essen, bloß der Briefträger noch unterwegs. Den kennt sie, erkennt ihn am Keuchen. Immer gehetzt, immer zu spät, ohne daß man wüßte, wodurch verspätet, er bleibt nie bei jemandem stehen. Blinzelt, wenn man ihn grüßt, verständnislos, die meisten lassen es bleiben. Sie hat ihn für einen Asthmatiker gehalten, bis sie einmal gesehen hat, mit was für einem Gesicht er die Post in die Briefkästen stopft. Er keucht vor Wut. Auf die Arbeit? die Briefempfänger?

Hanselmanns Katze auf dem Vorplatz, schleicht hinter ihr her. Sie darf sie nicht mit ins Haus lassen, aber wie denn. Ist schon vorbeigewischt, zerkratzt denen die Tür. Regine sagt: Sie war schneller als ich. Ja, sagt die alte Frau Hanselmann, sagt weiter nichts, geht aber nicht hinein. Hält sich am Türstock, wartet worauf. Es ist kälter geworden, sagt Regine, man wird bald den Wintermantel brauchen. Ja, sagt die alte Frau, doch ihr Warten ist so deutlich, daß es Regine verwirrt. Auf Wiedersehen, sagt sie, weil ihr sonst nichts mehr einfällt. Als sie auf dem Treppenabsatz zurückschaut, steht die alte Frau immer noch da.

Während sie ihr Käsebrot ißt, nimmt sie sich die gestrigen Seiten vor: Ruths Reise in den Norden, ein Anfang jedenfalls. Weiter als bis Bunratty Castle ist sie nicht gekommen, hat sich zu lang mit Adare und Limerick geplagt. Umsonst, stellt sie nun fest, der ganze gestrige Nachmittag umsonst. Eine beliebige Reise, auch nicht der Schatten von Ruth. Als seien die Reize von Irland nicht längst beschrieben, von Berufenen beschrieben, außerdem fotografiert. Wenn sie Ruth verliert über dem, was zu sehen ist, würde sie Lore besser das Fotobuch schicken: Nimm die Liste, schau, wo sie gewesen ist, denk sie dir hinzu.

Weg von den Bildern, auch die Cliffs of Moher weglassen.

Vor dem Einschlafen gestern hat sie Ruth dort gesehen. Die kühle Ruth in der pathetischen Landschaft – bestimmt hat sie die Klippen in ihrem Programm gehabt. Denkbar natürlich, daß der überfüllte Parkplatz und die Völkerwanderung sie abgeschreckt haben. Hat sie sich mit dem Bildchen in der Broschüre begnügt und das authentische Schwindelgefühl den andern überlassen?

Das Hotel ist zu klein, familiär heißt das wohl. Begrüßung mit Händedruck, und doppelt, von Mann und Frau. Darauf ist sie nicht gefaßt gewesen, hat sich in Hochmut gepackt und ihr Englisch verleugnet – eine Reaktion, die sie nun ärgert; was können die dafür, daß sie mit ihrer Nestwärme nichts anzufangen weiß. Ob es sich wiedergutmachen läßt, wenn sie zum Dinner geht? Um sieben, hat der Mann gesagt, später nicht. Vielleicht ist er auch der Koch.
Das Wasser aus dem Warmwasserhahn hat höchstens dreißig Grad. Je voller die Wanne wird, desto deutlicher die braune Färbung: eine fettlose Bouillon. Moorwasser, spekuliert sie und schält das Seifchen aus dem Papier; das übliche Schaumbad-Tütchen gibt es hier nicht. Noch rechtzeitig fällt ihr ein, daß sie das Haar hochbinden muß, da sie nach einem Fön ja nicht fragen kann. Hat sich um die Sprache gebracht, muß sich selber helfen. Mit einem Schal? Doch, das geht.
Eine Temperatur zum Schwimmen. Soll einer behaupten, das sei gesund. Abhärtung – aber wogegen denn. Nur gut, daß sie die Badewanne nicht selber zu putzen hat. Von Seife gibt es doch diesen schmierigen Rand, der aussieht, als habe man sich wochenlang nicht gewaschen. Kein Rubens-Inkarnat heute, eher chinesisch. Und diese Turnerei, wann hat sie sich zum letzten Mal den Rücken eingeseift. Die Füße? Sie hat genug.

Der Heizkörper ist warm, tatsächlich, vielleicht als Ausgleich gedacht. Angenehm jedenfalls, sie darf sich Zeit lassen mit Anziehen. Was paßt zu der unmöglichen Fremden, die abbitten will. Nichts Saloppes natürlich, sie muß ihnen zeigen, daß sie ihren Provinzspeisesaal ernst nimmt. Die Seidenbluse? Zuviel Ehre vielleicht, aber sie sollen sie haben. Das Tannengrün steht ihr, und daß der Kontrast zur Sandfarbe des Kostüms ein wenig zu laut ist, stört höchstens sie.
Fertig, leider zu früh. Kein Zimmer zum Bleiben. Immerhin: das Fenster bis zum Boden. Doch die Gardinen sind oben und unten fixiert, man kann sie nicht aufziehen. Die Aussicht gefiltert: das übliche Grün, der übliche große Himmel. Wenn sich das Fenster richtig aufmachen ließe, könnte sie mit einem einzigen Schritt auf dem Rasen sein.
Sie holt sich den Stuhl, dreht der nüchternen Zweckmäßigkeit den Rücken zu. Sie ist nahezu frisch. Hat eine geruhsame Fahrt gehabt bis auf den Schreck mit dem Wiesel. Oder ist es ein Iltis gewesen? ein Marder? – sie kennt die Unterschiede nicht. Als sie es über die Straße hat flitzen sehen, hat sie es Wiesel genannt. Hätte sie damit rechnen müssen, daß es kehrtmachen und zurückrennen würde, statt im Gebüsch zu verschwinden? Die Pneus haben gekreischt, als sie auf die Bremse getreten ist, sie hat angehalten und ist zurückgegangen. Kein Wiesel, kein Blut, nichts als die eigene Bremsspur. Ein Beweis, daß es unverletzt entkommen ist? Sie hofft es. Ob mehr für das Wiesel oder mehr für sich selbst, ist eine Frage, die sie offenläßt. Weil sie überflüssig ist, und die Antwort auch.
Will sie jetzt über das Denkbare und das Denkwürdige grübeln? Sie wird sich hüten. Bei der Menge Ausschuß, die das Gehirn produziert. Selbst angenommen, der Ausschuß sei der Mist, auf dem das andere wächst – ach was. Muß man das wissen? Die Augen auftun, wofür sitzt sie am Fenster. Ein Mann im Overall, seinen Auftritt hat sie verpaßt. Durchquert ihre Aussicht, einmal von links, einmal von rechts, bei jedem Durchgang näher, dafür um so kürzer zu sehen. Er zieht einen

Rechen nach, bloß ist gar nichts zum Aufrechen da. Debil sieht er nicht aus, weiß offenbar, was er tut, und hält es für sinnvoll. Den Rasen frisieren? Vielleicht macht man das hier. Da schon gewöhnliche Wiesen so grün sind, muß man sich etwas einfallen lassen, wenn der Rasen sie übertreffen soll. Erstaunlich ist nur, daß man ihn trotz des Pflegeaufwands betreten darf. Die dicken Damen gestern abend haben sogar Golf trainiert, unmittelbar beim Hotel. Ein befremdlicher Anblick, wie sie die Stöcke geschwungen haben: Schattenrisse vor dem lila Himmel, ein martialischer Totentanz. Bis in den Schlaf hat sie ihre Rufe gehört, das Zischen der Luft, das Tock des Aufschlags, aber keine Schritte. Ist dafür der Rasen gedacht? Wenn man sich nicht herumtrampeln hört, kann man vielleicht seine Schwere vergessen, und die gewichtigen Frauen sind in Wahrheit leichtfüßige Elfen gewesen, in *ihrer* Wahrheit, versteht sich, doch warum soll die nicht gültig sein. Vittorio *ist* ein Künstler, obwohl nur er selbst es weiß. Sobald einmal feststeht, was man von sich halten will, sind die Wahrheiten der andern außer Kraft gesetzt.

Ob Lore das unterschreiben würde? Läßt sich bestimmt nicht träumen, daß sie in zweitausend Kilometer Entfernung fragwürdige Sätze aufstellt und durch den Nebel einer Gardine auf einen frisch gekämmten Rasen späht. Späht? Wo sie doch kaum hinschaut. Hingeschaut *hat*. Denn jetzt ist es Zeit für den Speisesaal.

Ihre Uhr muß falsch gehen, man läßt sie im Vorraum warten. Nicht sie allein, zwei stehen schon da, zwei kommen nach ihr noch hinzu. Erwartung wie zu Weihnachten – brennen die Kerzen noch nicht? Die Tür wird von innen geöffnet: die Dame des Hauses, die ihr *please* mit einer Handbewegung begleitet, die ihr nicht ganz gelingt. Vor allem aber sieht Ruth durch die Tür das Grün der Gedecke: ein so schockierender Mißklang zu ihrer Bluse, daß sie sich nicht vom Fleck rührt, bis die Frau zurückkommt und ihr *please* wiederholt. Während sie hinter ihr her zum angewiesenen Platz geht, knöpft sie die Jacke zu. Ein Reinfall, doch das Lächeln, findet sie, gerät ihr nicht schlecht. Findet die Frau es auch? Sie hat den Raum schon verlassen.

Acht Tische zählt sie, keiner von den unbesetzten gedeckt, also niemand mehr zu erwarten. Serviert wird von einem jungen Ding mit Schottenrock und weißem Pullover, ein Schulmädchenaufzug, und die Lektion ist gelernt. Es trägt das Richtige zum richtigen Tisch, ohne daß es nachfragen muß, haucht: »Sorry«, wenn es einen Teller abräumt, und: »Sorry«, wenn es den nächsten bringt. Das lauteste Geräusch bei seinem Hin und Her ist das Auf- und Zuschwingen der Küchentür. Jedes Besteckklappern ein Sakrileg; was Wunder, daß die zwei Paare nur flüstern.

Ein Stück für fünf Personen, in einer Weise gruppiert, daß jeder die andern vier sehen muß. Sie kann sich gegen die fremden Blicke nur schützen, indem sie selber schaut, sich zum Hinschauen *zwingt* – eine Unbehaglichkeit mehr. Will sie denn wissen, was die auf dem Teller haben? Es geht sie nichts an. Weder was das Kauen aus ihren Gesichtern macht und welche Tricks sie gebrauchen, um sich Behagen einzureden, noch wie sie mit der Kirchenstille umgehen, und ob das Flüstern sie auseinander- oder zusammenbringt. Aber sie schaut. Belästigt andere, um nicht selbst belästigt zu werden. Das Essen? Beschäftigung nebenbei.

Schon vor dem Dessert steht sie auf. Pflichtschuldigst nickt sie nach rechts und nach links, geht ab, so gemessen wie möglich, macht die Tür leise zu. Beginnt erst draußen zu laufen, gradaus über die Straße, eine Flucht. Das riesige Hotel, das sie bei der Anfahrt für das ihre gehalten hat, leider ein Irrtum, heißt HYDRO und hat eine Bar. So voll, trotz der Turnhallengröße, daß sie froh sein muß, eine Lücke zu finden, auf einer Bank neben zwei alten Herren. Sie wird angelächelt und zugelassen, auch von den andern am Tisch, einer kompletten Familie, die Kinder staunen sie an. Auf dem Podium ein Unterhalter, dessen Pointen sie nicht versteht. Die Leute lachen, lachen gern, wie es scheint, und wenn er sich an den Flügel setzt, singen sie mit. So weit ihre Ohren reichen, hört sie kein

Wort, das eine fremde Herkunft verriete, entdeckt auch keinen, der nicht aussieht, als gehöre er dazu. HYDRO, erfährt sie von ihrem Tischnachbarn, sei nicht bloß ein Name, er sei hier zur Badekur: Eisen und Schwefel, wenn sie den Mann richtig versteht. Er komme jeden Sommer, es helfe ihm, sagt er. Beim Altern, oder wobei? Sie trinkt einen *Irish Mist*, vom Familienvater empfohlen, »besser im Glas als draußen«, hat er gesagt. Zu süß für sie, viel süßer, als der Name versprochen hat. »Gut?« fragt er jetzt, und sie nickt. Soll sie ihn vor den Kindern um seine Glaubwürdigkeit bringen?
So viele Kinder im Saal. Unter dem Podium tanzen ein paar Ringelreihen, Kinder wie auf dem Rummelplatz von Tramore, zu denen sich, ganz von selbst, das Wort *artig* einstellt. Und *fröhlich* – auch ein altmodisches Wort? Zwischen den Tischen ein winziges Persönchen, das sich um sich selber dreht. Waagrecht die Arme, wie zum Wegfliegen, von rotblonden Locken umflattert, läßt es sich herumwirbeln vom eigenen kleinen Gewicht, verzaubert, atemlos, endlich gebremst von einem lachenden Mann, der es auffängt und mit übergroßen Händen gefangenhält. Lacht oder weint es? Sie kann nur seine zuckenden Schultern sehen.
Der Mann auf dem Podium fängt wieder zu spielen an, einen Augenblick wird es still. Jetzt klatschen alle, weshalb. Sie kennt die Melodie, ein Gassenhauer, und nicht der erste, doch zum erstenmal hören sie zu. Sie braucht eine Weile, um zu begreifen: der Mann besingt den Ort. Singt *Lisdoonvarna*, als sänge er Hosiannah, jubelt das Wort in den Saal. Kein Zweifel, die Gäste fühlen sich eingeschlossen in das Preislied, sie lassen sich feiern, deshalb singen sie nicht mit. Erst auf ein Zeichen des Sängers fallen sie ein, ein Ritual offenbar, das allen bekannt ist. Auch die Kinder singen, sogar die zwei alten Herren.
Ob einer von ihnen Simon heißt, Saimen? Könnte ja sein. Sie stellen keine Fragen, weder warum noch woher, sind ohne Gegengabe freundlich, und ihre Neugier, falls sie neugierig sind, ist diskret. Daß er sich das Bild angesehen hat, ist be-

stimmt Rücksicht gewesen; um mit den Blicken nicht sie zu bedrängen. Eine Rücksicht, die um so mehr wiegt, als er das Bild gar nicht hat sehen können, er hätte mehr Licht gebraucht. Lieber Simon, darf ich Ihnen das Bild erzählen? Der Kiesel hat mich gefreut, das wissen Sie. Aber daß er nicht die beste Gesellschaft ist, wissen Sie auch. Nicht weil er keine Antwort gibt (wer will schon mit Antworten rechnen), sondern weil er nicht sterben kann. Wenn man so alt ist wie Sie –
Jetzt sind Sie gekränkt. Nichts über uns, nichts Privates, Sie haben recht. Ich wollte nur erklären, weshalb ich Sie bemühe, wo ich doch den Kiesel habe. *Deshalb* – und weil Sie sich für das Bild interessiert haben. Ich werde beim Thema bleiben, ich verspreche es. Das Bild.
Haben Sie erkannt, was es zeigt? Nein, *zeigen* sagt sich nur so, Sie müssen es nicht wörtlich nehmen. Sagen wir lieber: Zu sehen ist ... Gemalt ist ... Ein Mädchen, fünfzehn, sechzehn vielleicht. Möglicherweise ein Porträt. Aber fragen Sie nicht, wer es war oder inzwischen geworden ist – ich weiß es nicht. Ich kenne nicht einmal die Malerin, kenne nur das Bild.
Sicher haben Sie sich gewundert, daß es in der finstersten Ecke hängt. Der Umzug, wissen Sie. Ich bin dabei, mir die Bilder abzugewöhnen. Dieses hier ist das letzte, auch schon im Weggehen, sozusagen, dafür braucht es kein Licht. Ich kenne es, wie gesagt, und ich gönne ihm den Abend. Wer wollte mit Bestimmtheit wissen, daß Bilder nicht müde werden, der Blicke müde, des Schönseins müde vielleicht.
Aber bleiben wir bei dem Mädchen. Es trägt ein schmales, doch sehr locker fallendes Kleid, rot, mit rundem Ausschnitt, es reicht ihm bis über die Knie. Mit der einen Schulter lehnt es an einem Baum, ein wenig schräg von der Hüfte an, ohne die Stütze des Baums würde es fallen. Es steht nämlich auf nur *einem* Bein. Das andere, abgewinkelt, ist nicht zu sehen. Doch man sieht – oder errät es zumindest –, daß das Mädchen mit der hinter dem Rücken verborgenen Hand seinen Fuß festhält. Für Sie und mich würde das eine Turnübung

sein, ziemlich mühsam, ich habe es probiert. Für das Mädchen ist es nichts Besonderes – oder müßte man nicht die Anstrengung sehen? Keine Spur davon, weder in der Haltung noch im Gesicht. Es steht einfach da, an- und abwesend zugleich, Sie müßten sehr leise auftreten, um es nicht zu erschrecken. Vielleicht würden Sie sich sogar versagen, genau hinzusehen, weil Sie der Ansicht sind, daß die Versunkenheit eines jungen Mädchens Sie nichts angehen darf. Aber die Malerin hat geschaut, für Sie und für mich.

Vom Gesicht habe ich Ihnen noch nichts gesagt. Besonders schön oder auffallend ist es nicht, doch keineswegs so beliebig, daß man es sich nicht merken mag. Klein und blaß, die Lippen fest geschlossen, aber nicht etwa trotzig oder als hielten sie etwas zurück. Der Kopf leicht zur Seite geneigt, unbestimmt, wohin der Blick geht, die Stirn gerade und hell. Man weiß nicht, was sie verbirgt, doch das, was wir üblicherweise Denken nennen, ist es mit Sicherheit nicht. Zwar beim ersten Hinsehen, das ist wahr, drängt sich wohl jedem das Wort Nachdenklichkeit auf. Da jedoch das Gesicht überhaupt nichts ausdrückt, was nicht schon durch die Art des Dastehens ausgedrückt wäre, kann das Wort nicht stimmen. Oder wollen wir uns darauf einigen, daß auch der Körper nachdenklich ist? An- und abwesend – das habe ich schon gesagt. Gesammelt und selbstvergessen, gebannt und gelöst, immer beides als eins, nicht im Widerstreit.

Unschuld? Lieber Simon, das ist ein Wort aus *Ihrer* Zeit. Kennen Sie jene Muttergottes mit dem Kind auf dem Schoß, bei der das Kreuz schon dazugemalt ist, im Hintergrund? Sie werden es mir nicht als Blasphemie auslegen, wenn ich sage: auch auf dem Mädchenbild ist das Kreuz. In seine Haltung gemalt, in sein Dastehen, und wenn Sie es da erst entdeckt haben, finden Sie es auch im Gesicht. Dieses zustimmende Warten. Auf das, was kommen muß, mag es wohl- oder wehtun. Auf eine Zukunft, von der man schon ahnt, daß sie mehr nimmt, als sie gibt. Auf die Liebe, auf den Mangel, und daß man beides überlebt. Ein sehr sanftes Kreuz, sagen Sie – sind

Sie sicher? Ich will Sie zu nichts überreden, ich erzähle das Bild.

Da ist noch die Szenerie. Neben und hinter dem Stamm, an den sich das Mädchen lehnt, stehen weitere, eine ganze Anzahl, ziemlich dicht. Ein Wald also, genauer: ein Wald*grund*. Denn da das Bild nur wenig höher ist als die Mädchengestalt, müssen Sie sich die Baumkronen außerhalb des Rahmens denken. Hinten allerdings, durch die Verkürzung, füllt ihr Grün den Zwischenraum der Stämme, der Kopf des Mädchens ist vor dieses Grün gesetzt. Es muß Abend sein, oder ein Tag ohne Sonne. Nichts wirft einen Schatten, vielmehr ist alles verschattet, eine durchgehende Dämmerung. Das Rot des Kleids, bei anderer Beleuchtung ein schreiender Blickfang, ist so verdunkelt – beschwichtigt? –, daß es sich nicht herausdrängt aus dem Bild. Überhaupt gibt es nichts Lautes, nichts, das einen anspringt und den Blick in eine Richtung zwingt. Sie können Ihre Augen nach Belieben wandern lassen. Und wenn Sie auch wahrscheinlich mit dem Gesicht anfangen, so ist das kein Befehl, der vom Bild ausgeht, nur eine alte Gewohnheit. Wir schauen einander immer zuerst ins Gesicht – weil es als höflich gilt und weil man überzeugt ist, daß man da am meisten erfährt. Im Leben mag das eine gewisse Gültigkeit haben, aber für Bilder, sehen Sie, für *dieses* Bild gilt es nicht.

Sie dreht sich dem alten Herrn zu (wo ist der zweite geblieben?), er lächelt sie an. »Do you like it?« fragt er. Sie schaut seiner Hand nach, dem zerfasernden Rauchfähnchen der Zigarette, das hinterherzieht: sein Zeigen hat kein Ziel. Meint er Lisdoonvarna? die Unterhaltung? die HYDRO-Bar?

Sie nickt. Soll sie ihm zu Gefallen ihr *marvellous* ausgraben? *Si, si,* könnte sie sagen. Sicher würde er sogar Nein als Ja verstehen, da er an ihrem Beifall keine Zweifel hat. Und sie meint auch Ja. Oder wüßte sie einen Ort, wo sie lieber wäre?

Die Kinder sitzen nicht mehr am Tisch, sie darf einen Brandy trinken. Besser wohl einen Whiskey; der Vater ist vielleicht eingeschworen auf *Irish*, und der sitzt noch da. Ist nicht egal, womit sie den klebrigen Mund spült? Den ersten Schluck nimmt sie an der Theke, er treibt ihr das Wasser in die Augen. Der Barmann scheint auf ihr Husten zu warten, deshalb bringt sie nun doch noch ihr *marvellous* an. Summt und läßt das Eis im Glas klingeln, während sie zurückgeht zu ihrem Platz. Der alte Herr sagt: »Health and long life to you.« Und sagt: »The husband of your choice to you.« Zwinkert? Simon kann das nicht sein.

Die Stühle, auf denen die Kinder gesessen haben, sind schon von andern besetzt. Badegäste oder Leute aus dem Ort? Ein halbwüchsiges Mädchen ist dabei und eine Frau, die aussieht wie eine Bäuerin am Sonntag (nicht von Gotthelf allerdings, eher von Giono). Das Mädchen hat grüne Augen; kein rotes Haar, keine Sommersprossen: das Klischee paßt immer nur halb. Alle schauen zum Podium, der Mann dort redet und redet, sie muß ihn nicht verstehen. Die Kinder, die noch im Saal sind, sitzen brav an den Tischen. Eines, das sich bemerkbar macht, wird weggebracht.

Die Hand des alten Herrn legt sich auf ihren Arm, sie hört ihn sagen: »Our Ireland.« Sachte zieht sie den Arm fort, sie trinkt. Sie bemerkt den Blick der Bäuerin, sieht, daß sie zu dem Mann neben sich etwas sagt, wahrscheinlich betrifft es den Whiskey. Ruth hebt ihr das Glas entgegen und wartet, bis sie ihr mit dem Guinness Bescheid tut, kriegt die Nötigung aber gleich heimgezahlt, indem nun alle am Tisch ihre Gläser heben und der Ausländerin zutrinken wollen. Bekommt sie einen roten Kopf? Sie lächelt rundum, lächelt auch, als das grünäugige Mädchen fragt: »Where do you come from?« Fremd ist sie, eine fremde Närrin. Woher? wohin unterwegs? *Da* – im besten Fall.

Es stürmt. Der Regen trommelt, klatscht, peitscht an die Scheiben, sie hat es schon in der Nacht gehört. Ist sie deshalb so spät erwacht? Das Licht krank, alle Aussicht grau überschimmelt, der Ahorn splitternackt. Letzten Sonntag ist er noch gelb gewesen, das Zimmer ganz hell davon.
Auf dem Sims wieder eine Lache, alles Abdichten umsonst. Und nun reißt ihr der Wind den Laden aus der Hand, daß er an die Mauer zurückknallt. Gekreisch und Geflatter – haben die Tauben unter dem Dach gesessen? Kreischend fallen sie in den kahlen Ahorn ein, dabei sollen Tauben sanft sein. Sollen, aber wollen nicht; ist das Wetter vielleicht sanft?
Die Läden jedesmal ärger verzogen. Der Bügel will und will nicht auf den Haken, hält nicht, nicht fest genug. Als sie nach einer Schnur sucht, knallt es schon wieder, laut wie ein Schuß, klar, daß die Tauben schreien. Nichts von Schnur, auch nicht in der Lade des Küchentischs. Dafür ein Stück Draht, um einen Pappstreifen gewickelt – zu kurz, stellt sich heraus. Ein Gürtel. Zwar wird der ruiniert sein, aber soll sie die Läden zuhalten, bis es Frühling wird? Die Löcher nicht an der richtigen Stelle, natürlich. Und das Leder so steif, daß ihr kein straffer Knoten gelingt. Hereinregnen wenigstens kann es nicht mehr, auch nicht knallen. Die Tauben sind jetzt still.
Kalt ist es. Zuwenig geheizt, wie immer am Anfang des Winters. Und daß der Philodendron eingeht, ausgerechnet jetzt. Läßt sie im Stich bei der ersten Gelegenheit, dabei hat sie ihn aufgepäppelt. Rache für ihr Vergessen? Als sei der November nicht ohnedies schlimm genug. Das Gerüttel an den Läden, die falsche Nacht im Zimmer, die Füße eiskalt.
Nun hat sie die Irlandkarte zerrissen, warum schaut sie nicht, wo sie geht. Die Stehlampe ist nicht umgefallen, zum Glück. Nur daß sie jetzt im Lichtkreis den Staub sieht. Staub? Dreck heißt das. Der Teppich voller Fusseln, der Glastisch fleckig und matt.
Dicke Socken und den Cashmere-Pullover, den hat sie von Kurt. Weil du doch immer frierst, hat er gesagt. Das Loch im Ärmel sieht sie zum erstenmal. Motten? Gibt es Motten in

ihrem Schrank? Stopfen kann sie nicht, hat es nie gekonnt. Nicht können *wollen*, wie Kochen. Der zeitweilige Widerruf, weil sie gemeint hat, man müsse anderes können, wenn man das Übliche verweigern will, hat sich als Irrtum erwiesen. Wie oft darf man sich irren? Immer muß sie sich erst den Kopf anschlagen, um zu merken, daß die Richtung nicht stimmt. Oder wenn sie durchschlüpft, *irgendwie*, gerät sie wohin, wo sie nicht bleiben will. Korrektur um Korrektur, eine Art Flatterkurs. Hoffentlich nicht im Kreis.
Sie räumt das Bett ab, stopft alles in die Bettzeuglade, deckt die blaue Decke drauf. Die eingerissene Karte schiebt sie mit dem Fuß darunter. Sommer in Irland? – lange her. Den Küchenladen kann sie nicht vorlegen, ohne aufs Tropfbrett zu klettern, das ist voll von Schmutzgeschirr, also nicht. Zurück ins Zimmer, lieber falsche Nacht als diesen Tag, der seinen Namen verhöhnt. Blind vorbei an dem Bild im Gang, zu oft angeschaut diese Woche. Ob Lore etwas merkt? Sie wird ausgelastet sein mit den Tellern und Tassen für ihren Snob, viel zu beschäftigt, um Fragen zu stellen. Braucht sie zu wissen, daß sie das Bild nicht erfunden hat, sondern *abgeschrieben?* Würde wohl sagen (gereizt): Warum hängst du Ruth deine Sachen an.
Der erbärmliche Philodendron, er gehört auf den Müll. Der DUAL vielleicht auch. Weiß sie denn, ob sich jemand erinnert, wie man so etwas repariert? Der Wind reißt an den Läden, sie zieht die Vorhänge zu. Sie könnte die warmen Hausschuhe vom Estrich holen, die Stiefel, den Wintermantel. Die Quartierkneipe ist sonntags geschlossen. Wenn sie Geld hätte, würde sie ein Taxi bestellen, sich irgendwo hinfahren lassen, wo man gut ißt. Würde sie? Um allein zu tafeln, muß man besonders in Form sein. Sie hat keine Lust, einem beflissenen Ober Sicherheit vorzuspielen, und sich herrichten mag sie auch nicht, nicht in den Spiegel sehen. Wann soll man sich denn erholen von seinem Gesicht, wenn nicht am Sonntag. Und umgekehrt: wie soll das Gesicht sich erholen, wenn man es nie aus der Kontrolle entläßt.

Das Klappern der Läden ist nicht auszuhalten, der Gürtelknoten taugt wirklich nicht. Sie versucht es nochmals mit dem Bügel, reißt am Laden, zerrt mit dem ganzen Gewicht: der Haken will nicht hindurch. Hineinschlagen muß sie ihn, wozu hat sie einen Hammer. Falls jemand sich beschwert über den Sonntagslärm, wird sie sich über die Wohnung beschweren. Ist denn erlaubt, daß man undichte Fenster hat? und Läden, die sich ohne Gewalt nicht festhaken lassen? Aber festgehakt sind sie nun, kein Klappern mehr möglich. Nicht ihre Schuld diesmal, daß die Tauben schreien.
Böse, häßliche Taubenschreie, sagt sie. Sagt es zu Niklaus auf dem blauen Bett. Er hat, um ein Schweigen zu überbrücken, das Kinn zum Fenster gereckt und gesagt: Hörst du? – sie lachen. Im Sommer, auf der Durchreise nach irgendwo. Fremd und wohlerzogen wie immer, hat er eine halbe Stunde bei ihr gesessen. Fehlt dir auch nichts, Mama? Seine gepflegte Vatersprache. Zum erstenmal hat sie Schriftdeutsch geredet, weil sein *Übersetzt du mir das?* beim vorigen Mal ihr lästig gewesen ist. Zwanzig Jahre Fremde, zweiundzwanzig genau, da kann man schon seine Kinderwörter vergessen. Soll sie es ihm übelnehmen? Vertrautheit ist ohnehin nicht herzustellen mit diesem geschliffenen jungen Mann, der Visite macht. Der *Mama* zu ihr sagt, weil er sich durch den Namen auf seinem Geburtsschein berechtigt oder verpflichtet fühlt. Außer der unentschiedenen Augenfarbe hat er nichts von ihr, und falls die Tauben gelacht haben, dann sicher nicht über ihn. Er hat es geschafft, hat eine Praxis in Aussicht, und die Freundin, die er lange hat warten lassen, wird nun belohnt, denn ein Grundstück für das Haus auf dem Land ist auch schon vorhanden, von der Großmutter geerbt, bald wird er bauen. Ein Mann im männlichen Gleis, tüchtig, aufstrebend, des Vaters Sohn. Was hätte eine Mama, die sogar von den Tauben verlacht wird, dagegen zu bieten gehabt. Fragen höchstens, Zweifel: Willst du da wirklich hin? Zuwenig natürlich, er hat anderes bekommen. Einen geraden Weg im Erprobten, nicht Unsicherheit. Fehlt dir auch nichts? Mir fehlt, was es noch

nicht gibt. Und bald, wenn ich dir zuhöre, fehlt mir die Hoffnung, daß es später einmal werden wird. Wie hätte sie das sagen können. Er hat nach der Gesundheit gefragt, die sein Fach ist – oder hat er die dürftige Wohnung gemeint? So oder so nichts, worüber zu jammern wäre. Es tut ihr nichts weh, sie hat Arbeit, ein Bett und zu essen. Nein, mir fehlt nichts.

Sehr langsam, sehr vorsichtig kriecht sie den Hügel hinauf. Was tut sie, wenn ihr einer entgegenkommt? Wohler wird ihr erst, als sie oben ist: Wiesen jetzt rechts und links, in die sie ausweichen könnte. Doch um diese Tageszeit, scheint es, gehört das Sträßchen ihr und dem Ford. Ein Zaun um das Hotelgelände, endlos, und eine Viehsperre, über die sie hinübermuß, die Metallrollen scheppern. Das Hotel in einer Mulde, ein See dabei. Clifden ist nicht mehr zu sehen.
»Nein«, sagt sie, als man ihr das Zimmer aufschließt, nein, da hinein geht sie nicht. Wie kann jemand atmen in so einem Käfig, und finster ist es auch. Sie weiß das englische Wort für Kammer nicht, sie sagt Sarg. Achselzucken, Lächeln, Bedauern, das Haus sei überbelegt. Sie verlangt ihren Buchungsschein zurück, droht mit Sanktionen durch KUONI, lieber wird sie im Auto schlafen, sagt sie. Und daß dann auf einmal doch ein Zimmer verfügbar ist, das den Namen verdient, erstaunt sie überhaupt nicht, Schufte eben, weil sie allein ist, oder weshalb.
Sie öffnet den Koffer nicht, sie zittert, will einen Kaffee auf den Schreck. Schon vor der Bar hört sie die laute Stimme, dann sieht sie ihn auch, den lauten Herrn an der Theke, der mit unverkennbarem Schweizer Englisch dem Barmann ins Wort fällt: »Aber bei uns...« Sie schämt sich, der Reflex ist nicht auszurotten. Sie will nichts zu tun haben mit diesem Landsmann und zieht sich zurück, als habe sie jemanden ge-

sucht, der nicht da ist. Wer soll die Komödie glauben? Sie spielt schlecht.

Ein Spaziergang zum Meer vor dem Dinner, vielleicht findet sie hin. Nur den Hund möchte sie los sein, warum läuft er ihr nach. Ein schöner, großer Hund, der sich nicht verjagen läßt; sie versucht ihn zu ignorieren. Er tut ihr nichts, und sie fürchtet sich doch, kann ihn immer nur kurz aus den Augen lassen. Den Bauernjungen, der auf einem klapprigen Fahrrad gefahren kommt, zwingt er mit Gebell und Zähnefletschen zur Flucht, sie muß zuschauen und haßt ihn, wütend kehrt sie um. Daß er ihr zurückfolgt, den ganzen Weg, als gehöre er ihr, ist ihr unbegreiflich. Spürt er ihre Abneigung nicht? Ein paar Schritte vor der Hoteltür hängt er sich einem andern an die Fersen, und da der hinüber zum See geht, versucht sie ihren Spaziergang nochmals. Erleichtert, weil ohne unerwünschte Begleitung, aber glücklos, was das Meer angeht. Wohl stößt sie auf Wasser, auf ein paar Boote, die kieloben im Sand liegen, doch die Bucht oder der Tümpel, oder was immer es sein mag, ist von Fels und Gehügel umschlossen, so daß ein Blick hinaus (falls dort vielleicht der Atlantik wäre) nicht möglich ist.

Sie bürstet sich das Haar, zieht sich um, mit aller Sorgfalt: die Rüstung, in der sie zum Essen geht. Im Speisesaal weißer Damast, aus dessen Schnee die Gläser heraufblühen, jeder Tisch ein Eisblumenwald, und in den Lichtungen Silberleuchter, zartrosa Kerzen, die brennen, sofern jemand am Tisch sitzt, die Flämmchen vom Tageslicht verwischt. Sie wartet bei der Tür, *muß* warten, weil die Oberhofmeisterin dieses Winterpalastes gerade nicht da ist, »just a moment«, sagen die Mädchen im Vorbeihuschen, teilnehmend, sie können nichts dafür. Der Schweizer, der mit zwei Damen der Tür am nächsten sitzt, grinst – hat auch er sie an ihrem Englisch erkannt? Mit so viel Gleichgültigkeit, wie sie im Gesicht befestigen kann, schaut sie an ihm vorbei, bis endlich die Frau, die das Spiel dirigiert, sie seiner Schadenfreude entführt. Sie ist zufrieden mit der Plazierung: ein Tisch am Fenster, und wenn sie auch

den Bäumen den Rücken zudrehen muß, um ihn nicht dem Saal zuzumuten, so sitzt sie doch an der Grenze zur Wärme, erfrieren kann sie hier nicht.
Sie thront, sie regiert. Bringt mit dem Atem die Kerzenflämmchen zum Tanzen, überwacht ihr Flackern im polierten Besteck, hält Musterung unter den Gläsern, übt Strenge mit der steifen Serviette und nimmt schließlich die Hummersuppe in Gnaden auf, obwohl sie es nicht verdient. Gemessen am Drum und Dran ist das Essen erbärmlich, womöglich hat der Koch noch nie in den Saal geschaut. Oder weiß er, daß man sich durch das Geglitzer der Fassung über das, was sie einfaßt, betrügen läßt? Talmi-Essen für Talmi-Gäste: ein kochender Philosoph. Sie mag ihn, den Betrüger, lieber zumindest als die Betrogenen rundum. Ihm zu Ehren ißt sie, nicht viel, aber von allem ein wenig. Den Bordeaux allerdings – das einzige, was zum Glanz der Ausstattung paßt – trinkt sie aus.
Für den Kaffee übersiedelt sie in die Lounge, läßt sich aus der Bar auch noch einen Brandy bringen. Wieder sitzt sie mit dem Rücken zum Fenster, im Gegenlicht für die andern, verschanzt hinter einem winzigen Tisch: doppelte Deckung in diesem Haus voller Feinde. Als der weißhaarige Mann fragt: »Ist es erlaubt«, läuft sie nicht weg. Ein alter Herr, warum nicht, das kennt sie, dieser zur Abwechslung in Begleitung, die Frau kaum älter als sie. Überkorrekt bleibt er stehen, bis die Dame sich gesetzt hat: ein Kavalier von gestern, zuzwinkern wird der ihr nicht.
Ob ihr Connemara gefalle, wird sie gefragt. Ihr gefällt das Wort, gesehen hat sie noch nichts, doch der alte Herr ist gesprächig, er antwortet sich selbst. Als Tourist, sagt er, könne man von Connemara nichts wissen. Im Sommer, von der Straße aus? Der Winter sei lang hier und hart, die Bewohner lebten weitab, von den Straßen und von den Schulen, die Kinder wie schon die Eltern Analphabeten, man sei arm hier, unbeschreiblich arm. »My dear«, sagt der alte Herr, »Hunger ist nicht vorstellbar, für Sie nicht und nicht für uns. Aber es

gibt ihn, hier in Connemara, nur bekommen die Fremden ihn nicht zu Gesicht.«
»Sie leben hier?« fragt Ruth.
In der Gegend von Galway, erfährt sie, das Haus an einem See, ähnlich dem vor den Fenstern, »ein Salzsee übrigens, wußten Sie das?« Sie seien hier *for a break,* nur für drei Tage, ab und zu, sagt der alte Herr, brauche man andere Luft.
Einen Katzensprung von zuhause in einem teuren Hotel – und redet von Hunger. Ruth merkt, daß sie rot wird, was wirft sie ihm vor. Weiß sie vielleicht nicht, daß gehungert wird (nicht nur in Connemara), und residiert hier, als sei es ihr egal?
Als sie wieder zuhört, ist die Rede vom Tourismus. Deutsche kämen, auch Franzosen, junge meistens, und jedes Jahr mehr. Nur eben die Engländer, die das Geld hätten und es auch auszugeben verstünden, die blieben heute weg. Aus Angst, sagt der alte Herr, wegen der nordirischen Konflikte. Unbegründete Angst, sagt er, in der Republik sei es ruhig. Wie nirgendwo sonst fänden die Engländer hier alles, was sie von zuhause gewohnt seien, sie würden zufrieden und willkommen sein.
Ruth ist nicht ganz sicher, ob sie ihn richtig verstanden hat. Viele seiner Wörter hört sie zum erstenmal, einer wie er spricht kein *basic English*, doch spricht er langsam, halbwegs kann sie ihm folgen, nur die raschen Einwürfe der Frau schwimmen ihr davon. Ist sie Irin? Sie sieht so anders aus als die Frauen in der HYDRO-Bar, daß Ruth auf eine Lücke in seinem Redefluß wartet, um sie zu fragen. Die Frau schaut den Mann an – lächelt? »Since hundreds and hundreds of years«, sagt er. Sagt es in einer Weise, daß sie gleich Ahnenbilder, Stammbäume und Wappen sieht. Das Haus am See ein Schloß? Die zwei vielleicht unterwegs auf der Suche nach *Volk?*
Der alte Herr spricht und spricht. Als sie den zweiten Brandy bekommt, ist sie bereits darüber belehrt, daß in diesem Connemara hauptsächlich Gälisch gesprochen wird. Beschämen-

derweise habe es einen deutschen Linguisten gebraucht, um die Iren auf ihre eigene Sprache zu stoßen. Inzwischen gebe der Staat viel Geld dafür aus, in Galway vor allem werde Gälisch gelehrt und gepflegt. Wohl sei es eine alte, aber keine tote Sprache, und wenn man die Bücher der letzten dreißig Jahre durchgehe, so sei darunter nichts Nennenswertes in Englisch, die wenigen guten Schriftsteller, die Irland zur Zeit habe, schrieben gälisch, was um so erstaunlicher sei, als die Sprecher des Gälischen, wie hier in der Gegend, mehrheitlich Analphabeten seien, unerreichbar für Geschriebenes mithin. $\frac{1}{2}$ % – er schreibt es in sein Notizbuch, reißt die Seite heraus und schiebt sie ihr zu –, nur ein klägliches halbes Prozent der Bevölkerung beherrsche die Sprache mündlich *und* schriftlich, doch wie gesagt: es gebe Autoren, die für dieses kleine Publikum schrieben, zum Teil großartig schrieben, er bewundere sie. Ohne Zweifel werde man eines Tages von der irischen Literatur reden.
Ein Stichwort? Ruths Kopf hat mechanisch geschaltet, sie sagt: »Joyce« – eine Unvorsichtigkeit, die sie sogleich bereut, denn nun erreicht die Beredsamkeit des alten Herrn einen neuen Höhepunkt. Obwohl er behauptet, kein Mensch lese Joyce in Irland, ergeht er sich in Schmähungen, als kenne zumindest er ihn von A bis Z, und das Lächeln, das er keinen Augenblick ablegt, scheint nur den Zweck zu haben, ihr die Belanglosigkeit des Themas zu demonstrieren. Sich ereifern? über ein Nichts? – das fehlte noch.
Die Dame hängt an seinem Mund, sein Vortrag muß bravourös sein, Ruth ist überfordert, sie staunt. »Bloom?« sagt er endlich, »– eine erfundene Figur. Joyce? Ebenfalls.« Und mit einer hochmütigen Geste über Ruth hinweg, in die Landschaft hinaus: »Disappeared –«
Ruth lacht. »Verschenkt«, sagt sie, »an die Fremden. Aber passen Sie auf, wir bringen ihn zurück. Oder wollen Sie nur das Geld von uns? Und was wir etwa sonst noch haben, Joyce inklusive, sollen wir zuhause lassen?«
Abwechselnd schaut sie die zwei Gesichter an, wollen sie tot-

lächeln, scheint es, aber sie fürchtet sich nicht. Lächeln kann sie auch, geradezu strahlend sagt sie: »Sein Nest beschmutzen, was heißt das. Sie meinen *Ihr* Nest? Was wollen Sie denn sauber haben? Irland? Die Kunst? Am saubersten, denke ich, ist es allemal dort, wo nichts lebt.«
Ihr Englisch läßt zu wünschen übrig, sie stammelt, doch die Langmut der beiden scheint unerschöpflich, vielleicht warten sie darauf, daß sie lallt. »Hier zum Beispiel«, sagt sie. »Wo man dafür bezahlt, daß man ohne *troubles* herumsitzen darf. Wo es einen Hund gibt – einen sauberen natürlich –, der die Armut erkennt und verjagt, wenn sie sich in die Nähe verirrt. Wo der Hunger und das Analphabetentum bloße Zahlen sind, die man mit sauberen Händen aufschreiben kann. *And the dirty little secret?* Immerhin ist ein Hotel ein Haus voller Betten ... Wird weggeschwiegen? verleugnet? oder was?«
Zum erstenmal hat der alte Herr die Brauen gehoben, und die Dame, zum Ausgleich, den Blick gesenkt. Ruths Lächeln jetzt ohne Echo, doch sie hält es fest. »Leben?« sagt sie, »wo sehen Sie Leben hier?«
»Muß man es sehen?« fragt der alte Herr. Worauf Ruth so plötzlich die Rampe ihres Aufschwungs wieder hinuntersaust, daß sie erschrocken die Augen schließt. Sie öffnet, schließt, öffnet sie: umsonst. Die zwei lassen sich nicht wegblinzeln, ihre Gesichter sind nah und scharf, ein wenig müde – besorgt? Sie stellt das Brandy-Glas ab, die Dame sagt einen ihrer raschen Sätze, Ruth hebt die Schultern, steht auf. Sofort ist auch der alte Herr auf den Füßen (ein höflicher Gastgeber selbst gegen unhöfliche Gäste), mit einer angedeuteten Verbeugung wünscht er ihr gute Nacht.
Sie legt sich angezogen aufs Bett. Das Dösen unterbrochen durch erinnerte Fetzen der Unterhaltung. Scham, aber auch Lachen. Was ist ihr nur eingefallen? Als es dunkel ist, steht sie auf. Der Gang, an dem ihr Zimmer liegt, führt hinten aus dem Hotel wieder hinaus. Ein Hof, ein Grasplatz, Bäume, ein Stall, gerade noch erkennbar in dem bißchen Licht, das aus dem Fenster der Hintertür fällt. Ein Pferd schnaubt, Schar-

ren, das Klirren einer Kette. Auch den Hund kann sie hören – wen verbellt er? – weit weg. Sie tastet sich um den Stall herum, bleibt stehen, um den Augen Zeit zu lassen. Hört nun: es müssen zwei Pferde sein, Zugpferde wahrscheinlich, Akkergäule. Haben hier ihren eigenen Hintereingang, damit sie den Autos nicht in die Quere kommen, auch -ausgang natürlich, den benützt sie mit. Schon sieht sie ihn deutlich: ein Fahrweg mit Rillen und Löchern, die muß sie umgehen.
Gewisper im Laub des Gebüschs, Windfächeln im kurzen Gras. Das Aufplatschen von irgendwas in einem Tümpel, den sie nicht sieht. Fremde bei Nacht, nicht feindlich, eher neutral. Greift nicht nach ihr, nimmt nicht auf, aber läßt hindurchgehen. Im Schutze der Dunkelheit, heißt es nicht so? Der Schutz nicht so lückenlos, glücklicherweise, daß sie die Stolpersteine nicht sieht. Kein Mond, jedoch sternklar, eine Nacht für dich. Liebst den Kosmos, sagst du – soll man ihm gratulieren? Du schickst in die Ferne, was für das Nahe nicht reicht. Ohne Gewähr allerdings, dort wie hier. Nur daß dort nichts fehlt, wenn du das Lieben vergißt. Die Sterne können es ohne dich machen, und falls einer platzt oder aus der Bahn fällt: du warst es nicht.
Sie ist stehen geblieben, weil der Weg vor ihr zwischen Bäume taucht. Hält sich an einem Zaunpfosten fest, legt den Kopf zurück. Lieben? Aushalten muß man das, versuchen sich nicht zu fürchten. So weit ab vom menschlichen Maß, und nicht einmal Gleichzeitigkeit. Könnte nicht sein, daß der Flimmerpunkt, den sie ins Auge faßt, schon vor Jahrhunderten erloschen ist, weggeputzt, ein für allemal? Und wenn man sieht, was nicht da ist, wäre doch denkbar, daß auch da ist, was man nicht sieht; *noch nicht* sieht, trotz aller Anstrengung des Schauens. Was für eine Zumutung für den schmalen Verstand. Aber hat sie nicht schon geschaut wie heute und gedacht: Schön? Denkt es auch jetzt, *sieht* es sekundenlang, bis der Prospekt wieder aufreißt, und sie, Blick voran, ins Bodenlose der Lichtjahre und schwarzen Löcher –
Der Pfosten ist trocken, kaum kühler als die Hand. Vom

Zaun, den sie ihm zugedacht hat, keine Spur. Sie tastet ihn ab, bis zum Boden nicht ein einziger Nagel, ein glatter, unverletzter Pfahl. Wozu steht er hier vor dem Wald? Ein Zeichen vielleicht, eine Botschaft für jene, die Buchstaben nicht lesen können. Moorwarnung? Dann wäre sie die Analphabetin, würde vom Moor verschluckt, weil sie Pfähle nicht lesen kann.
Leben und Weben ringsum – wie zuvor? Das Dunkel eher heller geworden, sie wird leicht zurückfinden. Gegen das vorgestellte Moor das vorgestellte Licht aus der Hintertür, gelbes Glühbirnenlicht, in das sie eintreten wird und das sie vor sich auf den Weg malt; auch den Grasplatz malt sie, über den es herauströpfelt zum Stall. Sie geht leise, um nicht zu stören, was schläft, hört von weitem die Kette klirren; als sie den Stall erreicht, ist es still. Sie erwartet den Hund, während sie auf die Helle zugeht, aber wenn er wacht, wacht er woanders, sie kommt unbehelligt ins Haus.
Sie schläft lang. Zum erstenmal verschläft sie das Frühstück, es tut ihr nicht leid. Einen Orangensaft trinkt sie, stehend an der Bar, und weil die gerade leer ist, trinkt sie noch einen Kaffee, bevor sie zum Auto geht. Sie faltet die Karte nicht auf, jede Richtung außer Osten ist richtig, zum Meer will sie, sie hat Zeit.
Um sich die zu schmale Straße hügelabwärts zu ersparen, nimmt sie die erste Abzweigung. Auch diese zwar eher Sträßchen als Straße, holprig überdies, aber wenn kein Hintermann drängt, ist der zweite Gang ihr schon recht. Zur Not kämen zwei Autos aneinander vorbei, doch sie fährt und fährt und trifft keins.
Stoppelgras, Steine und Schafe. Ein Moor, rot überhaucht. Felsbrocken und wieder ein Moor, kleine Seen, Gesträuch. Keine Senkrechten, weder Baum noch Haus, und kein Mensch. Manchmal Torf am Straßenrand, sauber gestapelt, die Verwundung des Bodens noch frisch; wo sind die Torfstecher jetzt? Auch bei den Schafen ist niemand, obwohl es hier weder Hecken gibt noch die geschichteten Mäuerchen, die sie gestern hinter Galway gesehen hat. Nichts mehr von Einzäu-

nung – die Besitzgrenzen abgeschafft? Nur die Straße teilt das Gelände, folgt seinen Wellen hinauf und hinab, flachen Wellen, gerade so hoch, daß sie hinter jeder das Meer vermuten kann.
Ohne Ungeduld fährt sie von Noch-nicht zu Noch-nicht, schaut nach den Schafen aus, zeichnet die Umrisse der Felsen nach, trifft einen See, kaum größer als ein Leintuch, aber andere Namen, merkt sie, Teich etwa, Weiher oder gar Wasserloch, prallen von seiner stillen Vollkommenheit ab. Moore, ein Torfstich, gestapelter Torf, Seen, Fels, Schafe und Stoppelgras: nichts anderes, und doch nie dasselbe Bild.
Die Küste schließlich, obwohl erwartet, so überraschend und nah, daß sie unwillkürlich bremst. Traut sie der Straße nicht zu, daß sie ausweicht? Sie tut es wie jede, doch was in der Bucht, die sie streift, zu sehen ist, hat mit dem, was Ruth meint, wenn sie Meer sagt, keine Ähnlichkeit. Träges gelbes Wasser, gemustert wie Leopardenfell: wolkige Untiefen und etwas wie Inseln, schwarz oder braun, zu denen ihrer Unzuständigkeit nur das Wort Schlick einfällt. Aber die Straße nun eindeutig Küstenstraße, auch wenn sie wie immer der Zerklüftung nicht folgen kann. Früher oder später muß die Bucht ins offene Meer münden, irgendwo da vorn, wo die Wolkengebirge sind. Zuerst noch eine Ortstafel, ROUNDSTONE, und gleich auch das Dorf. Eine Zeile Häuser auf der Landseite, auf der andern der Hafen, die Leute auf dem Damm Urlauber, dem Gebaren und der Kleidung nach zu schließen, und der Wind so stark, daß er den Frauen die Frisuren zerrauft. Der Hafen ist ummauert, Segelboote mit pendelnden Masten, erst eine Ahnung vom Meer, doch nicht weit vom Dorf wird es Gewißheit, für einen kurzen Blick nur, deshalb fährt sie den Ford an den Straßenrand, geht zurück.
Der Stein, auf dem sie sitzt, wackelt nicht, überdies stemmt sie die Füße ins dünne Gras. Ein guter Platz, der jähe Abbruch erst weiter vorn. Zwar kann sie von hier aus den Aufprall der Wellen nicht sehen, aber sie hört ihn, und wenn sie taub wäre, verriete die Farbe des Wassers ihr seine Heftigkeit: ein Grün

wie mit Milch vermengt, die Gischt untergerührt bis zum Grund, als würden die Wellen vom Fels geschlagen, dabei hält er nur stand.
Der Wind ohne Lärm, aber rasant, auch die Wolken ziehen rasch, strukturierte Gebilde, kein Wolkenbrei. Am Horizont deutlich heller als das Meer, das dort vorn, bevor es über die Erdwölbung kippt, zu einem harten Stoff verdichtet scheint, grau wie erkaltete Lava, kompakt. Die Mauer, die verhindert, daß das Wasser über den Rand fließt? Solange man geglaubt hat, die Welt sei da draußen zuende, hat man sich doch eine Abgrenzung vorstellen müssen. Einen Deich, einen Wall, irgendeinen Rahmen, der alles zusammenhielt. Blieb allerdings noch immer das Rätsel des Außerhalb. Oder haben sie, wenn sie über den Rand hinaus dachten, sich dort alles voll Gott gedacht? *Der die Welt / trägt und hält* – infolgedessen auch fallen lassen kann wie ein Kellner sein Tablett? Wo haben sie es zerschellen sehen in ihrer Vorstellung, das Tablett mit dem kompletten Menü (in dem man doch bestenfalls ein Körnchen Salz war, unschuldig am Geschmack des Ganzen, das da angerichtet war, um verworfen zu werden), wohin hat es sich entleert? Das Heulen und Zähneknirschen muß doch seinen Ort gehabt haben, was hat ihnen der Pfarrer gesagt, wenn sie fragten. Hinter der Mauer? Der Erdkreis umschlossen von den sieben Kreisen der Hölle? Immer der Kreis, diese erlogene Ordnung. Das erfundene Paradies mit der erfundenen Mitte, wo sie den Baum der Erkenntnis aufpflanzen. Fiktion um Fiktion, als würde den zweien damit zu helfen sein.
In den Wind reden, diesen verrückten Wind. Sich festhalten am Steinsitz. Leben ist gefährlich – kein Satz für den alten Herrn. Lieber Serge, ich bin in Connemara, nicht am Ende der Welt. Das Tosen ist so laut, daß du mir vom Mund ablesen müßtest, wenn ich *lieber Serge* zu dir sagte. Wir würden aber schauen, nicht reden. Erst danach, vielleicht in einem Pub in Roundstone, würden wir zusammenlegen, was wir gesehen haben. Vier Augen statt zwei – warum geht das nicht. Und warum will ich schon wieder glauben, daß es nur nicht

geglückt, aber möglich ist. Ohne Krieg und Unterwerfung, wie mit den Händen. Oder hast du je meiner Hand, wenn du sie in deiner gehalten hast, ihr Anderssein zum Vorwurf gemacht? Hättest auf ihren Gegendruck verzichten wollen? Keine Fragen für dich, dumme Fragen. Noch dazu hinterher, wo nichts mehr überprüfbar ist. Hast mich womöglich aus deiner Lebensgeschichte schon wegredigiert: eine unnötige Abschweifung, getilgt. Willst deine Ruhe haben. Und bist doch der Orkan gewesen, der mich um- und umgewirbelt hat.
Sie jagt den Blick auf aus dem milchigen Grün, hinaus. Die Mauer nun aufgelöst, Wolken- und Wassergrau aneinandergrenzend, ohne Trennstrich, aber deutlich zweierlei. Würde sie erkennen, wenn ein Schiff dort heraufkäme, oder ist es zu weit? Ein richtiges Schiff, keins der Boote von Roundstone, die ohnehin drinbleiben bei diesem Wind. Bisher hat sie nur stehende Schiffe gesehen. Fahren bei Nacht oder wenn sie nicht hinschaut. Die Insel, von der nie ein Schiff abgeht, sieht anders aus. Daß Träume so genau sind, noch in der Erinnerung genau. Nicht nur die Insel, auch die Verzweiflung, das Grauen zuletzt, weil sie zum Bleiben verurteilt war, festgehalten *für alle Zeit*.
Braucht sie ein Schiff? Sie hat den Flugschein. Gemessen an der Drohung des Bleibens, wiegt die Angst vor dem Fliegen nichts.

Kein Licht im Bad, Regine ärgert sich. Im schwarzen Fenster sieht sie den Mond: einen Wintermond, weiß, weit entfernt. Der wäre ihr sicher entgangen, wenn sie nicht so ein Spatzenhirn hätte, doch darüber trösten kann er sie auch nicht. Nicht nur die Glühbirne, die ganzen Einkäufe hat sie vergessen, stehengelassen im Magazin heute morgen, und merkt es erst

jetzt. Die Streichleberwurst wird verdorben sein am Montag, das Brot hart und die Butter ein Brei. Was soll sie nun essen. Ein Glas Senf im Kühlschrank, eine halbvolle Flasche Fertig-Salatsauce, ein Rest Milch. Im Tiefkühlfach eine Packung Spinat, in der Gemüselade zwei schimmlige Tomaten. Die Gulaschsuppe schaut sie lieber nicht an: ein Hohn, bereits gestern hat sie den Dosenöffner umsonst gesucht. Hinter dem leeren Brotkorb eine Cellophantüte mit Eier-Maccaroni. Würfelzucker, die Teebeutel-Sammlung, eine Dose Schokoladecrème. Die hat eine Lasche am Deckel wie sonst die Sardinenbüchsen; ausnahmsweise bricht sie nicht ab. Sie setzt sich mit der Dose und einem Löffel aufs Bett: eine Kindermahlzeit, nachts um halb zwei.
Den Mond hat sie lang nicht gesehen, sie müßte die Läden aufmachen. Sich wieder und wieder mit dem Festhaken plagen, wo sie doch nur noch nachts im Zimmer ist? Zum Hinausschauen kann sie die Klappen aufstellen, am linken Laden zumindest, der ist weniger verklemmt. Vom Mond ist hier nichts zu sehen, er ist noch nicht übers Haus herüber. Der Parkplatz aber, das Nachbarhaus und die kahlen Sträucher schwimmen in Licht. Dünnes, bläuliches Wintermondlicht, sagt sie, redet wieder laut mit sich selbst. Ist das Denken ihr schon zu leise? Kein Telefon morgen früh, sie darf schlafen.

Hinüber nach Clifden will sie, zu Fuß, ohne Hund. Ein paar Kinder tollen mit ihm über den Vorplatz, Gästekinder, die keine Angst vor ihm haben. Sie wartet im Auto, bis sie denkt, daß er weit genug weg ist, um sie nicht zu beachten; sie geht rasch und entkommt.
Es gibt keinen Fußweg, und die Straße macht einen weiten Bogen wegen des Flußbetts: tief eingegrabene Grenze zwischen Hotelrevier und Dorf. Dafür ist Clifden von hinten zu

sehen, altersgrau, hinfällig, ein Haus am andern, alle mit dem Rücken zum Fluß. Wobei der Fluß gar kein Fluß ist. Seicht und in die Breite gelaufen, mit dem Fellmuster, das sie schon kennt, steht er zwischen ungenauen Ufern, wartet auf eine Flut.

Nach der Brücke dann doch eine Abkürzung, steil hinauf. Ihr wird heiß, sie muß die Jacke ausziehen. Kein Wind mehr? Die Wolken stehen still.

Wenn sie bei ihrer Unterscheidung bleibt, ist Clifden ein Städtchen. Die Hauptstraße, auf der sie gestern hereingefahren ist, überaus belebt; die Seitengassen kurz, völlig leer. Zur Straße hin sind die Häuser farbig, und die Geschäfte noch offen. Kleine Geschäfte, die Auslagen naive, überladene Stilleben, oft so verschossen, als habe schon der Großvater des Inhabers sie aufgebaut.

Ein kleiner Schreck, als sie die Namenstafel der Margaret Joyce entdeckt: ein erblindetes Haus. Der rosa Anstrich wie neu, doch die braunen Läden vor die Fenster gelegt. Daß sie hingeht zur braunen Tür und die Klinke hinunterdrückt, ist ungehörig, auch unnötig, da sie es ja gewußt hat: zugesperrt, niemand da. *Disappeared?* An die Fremden verschenkt, das Haus zumindest, der Dame weggeknipst – hat sie davon gewußt? Hat sich gewehrt, vielleicht, und man hat sie (REAL IRELAND zuliebe) verjagt.

Sie lacht sich aus. Führt Streit mit einem alten Herrn, der nicht da ist. Wozu? Mrs. Joyce wird gestorben sein. Oder nimmt Schwefelbäder im HYDRO, während die Touristen ihr Haus anstarren. Aber wer starrt denn, kein Mensch nimmt Notiz davon außer ihr. Dabei ist es fast ebenso hübsch wie auf dem Foto, nur die Rosa- und Braunflächen etwas anders verteilt.

Die Straße zuende gehen. Und wieder zurück. Ein einziges Gasthaus? Vielleicht hat sie schlecht geschaut. In diesem kein freier Tisch, doch weist man sie an die Schmalseite eines großen, an dessen übrigen Seiten schon andere sitzen. Sie nimmt zur Kenntnis: eine französische Familie, Eltern mit erwachsenen Kindern, Touristen auf der Durchreise wie sie. Man läßt sie unbeachtet, so daß sie mit Appetit ißt, wenn auch ohne zu wissen, was. Sie hat aufs Geratewohl in die Speisekarte gezeigt, und es *ist* geraten: irgendwas Überbackenes, das ein wenig wie Gulasch mit Käse schmeckt. Sie kaut noch, als die Franzosen aufbrechen, unmittelbar abgelöst von drei Iren, einer ein Sprüchemacher und Witzbold, der alle zum Lachen bringt. Sogar die bärbeißige Servierin lacht, und Ruth tut es leid, daß die drei so bald wieder gehen. Eine Weile gehört der Tisch ihr allein, dann setzt sich ein Ehepaar gegenüber, auf Heimaturlaub nach vierzehn Jahren Neuseeland; die Frau erzählt es der Runde am Nebentisch. Ruth trinkt ihren Wein so langsam, daß sie auch den Abgang dieser zwei noch erlebt. Aber da sich nun Tisch um Tisch leert, kann sie nicht länger bleiben, die letzte will sie nicht sein.

Auf der Straße ist sie es doch. Die Häuser nun alle so blind wie das der Mrs. Joyce. Wenn man nicht wüßte, daß Clifden bewohnt ist. Warum sperren die Leute sich ein? Verbarrikadieren sich hinter ihren Fensterläden, als sei draußen der Feind. Sie verzichtet auf die Abkürzung, geht auf der Straße zur Brücke, trifft niemanden an. Erst drüben wird sie von einem Auto überholt: noch ein letzter Mensch, oder zwei, die lassen den Motor für sich keuchen. Wer sagt denn, daß sie so rennen muß, das Zimmer läuft ihr nicht weg.

Das hellblaue Tor hat sie schon vor dem Essen bemerkt. Aber erst jetzt entdeckt sie die Mauer, die sich die Straße entlangzieht und kein Ende nimmt. Eine Natursteinmauer, nur hüfthoch, das Gebüsch davor jedoch so dicht, daß sie eine Lücke abwarten muß, um hinüberzuschauen. Sie ist auf Rasen und Parkwege, auf einen Herrensitz gefaßt, aber nein: Grabsteine und Grabkreuze, so weit sie in der Dämmerung sehen kann. Tote aus wie vielen Jahren? Ausquartiert aus dem Dorf, damit sie Raum und ungestört *ihre ewige Ruhe* haben. Ihre Zahl muß weit größer als die der Lebenden sein. Ein Großstadtfriedhof, nur eben doch nicht. Eher ein großer Garten. Die Grabplätze wie beiläufig darin verstreut, zwischen Bäumen und Büschen, von Geometrie keine Spur. Sie hat es mit den Friedhöfen heute. Schon bei Kylemore ist sie auf einen gestoßen, unerwartet, auch wenn sie den Pfeil mit der Aufschrift GOTHIC CHURCH nicht übersehen hat. Der Waldweg hat ihr gefallen, zu Anfang hat noch der See durch die Stämme geblinkt, ein Weg – wieder einmal – zum Weiter- und Weitergehen. Von der Lichtung hat sie sich aber doch aufhalten lassen: ein Kiesplatz mitten im Wald, geharkt, rechtwinklig, drei ausgerichtete Reihen Holzkreuze drauf. Alle schwarz, alle gleich, auf den Querbalken bei allen dieselbe Schrift. Das immer gleiche SR, gefolgt von weiblichen Vornamen, kirchlichen Namen wohl, eingeritzt ins Holz und weiß nachgezeichnet, ein so sauberes Lakenweiß vom ersten Kreuz bis zum letzten, als habe man es eben aufgefrischt. Die Kirche dafür verschlossen und grauer als alle, die sie bisher gesehen hat. Die Engel an den Dachecken fast schwarz, im Wegflug begriffen, aber festgehalten; Maikäfer am Bindfaden, hat sie gedacht.

Es ist Nacht, als sie zum Hotel kommt. Der Hund läßt sie ohne weiteres vorbei, beschnuppert sie nicht einmal. Sie bildet sich ein, aus der Lounge die Stimme des alten Herrn zu hören. Warum horcht sie? Sie wird sich nie mehr in eine Lounge setzen, bestimmt.

Einschlafen kann sie nicht. Sie hört jeden Schritt auf dem Gang, die Gute-Nacht-Wünsche vor den Türen, ist noch hellwach, auch als es ruhig geworden ist. Sie macht sich müde, indem sie sich zu den Bildern des Tages Beschreibungen ausdenkt, eine anstrengende Übung, bald reduziert auf einen Titelkatalog für die Landschafterin, die sie nicht ist. »Abtei am Waldrand«, »Hochmoor und ziehende Wolken«, »Waldstück mit Nonnengräbern« –

Variationen zu Caspar David Friedrich, fällt ihr am Morgen ein, deshalb hat »Fuchsiengesäumte Straße« nicht gepaßt. Hätte er je eine Straße gemalt? Mit oder ohne Fuchsien kein Thema, Landschaft hieß: unerschlossen – als habe es nur Pfadfinder gegeben zu jener Zeit.

Sie fröstelt, als sie zum Auto geht, den Koffer hat sie schon vor dem Frühstück hinausbringen lassen. Allein auf dem Parkplatz, die erste vermutlich, packt sie ihn ungeniert wieder aus, Schicht um Schicht bis zum Pullover, räumt auch alles ordentlich wieder ein. Sie faltet die Karte so, daß sie die heutige Strecke überschauen kann, dreht wie immer die Scheibe eine Handbreit herunter, und dann schneidet sie noch dem Hund, der von irgendwo auftaucht, ein Gesicht.
Gibt es das? – der Ford streikt. Der Starthilfeknopf bewirkt überhaupt nichts, und je öfter sie es versucht, desto unwilliger hört sich die Weigerung an, böse und endgültig, sie will es nicht glauben. Schon schwitzt sie vor Empörung und Hilflosigkeit, ein kaputtes Auto, ausgerechnet in dieser feindlichen Bastion.
Als sie sich überwindet, im Hotel um Hilfe zu bitten, werden zwei Zimmermädchen für sie aufgeboten, gemein, findet sie, gibt es keine Männer im Haus? Sollen die jungen Mädchen sich für sie plagen, während sie selbst bloß am Steuer sitzt? Sie hat keine Wahl, wenn sie weg will, und die zwei sind kräftiger, als sie aussehen, sie bringen den Wagen vom Fleck. Nur langsam zuerst, dann immer müheloser und rascher, sie laufen und lachen und schieben, so daß sie probeweise den Fuß von der Kupplung nimmt. Gerettet! Entlassen jedenfalls, freigelassen. Hoffentlich sehen die Mädchen ihr Winken, anzuhalten wagt sie nicht mehr. Sie horcht auf den Motor, er tut, als sei nichts gewesen, aber kann sie ihm je wieder trauen?
Sie macht das Radio an. Allerweltsmusik der Allerweltswelt – wie immer, wenn sie es bisher versucht hat; diesmal stellt sie nicht ab. Ohnehin blamabel, wie sie verallgemeinert, nur wie heißt sie denn wirklich, die Musik? Beat, Pop und andere Namen, die sie einmal gekannt und inzwischen vergessen hat, sind offenbar überholt, Lärmmusik soll man auch nicht sagen, obwohl es doch eben der Lärm ist, den sie jetzt mag. Sie kurbelt die Scheibe hoch, läßt den Wagen sich füllen mit Schlagzeugdonner und dem Röhren eines Sängers, ist rundum eingepackt in Gedröhn: eine Knautschzone, ein ge-

polsterter Panzer, oder was finden die Jungen daran. Hätte das Elke gefallen? Vielleicht wäre ihr wohler gewesen, sie hätten nicht reden müssen. Sagt man denn je, was man sagen will? Man trifft es nicht, nicht gleich, deshalb die Versuchung zum Schwatzen. Wenn man weiter- und weiterspricht, wird man hinkommen, hofft man, doch selbst angenommen, man könnte es schaffen, wer wollte so lange warten. Serge, hat sie gedacht. Er will *mehr* wissen, als was mir beim ersten Anlauf gelingt: so hat sie es sich ausgelegt, als er zum erstenmal ihr Ungefähr attackierte. Nur hat er sich wenig Mühe gegeben, sie in dem Glauben zu lassen. Hat von Mal zu Mal schlechter verhehlt, worauf es ihm ankam: auf den Triumph. Ihr Schreck, ihr Verstummen, wenn er ihr, manchmal mitten im Satz, ein Wort abgeschossen hat, haben ihn mehr interessiert als alles, was sie ihm hätte sagen können. Was für ein Sieg: sie um ihre Sprache zu bringen. Sie hat keine andere, und indem er ihr diese erschlagen hat, hat er sich sein Gegenüber erschlagen. Was hätte er mit einer stummen Ruth anfangen wollen? Schweigen kann sie auch ohne ihn.
Sie weicht einem Kadaver aus, Hase, Wiesel, Katze, wie oft schon überfahren. Nicht hinsehen, nicht daran denken, bald wird sie in Galway sein. Im Radio der Gesang einer Frau, hart, abgerissen. Unverständliche Wörter, die wie Befehle klingen, schrill und immer schriller, wem befiehlt sie, und wird ihr gehorcht? Sie hat schon die Hand am Knopf, da wird das Stück ausgeblendet. Das nächste wie die meisten: laut, und berührt sie nicht.
Die Telefonstangen erkennt sie wieder, bis zuoberst von Efeu umarmt. Vorgestern hat sie gedacht: eine Ehe, Technik und Natur. Sehr ungefähr, denkt sie jetzt, denn was die Verteilung der Abhängigkeiten angeht – und überhaupt. Begrünte Telefonstangen, hübsch anzuschauen, nicht mehr als das.
Something you can't hide, das sind doch die MOODY BLUES, eine uralte Nummer, daß man die heute noch spielt. Ziemlich sentimental, oder heißt das nun *soft?* Abgehängt ist sie, von gestern. Aber der Refrain hat sie schon damals geärgert: *Burn*

slowly the candle of life. Ein *bißchen* Leben, Sparflammenleben: müssen die dafür noch werben?
Nichts als der Rand von Galway, schon fast eine Umfahrung, sie hat Glück. Nur ein Monstrum von Kirche bleibt ihr nicht erspart, unbeschreiblich, warum hat man die nicht versteckt. Bumskathedrale, sagt sie und stellt nun doch das Radio ab, um die eigene Stimme zu hören. Rufen, singen? Der Hund –
Es hat nicht geknallt. Der Hund ganz, das Auto ganz, und sie auch. Wenn der Fahrer hinter ihr geschlafen oder keine anständigen Bremsen gehabt hätte. Der Gurt hat gehalten, sie fährt auch schon wieder, sie kann nicht die Straße blockieren. »Du dummer Hund«, sagt sie, »du erzdummer Hund.« Daß sie weint, ist der Schock, sie hat ja den Hund nicht verletzt. Nicht diesen, zufällig nicht. Wann springt der nächste ihr vor die Räder?
Als das Zigeunerlager in Sicht kommt, kann sie wieder scharf sehen. Alte Autos und Wohnwagen auf beiden Seiten der Straße, als sei die Straße der Dorfplatz und gehöre dazu. Das wuselt her und hin, fast wundert man sich, daß die Schnüre mit der Wäsche nicht quer hinüber gespannt sind. Ruth fährt Schritt, ist schon lange vorbei, als sie noch immer die alte Frau sieht: auf einem Lehnstuhl vor ihrem Wagen sitzend, das Gesicht zur Straße, still und gelassen, als sitze sie vor dem Feuer oder am Meer.
Das Dorf hat keinen Namen, doch an einem der Häuser steht BAR. Parkplätze? Es gibt nur die Straße, wie üblich Dorf- und Durchgangsstraße zugleich. Erst nach den Häusern, mit zwei Rädern im Gras, in dem schon andere Radspuren sind, kann sie den Ford abstellen. Sie geht zu dem Haus mit der Aufschrift zurück, die Tür steht offen: ein Laden. Regale mit Reis und Nudeln, ein paar Frauen vor dem Verkaufstisch beim Schwatzen, Ruth macht auf der Schwelle kehrt. Kein Kaffee? Das Risiko, daß der Motor vielleicht wieder nicht anspringt, für nichts?
Auf dem Weg zum Auto ein weiteres Schild, BRODERICK'S

BAR, viel schöner als das erste, warum ist sie da blind vorbeigerannt. Auch das zwar ein Laden, sieht sie durchs Fenster, aber niemand kauft ein. Dafür stehen an einer Seitentheke zwei Männer mit Gläsern; wo es Bier gibt, wird auch anderes zu haben sein. Sie grüßt schon in der Tür, so beherzt wie möglich, doch während sie die paar Schritte zur Theke macht, trinken die Männer aus und verschwinden. Als sie ihnen nachschaut, spürt sie wieder die Tränen aufsteigen. Die Nerven? Was für ein Tag.
Sie blinzelt ein wenig, der Alte hinter der Theke blinzelt auch, blinzelt so freundlich über seine Brille hinweg, die ihm weit unten auf der Nase sitzt, daß ihr der Mut zurückkehrt. »Coffee« sagt sie, sagt es mit einem Fragezeichen, und er, nach einem merklichen Zögern: »Of course.« Wohin geht er? Dreht sich um in der Hintertür, die wie die vordere ins Freie führt, lächelt und sagt wie ein Oberkellner: »Just a moment, please.« Als er zurückkommt, ohne Kaffee, lächelt er immer noch. Er wiederholt: »Just a moment«, doch nun ist er mit den Förmlichkeiten am Ende. Er habe selten Fremde im Haus, ob er ein paar Fragen stellen dürfe. Und er begnügt sich nicht mit dem Woher und Wohin, fragt sie aus über die Schweiz, wie man lebe da, und wovon, was anders sei in Zürich als in Dublin, wie man von Irland spreche, ob es dort auch Iren gebe, ob sie einen kenne.
So gut sie kann, steht sie ihm Rede und Antwort, und als er sie für ihr Englisch lobt, wird sie rot. Ist sie ausgezogen, um sich in diesem gottvergessenen Nest vor einem alten Mann zu bewähren? Die Hände aufgestützt, etwas vorgebeugt steht er auf der andern Seite der Theke, fragt und hört zu. Sie hat ihm die Gäste vertrieben, aber er zeigt ihr: auch sie ist ein Gast.
Eine Frau kommt mit einem Tablett durch die Hintertür, stellt es irgendwo ab, ein stummer Auftritt, der Alte hat nicht einmal den Kopf hinübergedreht. Immerhin streckt er jetzt den Arm aus nach dem Tablett und schiebt es ihr zu. Zucker ist dabei, Rahm nicht, doch der Kaffee ist gut, sogar heiß. Vielleicht zur Belohnung für das lange Warten, oder weil er

denkt, daß sie beim Kaffeetrinken nicht reden mag, beginnt er nun selbst zu erzählen. Von seinen Kindern, sechs habe er, sagt er, vier Lehrer, ein Doktor, ein Ingenieur. Von diesem letzten besitzt er ein Foto, das er mit zittrigen Fingern aus einer Lade herauswühlt, in Kanada sei das aufgenommen, dort habe er Arbeit, der Sohn. Ein guter Sohn, sagt er, und ob irische Musik ihr gefalle, alte Musik? Eine der Töchter, *teacher in Dublin*, habe eine Platte gemacht. Nicht sie allein, eine Gruppe, aber *ladies only*, und eben seine Patsy dabei. »She plays the piano«, sagt er, und weil er den Kopf immer etwas gesenkt hält, um über seine Brille zu schauen, sieht er nicht so stolz aus, wie er vielleicht ist. Sie mag ihn, diesen Mr. Broderick, ihn oder das Reden mit ihm, und so fragt sie, was denn die andern Damen für Instrumente spielten. »Fiddles«, sagt er sofort, »Irish fiddles.« Und nach angestrengtem Nachdenken: »Some of the girls are singing, I believe.« Er habe die Platte nie gehört, leider, aber wenn es sie interessiere, könne er ihr den Titel aufschreiben, sie sei in Dublin zu kaufen. »Please«, sagt sie, und es scheint ihn zu freuen, bloß wird es jetzt kompliziert. Er wühlt wieder in der Lade, treibt endlich ein Kalenderblatt mit unbedruckter Rückseite auf. Nun geht er zum Verkaufstisch, greift hinein in Regale, zieht Schubladen auf, bis er ihr lächelnd zeigen kann, was er gesucht hat: den Kugelschreiber. Sie glaubt, daß damit seine Mühen zuende sind, doch kommt er nur herüber, um den Zettel zu holen, und zieht samt Schreibwerkzeug ab. Es dauert lang, bis er wiederkommt, diesmal durch die Vordertür. Er hat einen Burschen im Schlepptau, der ihm hinter die Theke folgt, ohne von Ruth im geringsten Notiz zu nehmen. Der Alte streicht mit seinen zittrigen Fingern den Zettel glatt, legt den Kugelschreiber dazu, sagt kein Wort. Auch der Junge sagt nichts, aber er beugt sich über den Zettel, er hat seinen Auftrag, und wenn sie auch sein Gesicht nicht sieht, so sieht sie doch seine Hand, die die Buchstaben hinmalt, einen nach dem andern, eine ganze Zeile lang. Als er sich entfernt, ebenso grußlos, wie er gekommen ist, versucht der alte Mann nochmals, den Zettel zu glätten, dann wird er Ruth überreicht. Was draufsteht, ist leserlich, aber unaussprechlich. Sie versucht es trotzdem: »Mna na hEireann«, und nun findet auch der alte Mann seine Stimme wieder, er lacht. Als sie den Kaffee bezahlt, gibt es noch ein letztes umständliches Hin und Her wegen des Wechselgelds, dann drückt Mr. Broderick ihr die Hand. Sie geht, und er steht da wie zuerst: freundlich blinzelnd, über die Brille hinweg.

Wenn sie den Hörer nicht richtig auflegt, kann das Telefon sie nicht wecken. Also Licht machen, sie will sicher sein. Zum Teufel, sagt sie, als sie wieder im Dunkeln liegt, was soll ich mit Serge. Daß Lore sie aus dem Schlaf reißt, um ihr *das* zu erzählen. Muß eben erst in die Werkstatt gekommen sein, betrunken und wütend, hoffentlich schlägt sie nichts kaputt. Ist herumgezogen mit ihm, den ganzen Abend. Um sich beweisen zu lassen, daß er ist, wofür sie ihn halten will?
Eine wandelnde Anthologie seiner Großtaten, lückenlos gesammelt, um sie jedem aufzusagen, der nicht wegläuft, hat sie gesagt. Und warum ist *sie* nicht weggelaufen? Hat getrunken mit ihm und ihn ausgehorcht. Fragen sei nicht nötig gewesen, der saufe, und es rede von selbst. Kein Wort natürlich von Ruth, bloß von der eigenen Grandiosität und den Feinden, zum Kotzen, doch sie habe ausgeharrt.
Nicht ein einziger guter Faden an ihm, sofern man ihr glauben will. Denkt sie, daß Ruth geholfen ist, wenn man ihn zum Monstrum erklärt? Den Eklat zuletzt hat sie bestimmt provoziert; aus heiterem Himmel hat er sie nicht beschimpft. Du bist auch so ein Bastelweib, soll er geschrien haben, und Lore, die den Ausfall auf Ruth bezogen hat, zu Recht oder zu Unrecht, hat es ihm heimgezahlt. Du Leiche, habe sie gesagt, Ruth lebt, aber du bist tot.

Was für eine Szene. Die betrunkene Lore, die mit einem betrunkenen Mann herumbrüllt, bis der Geschäftsführer kommt. Noch so ein *Zombie*, so habe sie ihn empfangen. Aber während sie mit dem neuen befaßt gewesen sei, habe der erste sich klammheimlich davongemacht. Ohne mit der Wimper zu zucken, habe sie seine Rechnung mit bezahlt, doch die werde sie ihm, falls er sich in der Gegend wieder zeige, präsentieren. Die Risikosumme, hat sie gesagt, damit er wegbleibt, der Held.

Regine, immer wacher, immer niedergeschlagener, schnaubt vor Ratlosigkeit. Hat Lore Ruth rächen wollen? Lächerlich, unnötig, zum Verzweifeln daneben. Auch wenn sie Serge haßt, wie kann sie so mit ihm umgehen. Ruth wäre verletzt, sie hat ihn geliebt, der Zorn gehört ihr allein. Würde Lore sich eine vergangene Liebe beschimpfen lassen? Morgen, wenn sie nüchtern ist, wird es ihr einfallen, sie wird sich verwünschen. Regine vielleicht mit, weil sie so etwas wie ein Zeuge ist. Unfreiwillig, zum Mitwissen gezwungen.

Sie muß schlafen. Bloß noch vier Stunden. Lore unter dem Arbeitstisch, Ruth in ihrem Kosthaus, auch Serge wird irgendwo seinen Rausch ausschlafen. Die Desaster grassieren. Leise oder wütend oder grandios unglücklich: es macht wohl wenig Unterschied. Zu helfen ist keinem, Unglück ist nicht teilbar, läßt sich nur multiplizieren. Daß man es jemandem abnimmt, indem man es zum eigenen macht, ist ein Märchen. *Nichts* läßt sich abnehmen. Höchstens begreifen, doch was ändert das.

Plötzlich die Gewißheit, daß Lore nicht mehr anrufen wird. Am Samstag nicht, und nicht nächste Woche. Nie mehr? Weil sie Regine gesagt hat, was sie schon morgen vergessen will. Vergessen *muß*, wenn sie auf Ruths Rückkehr hofft. Oder könnte Ruth ihr diesen Abend verzeihen?

Sie steht nochmals auf, um das Fenster zu öffnen. Die Kälte einatmen. Für morgen ist Schnee angesagt.

Der Shannon wie ein See, breit zwischen flachen Ufern, sein Silber nicht einmal angeritzt durch das Boot, das herantreibt: ein Boot voller Nonnen. Kaum daß es am Steg liegt, flattern sie auf, als habe jemand in die Hände geklatscht, schwarzweiße Vögel, die sich am Ufer eine Weile umtrippeln und plötzlich – auf was für ein Zeichen? – wieder auseinanderstieben. Über die mohngesprenkelte Wiese kommen sie herauf, zusammengehalten nur durch die kleinen Schreie, die ihnen der Wind von den Lippen reißt. Mit wehenden Schleiern, die Röcke geschürzt, überklettern sie das Mäuerchen, auf das Ruth sich gesetzt hat, und fallen ins Klostergelände ein. Sehen kann sie das nicht mehr, weil sie sich nicht umdreht, doch was sollten sie sonst hier wollen, da sie sich nicht auf das Mäuerchen setzen. Sie werden den Turm, die Ruinen, die Kreuze umflattern, von denen in der Broschüre die Rede ist; vom silbergehämmerten Shannon steht nichts. Den nimmt sie für sich, samt Mohnwiese und Nonnenballett, trägt ihn fort und behält ihn, indem sie ihn drüberkopiert über alles, was ihr auf der Fahrt nach Athlone entgegenspringt.
Erst in der Halle des PRINCE OF WALES gelingt die Doppelbelichtung nicht mehr. Die Augen schließen? Zuerst muß sie das Ankunftsritual durchexerzieren. Nicht routiniert, noch lange nicht, aber ohne größere Pannen. Nur den Paß hat sie nicht gleich finden können, und das Trinkgeld für den Kofferträger gerät wieder zu groß.
Bereits ist sie im Gewühl. Hat sie sich im Zimmer überhaupt umgesehen? Glocken hat sie gehört, als sie sich die Hände gewaschen hat; noch nie hat sie in Irland Kirchenglocken gehört. Die Ausnahme wird nichts zu bedeuten haben, außer daß Samstag ist. Deshalb auch der Lärm in den Straßen. Er stört sie. Wobei? Sie will herumgehen, nicht schlafen. Gehen ist leichter, als im Hotel zu sitzen.
Der Shannon auch hier, ungesucht. Er ist jünger, aber domestiziert. Ein Stadtfluß, zwischen Mauern gezwängt, die seine Strömung verstärken. So eilig zieht er, daß bestimmt keine Nonne den Fuß in ein Boot setzen würde. Auch Ruth steht

lieber an der Ufermauer, steht zwischen Männern, die angeln, schaut dem Ziehen zu, bis sie es in sich selber spürt. Wenn es zu heftig wird, dreht sie sich weg, doch sobald sie wieder zusammenhält, beginnt sie das Spiel von vorn. Sie schaut hin und schaut fort, und als sie dem Blick eines Anglers begegnet, zieht sie die Schultern hoch. Soll sie sich durch Blicke vertreiben lassen? Sie darf hier stehen so gut wie die.
Sie geht dann doch, befiehlt sich die Gasse hinauf ins Zentrum zurück, weil es zu dunkeln beginnt. Treibt mit den andern durch den Samstagabendlärm, ohne zu stranden oder anzulegen, weder beim Hotel noch beim Ford, auch wenn sie ihn stehen sieht, so oft sie sich vorbeitreiben läßt. Als sie endlich Grund faßt, findet sie sich vor einem ledergebundenen Buch an einem Tisch sitzen, verwirrt durch die vielen umzublätternden Seiten, das Schummerlicht und vollends durch den Chinesen, der sich zum drittenmal verbeugt. Chinesen *im Herzen* von Irland, und in einer Kleinstadt wie dieser! Es kommt ihr absurd vor, so unpassend, daß sie sich selbst schon fast passend fühlt. Um das Fremdheitsgefälle ein wenig zu verringern, nimmt sie die Stäbchen zum Essen, ungeschickt, aber geduldig – so lange wenigstens, als sie das Lächeln rundum nicht für Auslachen hält. Über drei oder vier Hemdbrüsten, die aus dem Halbdunkel blitzen, wird gelächelt, und so ununterbrochen, daß sie es abwehren muß. Ihrerseits in die Runde lächelnd, greift sie zur Gabel, lächelt und ißt und lächelt, trinkt lächelnd den grünen Tee. Bis das Lächeln ihr wehtut und sie es mit dem Handrücken fortwischt. Fortwischen *will*, doch das Gesicht – reißt? Nur jetzt bitte nicht schreien. Aber aufspringen, die Jacke nehmen, laufen. Rennt fast den Lächler um, der sich ihr in den Weg stellt, läßt es Geldscheine schneien, darf gehen.
Straßen, Lichter, der Himmel schwarz. Der Ford immer noch da. Vor dem Hotel eine Menschentraube. Samstagabendstimmen, der Wind. Keine Angler mehr, aber der Shannon: flüssiges Anthrazit, darauf Goldlaub verstreut. Hält sich, zieht nicht mit fort.

Schaufenster, helle Türen. Der Ford, das Hotel, die Kirche mit den Glocken. Wonach riecht es? Faulig, feucht, der Shannon kann das nicht sein. Die Stadt. Der Regen von gestern, der Regen von morgen. Ein Schwamm, der nie trocken wird.

Der Schatten kriecht unter ihren Füßen durch, die Schritte hallen. Wer hat ihr Mandarineneis gegessen? Die Laterne beim Chinesen ist gelöscht. Am Ausgang der Gasse aber Licht und ein Lied: *If I were King of Ireland.* Die Straßenlampe schaukelt, der Schatten der Männer auch. Sind zwei Kings, untergehakt, stehen im Licht und singen. Treten höflich beiseite, lassen sie vorbei.

Die Hauptstraße, die Gasse zum Fluß. Der singt auch, singt hinter ihr her, wenn sie die Gasse wieder hinaufgeht. Hat sie die Tasche noch? Sie schlüpft mit dem Kopf durch den Schulterriemen, hängt sie sich vor den Bauch. Geht und geht, passiert den Lichtschein der windgeschaukelten Lampen, alle Schatten zappeln.

Das chinesische Restaurant. Die Kirche. Das Hotel. Der Shannon. Die Füße gehen, sind noch nicht müde genug.

Was ist Hin und was Her?

Wann ist es still geworden?

Die Halle ausgestorben, die Prinzen schlafen. Nur der Nachtportier ist noch wach, er fährt von der Zeitung auf. »Entschuldigen Sie, *madam*, ich habe Sie nicht kommen hören.«

Sie lacht. »Die Schuhe verloren.« Und weil er nun sehr erschrocken schaut: »Macht nichts, ich habe andere.«

Er beugt sich über das Empfangspult, als habe er noch nie nackte Füße geschen. »Soll ich ein Mädchen rufen?«

»Ein Mädchen? – wozu?« Sie sagt ihm ihre Zimmernummer, doch er gibt ihr den Schlüssel, als möchte er ihn lieber behalten. Ist es nicht *ihr* Schlüssel, schon bei KUONI bezahlt?

»Wollen Sie geweckt werden«, fragt er hinter ihr her, und daß sie sagt: »Ich bin wach«, tut ihr gleich leid, weil er nun ein Gesicht macht wie ein Prüfling, der nicht weiter weiß. Sie muß ihm einsagen: »What a nice day today.«

Hat er sich abgefunden mit dem Durchfallen? Er steht da mit offenem Mund, man kann ihn so nicht stehenlassen.

»Ein schöner Fluß, der Shannon«, sagt sie. Und da er noch immer den Mund offen hat: »Können Sie singen? *If I were King of Ireland?*«

Jetzt ermannt er sich – greift zum Telefon? »Ich rufe das Mädchen«, sagt er. Beginnt zu wählen, sie geht achselzuckend zum Aufzug. Soll er sein Mädchen haben, ihr ist es egal.

Das Zimmer ist kalt. Hat sie selbst die Fenster geöffnet? Graugeriesel über den Dächern, die Nacht nicht mehr dicht. Eiskalt das Bett, deshalb reißt sie das zweite auf, packt alle Decken auf eines, auch im Schrank sind noch welche, sie baut einen Hügel auf. Nur rasch hinein jetzt, Maulwurf, Bergmann, Aladin ohne Lampe. Im Dunkel ist Platz, für alles, während dort, wo es hell ist ... Wie soll man bei Licht etwas finden.

Lang kann sie nicht geschlafen haben, als der Lärm losgeht. Die Glocken. *Wach auf, du Christ,* sonst –

Sie wirft ihren Hügel ab. Wo ist sie letzten Sonntag erwacht? Es muß ein gottloser Ort gewesen sein. Oder muß man nur in der Stadt so laut drohen?

An Schlaf ist nicht mehr zu denken. Sie duscht, sie frühstückt, sie gibt den Schlüssel zurück. Extras hat sie keine gehabt, es ist nichts zu bezahlen. Ein paar Scheine für Trinkgelder trägt sie lose im Mantel, das Gepäck wird zum Auto gebracht, der Portier hält ihr die Wagentür auf: einsteigen, starten. Ein reibungsloser Abgang, selbst der Ford spielt mit.

Wann hat es zu regnen begonnen? Die Scheibenwischer hat sie mechanisch in Gang gesetzt. *Alles* geht mechanisch inzwischen, Autofahren hat sie gelernt. Diese Barbarei. All die Leichen am Weg, keine Straße ohne Kadaver, das Lebendige hat keine Chance. Der Igel, dem sie mit knapper Not hat ausweichen können, wird zweifellos von einem andern überfahren, und wenn *ein* Hase entkommen ist, wird eben ein nächster das Opfer sein. Überrollt und wieder überrollt, unkenntlich zuletzt, ein Klumpen aus Haaren und Blut, vermindert um das, was in den Pneurillen oder am Chassis klebenbleibt und davonfährt: Spuren an der Mordwaffe, doch wer fahndet danach. Kein Mensch will es wissen, es ist unvermeidlich, heißt es, man muß damit leben. Hier muß man es *wirklich* – ob die Iren deshalb so anständige Fahrer sind? Keine Augenauswischerei wie zuhause, wo man täglich die Schlachtfelder abräumt, damit es den Schlächtern nicht vor sich selber graust.

Sie parkt, sie braucht einen Kaffee. Die Bar, in die sie hineinwill, ist verriegelt, Sonntag, sie erinnert sich, aber es ist noch nicht zwei. Sie geht die Straße entlang, probiert noch zwei Türen: nichts zu wollen, das Dorf schläft. Einen einzigen Fußgänger trifft sie an, den fragt sie. »High mass«, sagt er, und weil er in eine Straße hineinzeigt, sieht sie die Unmenge Autos, sie hätte auf ein Fußballspiel getippt. Doch da ist ein Kirchturm, tatsächlich, ragt über die Dächer hinaus. »Wie lange?« fragt sie. – »Halb eins, eins, wer weiß es.« Und auflachend, der Heide des Dorfs, geht er davon. Sie will nicht warten, es regnet, sie ärgert sich. Beten oder darben, ist das eine Wahl?

Auch in Drogheda hat der Regen nicht aufgehört. Die Kirche aus, noch eine halbe Stunde Gnadenfrist für den Durst, die Pubs (warum nennt man sie so, da doch überall BAR steht?) sind voll. Aber der Kaffee ist nun überfällig, sie drängt sich an eine Theke, wartet, leert die Tasse im Stehen. Das Sandwich nimmt sie ins Auto mit: ein Picknick auf dem Parkplatz, während es gießt und gießt. Die überschwemmte Frontscheibe als Fernsehbild einer andern Welt: andere Bildzeichen oder andere Muster des Sehens. Nein, eben *keine* Muster. Nichts Überkommenes, nichts Festgeschriebenes, jeder Blick ein erster –

Science fiction in Drogheda? Sie lacht, stellt die Scheibenwischer an. Daß sie nicht synchron laufen, sieht sie zum erstenmal. Im gleichen Takt, aber um ein winziges versetzt. Das Scherzo der *Frühlingssonate*, am Klavier Erichs Schwester,

ein Hauskonzert. Eins der wenigen, zu denen er sich hat bereitfinden können. Wenn die Schwester nicht beharrt hätte. Hat Musik studiert, ein richtiger Profi. Was aus ihr geworden ist? Verloren. Man läßt *einen* los – und *alle* sind weg.
Bäume und Bäume. Grüne Gewölbe über der Straße wie auch schon. Wo war das? Der Regen hat nachgelassen. Auf dem Wagendach ab und zu ein Tock oder Tocktock, als klopfe jemand an. Das Wetter hat Vorteile, kaum Autos unterwegs. Auch die Tiere scheinen sich verkrochen zu haben. Ein Tag vielleicht ohne Mord. Nicht ohne Leichen, doch der Baum ist schon lange tot. Der Efeu hat ihn erdrosselt, er streckt aus der grünen Umklammerung nurmehr dürre Äste heraus. Mitten im Tod vom Leben umfangen? Als ob jeder Satz sich umkehren ließe.
Auf dem Parkplatz von Monasterboice ein einziger Wagen. Sie kurvt mit Schwung von der Straße auf den Kies. So weit vom andern entfernt wie nur möglich stellt sie den Ford ab: unter einem Baum, der seine ganze Nässe aufgespart hat, um sie im Augenblick, da sie aussteigt, über ihr auszuschütten. Sie sucht nach dem Béret, in der Manteltasche, auf dem Hintersitz, im Kofferraum, es ist nicht zu finden. Irgendwo auf der Strecke geblieben. Der Schirm weg. Die Schuhe. Sie legt Spuren aus, für wen.
Sie zieht sich den Schal über den Kopf, verknotet ihn unterm Kinn, knöpft den Mantel zu bis zum Hals, schlägt den Kragen hoch. Marschiert los, eine Regenhexe, die vor sich hinpfeift, nicht einmal der Turm bringt sie auf. Das patzige Rufzeichen ist durch das Wieder und Wieder um alle Kraft gebracht. So viel vergebliche Himmelstürmerei, fast schon ist man versucht zu trösten, und diesen besonders, weil ihm die Griffelspitze fehlt. »Du Turmgetüm«, sagt sie, »du Ungetürm.« Als sie den Schirm entdeckt, hält sie den Mund. Der Kalauer stammt nicht aus Calau, sondern aus Luckau, fällt ihr ein, Luckau vielleicht von *lucky*? Sie lacht, aber nimmt sich zusammen, der Schirm ist bereits näher, und der Jemand darunter stellt sich als doppelt heraus. Sie plus Er, klar, in Gleich-

takt gebracht durch den Schirm. Bücken sich zu einem Kreuzsockel, notgedrungen gemeinsam, während sie in ihrer Hexenverkleidung vorbeigeht, ungesehen oder unbeachtet, Hexen gibt es ja nicht.
Die Tür zum Turm steht offen, der Schlüssel steckt, eine Falle. Mit den Füßen im Freien schaut sie hinein, Leitern aus Metall führen hoch, das Licht, das durch die Mauerlöcher fällt, ist nicht der Rede wert. Ob die zwei sich da hinaufgetraut haben? Sind abgezogen jetzt, samt Schirm, das Pflichtenheft erledigt. Niemand mehr da außer ihr, sofern sie die Steine nicht rechnet. Geschichtet, getürmt, zu Kreuzen behauen. Cartoons in Stein, nur die Beschriftung vergessen. Auf Kains erhobenem Prügel könnte stehen: DER GERECHTE KRIEG. Und Adam, bevor er von Eva den Apfel nimmt, sagt: ABER DU BIST SCHULD. Oder was wird geredet unter so einem Ankerbaum. Ankert oben statt unten, trägt statt der Widerhaken Früchte. Kleinere auf der Seite von Eva, doch der Ankerbogen über ihrem Kopf nicht weniger lastend. Beide sehen sie beschwert aus, unfrei zu gehen, wohin sie wollen. Möglich, daß Eva sagt: NIMM, ABER LASS MICH FORT.
Der Schal ist durchnäßt, er klebt an der Stirn, und wenn sie den Kopf dreht, reibt die nasse Seide ihr über die Wangen. Sie geht nun zwischen neuen Gräbern hindurch, jedes von Steinriemen eingefaßt, wie Blumenbeete, aber nichts wächst darin, nicht einmal Gras. Erde oder Kies, geglättet, und darauf – unter Käseglocken aus Plastik – künstliche Blumengebinde, wächsern, ausgebleicht, ganze Reihen. Die jüngsten erkennbar an dem Hauch Gelb, Rosa oder Blau, den die Sonne ihnen vorläufig gelassen hat. Aber trotz der Farbe erinnern sie nicht im entferntesten an etwas, das blühen oder welken kann. Totes für die Toten? Zweierlei Totsein, für die Würmer jedenfalls.
Sie hat sich gebückt, hat da und dort den Regen vom Plastik gewischt, um die bleiche Pracht zu bestaunen – pfeifend schon wieder, wo kommt ihr das Pfeifen her. Gut, daß keiner sie hört; auch das Crescendo des Regens hört sie allein. Hört

es und stellt das Pfeifen ab, um durch das anschwellende Rauschen zu rennen, ohne Weg, die kürzeste Strecke zum Parkplatz zurück. Das Rauschen hat sich zum Prasseln gesteigert, ihr Keuchen erst hörbar, als sie im Auto sitzt, die Scheiben sofort undurchsichtig, sie dampft.
Es schüttet bis Dundalk, bis zu ihrem Hotel. Auch als sie ihr Zimmer bezogen hat und später, Stunde um Stunde stürzt der Regen herab. Sie übersteht den Speisesaal, geht wieder ins Zimmer, zwei Betten zur Wahl wie meistens, sie mag keins. Sitzt hinter dem Fenster, wird nicht von Steinen getroffen, hat keine Feinde, oder sie finden sie nicht. Die Rhythmusmaschine ist übersteuert, Schlagzeug ohne Gitarren und Sänger, schlägt, hämmert, übertönt den Regen, *und der Mond schöbe die Kränkungen unter die Tür.* Mond ist zum Lachen, Mond bei diesem Wetter. Und ist sie noch kränkbar, da sie stillsitzt in diesem abgeschiedenen Haus, nichts will und nichts wünscht, nicht einmal das Verstummen des Hammers in den Schläfen. Dunkel im Zimmer, später auch draußen, das Schlagzeug dröhnt, sie wartet auf nichts.

Den Kombi des Heizungsmonteurs hat sie wegfahren sehen, aber die Heizkörper sind kalt. Vielleicht hat jemand ihn fortgeschickt wegen der Beerdigung; lieber Kälte als Lärm. Auch sie hat eine Todesanzeige im Briefkasten gehabt, obwohl sie den alten Mann gar nicht gekannt hat. Nur sein Gesicht, seine Stimme, wenn sie im Treppenhaus die obligaten Sätzchen über die Katze oder das Wetter gewechselt haben. Sie kennt niemanden hier. Man hat nichts gemeinsam als das Dach, unter dem man lebt. Auch stirbt? Sie weiß nicht, wo Herr Hanselmann gestorben ist. Der Tod im Haus, sagt man. Aber muß man ihn sich vorstellen, diesen *Besuch,* gekommen vielleicht, während man selbst geschlafen hat?

Zu einer Kondolenzkarte hat sie sich aufgerafft. Eine abendliche Landschaft, darunter AUFRICHTIGE TEILNAHME, in Silberschrift. Mit Unbehagen hat sie ihren Namen dazu gesetzt, eine Lüge, genaugenommen, doch was hätte gestimmt. Wenn man die Floskeln nicht hätte, müßte man schweigen. Ist Freundlichkeit je genau? Grüße, Wünsche, Gratulationen: alles vorgegeben. Die Weihnachtskarten von Niklaus, ihre Antworten, jedes Jahr. Immer die herkömmlichen Sätze, jede Abweichung vom Gängigen wäre ein Zu-nahe-Treten. Als wollte man sagen: Nun paß einmal auf, wer ich bin.
Sie zieht den Mantel nicht aus. Müde ist sie, lächerlich müde. Daß das Kind der Kollegin ausgerechnet vor Weihnachten Masern hat. Wenn sie nicht Geld brauchte für ein paar Tage Goms, hätte sie nein gesagt. Täglich zwei zusätzliche Stunden, und der Kassendienst hektisch, die Frauen kaufen ein, als stehe eine Belagerung bevor. Wenigstens haben sie keine Zeit jetzt zum Schwatzen, so daß sie keinen Anstoß erregt mit ihrer Ahnungslosigkeit.
Ganze elf Grad im Zimmer, sie wird auch im Mantel frieren. Sich im Bett verkriechen? Aber wenn sie sich dispensiert vom Küchentisch, kann sie genausogut weggehen. Irgendwo hin, wo es warm ist, wo nichts von ihr erwartet wird. Nur zuerst hinaushorchen auf die Treppe, sie will keinen Trauergästen begegnen. Schon gar nicht Frau Hanselmann, was sollte sie zu ihr sagen.
Zum Glück ist die Haustür verglast, sie sieht, daß jemand kommt, läuft in die Wohnung zurück. Wartet die Schritte ab, die heraufkommen, das Auf- und Zusperren der Nachbartür. Was tut der Mann zuhause um diese Zeit. Er wohnt erst seit kurzem hier, gesehen hat sie ihn nie, doch sie weiß, wann er üblicherweise heimkommt, weiß, wann er schlafen geht, kennt seine Schnarchstimme, die Wände sind dünn. Hört ihn jetzt telefonieren, könnte jedes Wort verstehen, wenn sie wollte, aber sie will in die Stadt. Sieht im Weggehen den Kombi wieder vorfahren, Aussicht auf einen warmen Abend, heißt das.

Erst im Tram überlegt sie, wo sie hinwill mit sich. Vier Uhr ist keine Zeit fürs Kino, und hätte sie denn Lust? Nichts tun, die fremden Geschichten lassen. Sie geht die Lokale durch, die sie kennt, probiert sie sich an, eins nach dem andern, verwirft alle. Aber irgendwo muß sie hin. Steigt aus am Central, friert. Sich ein Ziel setzen, irgendeins, die BODEGA zum Beispiel, da ist es am Nachmittag still. Ein Notbehelf, ebenso wie die Zeitung, die sie sich kauft am Kiosk. Vorwand, Versteck? Unnötig, stellt sich heraus, sie hat einen Tisch für sich. Sieben Gäste zählt sie, keiner auch nur entfernt bekannt. Aber den Kellner erkennt sie wieder, der war damals schon da.
Drei Jahre her. Vom ELSÄSSER ist sie gekommen, das weiß sie noch. Hatte ein paar Seiten Satta gelesen und das Buch gleich gekauft, wollte nichts hier als einen Stuhl, um weiterzulesen. Wie heute, wie immer im Winter, ist sie vom Hausgang her eingetreten. Hätte sie die zwei sonst überhaupt gesehen? Sie sind unmittelbar hinter der Trennwand gesessen, da sieht man von der Gassentür aus nicht hin.
Zuerst hat sie Ruth bemerkt – gegen alle Regeln. Wo Lore dabeisitzt, sieht man zuerst sie, während Ruth es einem leicht macht, über sie hinwegzusehen. Bestimmt haben sie geschwiegen, als sie hereinkam. Aber ist damit erklärt, daß sie nicht das bekannte Gesicht entdeckt, sondern zunächst in ein fremdes geschaut hat? Auf Lores *Hallo Regine* ist sie so perplex gewesen, daß Lore gefragt hat: Wobei haben wir dich ertappt?
Sie hat sich dazugesetzt, weil Lore darauf beharrte, viel lieber wäre sie weggegangen. Nicht nur wegen des Buchs, auch weil sie sich überflüssig gefühlt hat. Diese fremde Frau war kein Flugsand, es brauchte nicht viel Scharfsinn, um die Ausnahme zu merken. Hat sie die zwei Frauen beneidet? Wahrscheinlich. So alltäglich ist Nähe ja nicht.
Lore hat sie miteinander bekannt gemacht, lakonisch: Das ist Ruth, sie malt. Das ist Regine, sie liest. Von der weiteren halben Stunde ist ihr nichts geblieben als das Staunen über Lore, vielmehr über den Pakt zwischen den zweien. Keinen Augen-

blick gegen sie ausgespielt, aber immer spürbar: ein geschlossenes Magnetfeld, Regine außerhalb.
Ruth hat sie dann angerufen, sicher von Lore ermutigt, sie hat sich Bücher von ihr geliehen. Ohne diesen *Zweck* haben sie sich nie verabredet, und immer in der City, nicht in Lores Revier. Nahe sind sie sich nicht gekommen. Ruths Zurückhaltung und ihre eigene, das hat eine Summe von Distanz ergeben, die Vertraulichkeiten nicht zuließ. Möglich, daß Lores Unverblümtheit ihnen eine Brücke gebaut hätte, aber sie haben sich nie mehr zu dritt getroffen. Regine hat das Magnetfeld gefürchtet, und auch Ruth hat nie den Vorschlag gemacht. Wie es war, war es ihnen recht. Verzicht auf Detailschärfe, dafür keine Verzerrung. Würde Ruth das auch sagen?
Sie sitzt nicht mehr allein am Tisch, der Abendbetrieb hat begonnen. Bleiben mag sie nicht – mag sie gehen? Die Zeitung wird sie liegenlassen. Damit jemand sie liest.

»Der Dolmen, *madam*. Jeder will ihn sehen.«
Ruth lacht, sie schaut sich das vergrößerte Foto an. »Ist nicht alles drauf auf dem Bild?«
Er dreht sich danach um, Pose natürlich, er muß es auswendig kennen. »Aber sicher, *madam*, das Foto ist genau.«
Sie lacht wieder, schiebt ihm einen Geldschein zu.
»Über die kleine Brücke neben dem Parkplatz«, sagt er, »hinter den Wirtschaftsgebäuden links.« Und sagt noch: »Es ist die halbe Stunde wert.«
Ihr Lachen ist unangebracht, sie trägt es von ihm fort samt dem heißen Kopf. Warum nicht die Abfahrt hinausschieben? Frische Luft tut ihr gut.
Die Wege sind naß, es muß bis zum Morgen geregnet haben. Von den Grasspitzen blitzt es, und Blitze aus den Tümpeln,

sie kommt aus dem Blinzeln nicht hinaus. Gerät unversehens in einen Garten, ist überrumpelt: keltisch? – doch wohl nicht. Lauter Rosenbäumchen, jedes für sich ein Bukett, rosa, weiß, gelb, alle noch regennaß, von der Sonne mit Flitter besprüht. Kein Fieberzauber, der Garten ist da, so oft sie die Augen aufmacht: ein frisch gebadeter Rosengarten, auch der Morgen ist echt. Der Tag im Kalender angestrichen, ein Montag, letzter Tag mit dem Ford.

Dies hier ist der Auftakt, passend oder nicht. Biedermeier – und sie die züchtige Hausfrau. Der Eheherr im Amt, die Kinder schon selber verehelicht, so daß sie Muße hat, sich im Garten zu ergehen. Im eigenen? Kaum, doch so genau braucht sie es nicht zu nehmen. Spitzenhaube vermutlich, ein schwarzsamtenes Band um den Hals. Nicht so große Schritte machen, das schickt sich nicht. Klar, daß sie für den Gärtner ein freundliches Wort hat, ein wackerer Mann. »Wie geht es der Wöchnerin? Alle wohlauf?« Er wird nicken, maulfaul ist er, man sieht ihm die Freude nur an. Über die Nachfrage, und weil seine Rosen so prächtig geraten sind. »Schick Er der Sohnsfrau ein Körbchen davon. Sie hat Gäste, und Er weiß ja, seine Blumen machen Effekt.« Jetzt muß sie ihn stehenlassen, weil das Hündchen an der Reihe ist. Springt herbei, wedelt, schaut treu zu ihr auf. Sie lobt es, weil es nicht an ihr hochspringt, ihr nicht das Kleid beschmutzt. Sie wird sich niederbeugen zu ihm, wird sich ausnahmsweise die Hand lecken lassen. Das Hündchen ist glücklich, natürlich, und sie auch. »Sieht Er«, wird sie zum Gärtner sagen, »bloß ein Hündchen, und so klug und so brav.« Nur wäre der nicht mehr da, sie will ihm das zutrauen. Er hätte die Schürze über ein Rosenbäumchen gehängt, tüchtig ausgespuckt und sich eins gepfiffen. Kein Untertan mehr, ein Mensch – um den Preis allerdings, daß seine Kinder verhungert wären. Ist sie zuständig für seine Entscheidung? Sie ist gefallen vor ihrer Zeit, man muß mit den Folgen leben. Die Rosen, immerhin, sind und sind schön, was auch immer in ihrem Beisein entschieden wird. Ob sie Läuse haben? Sie will es nicht wissen, auch die

Dornen schaut sie nicht an. Diese überstrapazierte Metapher. Waffen? Läppisch. Heute kommen sie mit dicken Handschuhen daher. Oder züchten die Dornen weg, auch das. Nesselgedanken. Kein Wunder, daß die Haut brennt. Kommt Nessel von Nessus? *Taugefunkel* kommt aus dem Lesebuch – und will nicht mehr gehen. Klingelt als Narrenschelle im Schädel, bis sie von einer andern überklingelt wird, *Kaisersemmel*, aus Wien kommend, doch warum in ihren Kopf. Sie schüttelt ihn, wischt mit der Hand über die Stirn, Spinnweben haßt sie, sie will hier weg. Kein Gärtner, auch auf dem Rückweg, der hat gründlich verschlafen.
»Imposant«, sagt sie an der Réception, um die Dolmengeschichte zu erledigen. Ganz unterdrücken kann sie das Lachen nicht, doch das Wort wiegt schwerer, sie hat bestanden, man schickt den Hausknecht nach ihrem Gepäck. Als sie hinter ihm her über den Platz geht, bringt die grüne Schürze mit dem Kettchenverschluß sie wieder auf den Gärtner. »Haben Sie Familie«, fragt sie. Er hat keine, sie ist enttäuscht, obwohl es sie doch erleichtern müßte. Vielleicht ist ihr Englisch zu schlecht oder der Mann beschränkt: er grinst nur, als sie ihm die Schürze abkaufen will. Wie ein Götzenbild steht er neben dem Auto, die Hände auf dem Bauch übereinandergelegt.
Daß sie ihn ohne Trinkgeld hat stehenlassen, fällt ihr erst ein, als sie mitten im Ort ist. »Verdammt« sagt sie, und gleich nochmals, mit dem Fuß auf der Bremse: »Verdammt.« Sie steht in einer Einbahnstraße, verkehrt herum, zwei entgegenkommende Wagen halten an. Hupen nicht, obwohl sie sich wieder schwertut mit dem Rückwärtsgang, und wo links und rechts ist, wenn sie nach hinten ausbiegt, muß sie überlegen. Schafft es aber, steht nun erst recht im Weg, und noch immer hupt keiner. Sie sammeln glühende Kohlen auf ihrem Haupt, das ja zwar nur ein Kopf ist und ohnedies glüht. Es bleibt keine Zeit, für die allgemeine Nachsicht zu danken, verschwinden muß sie, mehr wird von ihr nicht verlangt.
Sie gibt acht nun, sie findet hinaus. »Ich bin auch in Dundalk gewesen«, sagt sie, mit Stimmbruch, immer hätte sie gern

einen Alt gehabt. »Das Meer, die Feinde, den Gärtner, alles verpaßt«, sagt sie. Sagt es, so laut sie kann, um es scherbeln zu hören, sagt: »Meine arme krächzende Krähenstimme«, und sagt: »Stimme mit Sprung.« Sie trällert vor sich hin, was ihr einfällt, die *Kleine Nachtmusik,* die Gassenhauer aus dem HYDRO, scherbelt, krächzt, hört sich zu.

Die Straße ist gut, und das Wetter auch. Was heißt FANE? Das Wörterbuch kann sie nicht verloren haben, sie hat es noch nie benützt. Steht am Straßenrand und wühlt ihre Sachen durch. Im Handschuhfach sucht sie zuletzt, wie ist es da hineingekommen. Doch das Wort gibt es, zu deutsch Tempel, *poetisch* steht dabei. Sie starrt darauf, konsterniert, was will sie damit. Dem Flüßchen den hochtrabenden Namen vorwerfen? Und wenn er nicht englisch ist, sondern gälisch, macht das Wörterbuch einen Esel aus ihr. *Ich will euch brüllen, daß der Herzog sagen soll: nochmals brüllen.* Der dumme Zettel, immer hat sie Mitleid mit ihm gehabt.

Weiter. Noch achtzig Kilometer bis Dublin. Der Himmel so blank wie am ersten Abend, so daß sie Lust bekommt, doch noch die Irish Sea zu sehen. Nochmals Halt also, auf der Karte den River Fane suchen, sich das Wort Castlebellingham merken – nächste Gelegenheit zum Abbiegen –, und wieder los.

Die Abzweigung zu finden ist leicht, die einzige weit und breit, weil alle nach Dublin wollen. Nur *sie* schaut wieder einmal nach dem Meer aus, komisch vielleicht. Binnenländer-Sehnsucht. Und weil es nicht mitkommt wie der Shannon, weil sie es nicht behalten kann. Annagassan heißt der Küstenort, gälisch oder englisch? Ortsnamen hier richtig auszusprechen ist Glückssache, aber mit wem spricht sie denn. Sie läßt die paar Häuser hinter sich, ist da. Rennt den Hang hinunter – kein Abbruch, bloß ein Hang! –, will sich auch vom Ufergeröll den Weg nicht abschneiden lassen. Vorsichtig balanciert sie über die Steine, die zum Wasser hin kleiner werden, Kies zuletzt und Tanzschritte, oder das Tanzen zum Gehen hinzugedacht. Steht und sieht die Wellenberge herankommen, sich überschlagen und wieder aufstehen, bis sie ihr, schon fast sanft, den Schaum vor die Füße schieben. Und während er zurückweicht, brausen die nächsten heran, überschlagen sich, und nochmals, laufen vor ihr auf. Es donnert und tost, auch ohne Felswiderstand, ein Monolog, der nie abbricht und keine Antwort braucht. Ihr Schreien will keine sein – sondern was? Mehr als ein bißchen Stimme hat sie nicht mehr, doch das wirft sie hinaus, wirft es in die Lücken, wenn das Meer Luft holt, hört das Meer und hört sich. Hat sich ausgeschrien, schließlich, setzt einen Fuß in den Gischtsaum, schaut zu, wie das Gekräusel sich zurückzieht, muß sich nun bücken. Steht nicht wieder auf, bis sie die Hand voller Muscheln hat: blaue Muscheln, wie Schmetterlingsflügel, die Farbe jedoch stumpf, sobald sie trocken sind. Nur die Innenseite bleibt frisch, bläulich schimmerndes Perlmutt mit einem nachtblauen Rand, so daß sie alle auf den Rücken dreht: eine Handvoll Meer? Kein Ersatz für die Unermeßlichkeit da draußen, doch da sie nicht bleiben kann. Sie geht zurück über die Steine und den Hang hinauf, langsam, sie schleppt an sich, schnauft. Nichts als ins GRESHAM jetzt, den Ford loswerden, sich pflegen.

Denkt sich hin, aber ist noch nicht dort. Muß nach Annagassan, nach Castlebellingham, auf die Straße nach Dublin. Der Nebel überraschend, aus heiterem Himmel, zehn Tage hat sie keinen Nebel gehabt. Nach Drogheda wird er so dicht, daß sie fährt wie in Watte. Ein kleines Stück Fahrbahn, ab und zu ein Paar Scheinwerferaugen: mehr ist nicht zu sehen. Sie bohrt sich mit dem Ford durch die Watte hindurch, hofft, daß es ein Hindurch ist, denn die Watte ist immer gleich. Aber sie hört den Motor, leise zwar, doch kann es nur heißen, daß der Ford sich bewegt und vom Fleck kommt, also aus der Watte hinaus. Dem Anfang hinter ihr muß ein Ende vor ihr entsprechen – logisch? Sie lacht. Sie hofft, daß der Nebel nicht ganz Irland bedeckt, aber bis die Wahrscheinlichkeit sich auf die Seite der Hoffnung schlägt, muß man lange hoffen. Die Hoffnung kann mehr, und wenn man sie nicht gegensteuern ließe

gegen die wahrscheinliche Zukunft der Welt, könnte man sich gleich beerdigen lassen.
Einspruch. Der irische Nebel und was aus der Welt wird, das ist zweierlei. Natürlich! Alles bricht auseinander, aber noch immer sagt ihr: Zusammendenken kann man nur, was zusammenpaßt. Ihr teilt und teilt, eines Tages wird euch das Auseinanderdividierte unter den Händen zerstieben, so winzige Teilchen, daß nicht einmal mehr jemand darum trauern mag. Weinen müßte man um das *Ganze,* das *Ungeteilte,* was habt ihr damit gemacht. Wenn wir fragen, heißt es: Ihr seid nicht gescheit. Und es stimmt, die Welt ist das Große, wir haben das Kleine gelernt. Doch wenn wir dazulernen wollen, sehen wir immer nur euch, nichts zum Abschauen als euer TEILE UND HERRSCHE, aber wir wollen nicht teilen – bloß wie macht man aus euren Bröseln das Brot wieder ganz.
Alle Einsprüche abgelehnt. Einmal will sie sich recht haben lassen. Sie *hat* recht, wenn auch ungenau. Was das IHR und das WIR angeht, so ist es vermutlich nicht haltbar, aber widerrufen kann sie morgen, heute hat sie recht. Warum soll immer richtig sein, was genau ist, und das Ungenaue falsch.
Auch das Lachen scherbelt – Eselslachen? Der Nebel wird dünner. Ein erster Baum, noch unscharf, aber als Birnbaum zu erkennen. Der nächste ohne Namen, will auch nicht angeredet sein. Zeigt sich nur, und es zeigt sich ein Haus. Ein Stoppelfeld. Ein verlassener Traktor. Die Einzahl schon vorbei, Häuser jetzt, Bäume, Wiesen, sie fährt ins Helle. Dafür der Motor wieder lauter, Abschiedslärm? Sie muß nochmals tanken. Hoffentlich hat ihre Superwohnung einen Kamin. Hingelangen zuerst, ins Zentrum der Stadt finden. Um zwei wird der Ford abgeholt, noch viel Zeit.
Schlecht geht es nicht, kein Vergleich mit der Ausfahrt, wenn auch mühsam genug. Falls sie den Stadtplan noch hat, ist er im Koffer, sie braucht ihn nicht mehr. Führen nicht alle Straßen zur Liffey? Die Brücke ist zwar nicht die richtige, ein Stück noch quaiabwärts, da erkennt sie das Guinness-Haus. Dann die O'Connell Street, unverwechselbar, nur leider das

Hotel auf der falschen Seite. Vorbei also, weiter. Am Parnell Square wenden, nicht ohne erzwungene Ehrenrunde. Für Parnell, für Herrn Ford?
Kein Parkplatz, nur Halteerlaubnis, der Portier kommt gelaufen. Sie gibt ihm den Autoschlüssel und einen Geldschein, mit dem Ford ist sie fertig. Hinein jetzt, die letzte Hürde. »Der Tank ist voll«, sagt sie und legt dem Empfangschef die Wagenpapiere aufs Pult. Er scheint düpiert, von ihrem Krächzen vielleicht, schaut sie an, als habe sie es an Respekt fehlen lassen. Steht da und taxiert sie, ganz in Schwarz, einen Kopf größer als sie. Nimmt sich das Recht, auf seine Gäste hinunterzuschauen? »Die Suite im sechsten Stock«, sagt sie, »reserviert.« Er läßt sich herab, es in seinem Buch nachzuprüfen, aber nun will er den Paß. Kann er haben, natürlich, wenn er die Wagenpapiere dazunimmt. Sie beharrt, sie bittet, sie hält ihren Paß fest, bis er sich endlich bereit erklärt (allfällige Kosten auf ihre Rechnung), das Rückgabegeschäft für sie abzuwickeln. Ausnahmsweise, ein großes Entgegenkommen, er läßt keinen Zweifel daran. Aber darf man diesem Ober-Ober-Kapellmeister ein Trinkgeld geben? Sie bringt es nicht fertig, zerknüllt den Schein in der Hand. Steht schon im Lift, wird durch einen der langen Gänge geführt, von dessen anderem Ende ihr Gepäck gebracht wird: perfektes *timing*, alle und alles gleichzeitig vor der Tür. Sie hat keinen Wunsch, als sie von innen zu verriegeln, doch ist noch die Führung fällig, man erläßt ihr nichts. Schlafzimmer, Badezimmer, Wohnzimmer, Küche – Kilometer, kommt ihr vor, und die Lampen-Show überflüssiger denn je. Es ist heller Tag, und in den Fenstern zur Terrasse, durchgehend von einem Zimmer zum andern, ist nichts als der Himmel. Das sieht sie als erstes, und dann den Kamin, die Scheite für das Feuer schon aufgebaut. Sie nickt zu allem, was ihr gesagt wird, will sich nur noch hinfallen lassen. Aber ja, sicher, sie wird klingeln, wenn sie Wünsche hat, *of course, thank you, goodbye.*
Ein einziges Streichholz genügt, das Feuer brennt. Das Sofa ist eine Sandbank mit Blumengeranke, blaue Vögel dazwi-

schen, reglos, vom Knistern gebannt wie sie. *L'après-midi d'un faune,* Lavendel, kein bißchen Wind. Schön, so zu liegen, die Vögel vor Augen, das Knacken der brennenden Scheite hinter sich. Müde, aber glücklich – warum sollte das nicht zutreffen auf sie. Der Durst ist kein Unglück, da es Wasser gibt, im Bad oder in der Küche, sie braucht nur aufzustehen. Vorläufig überwiegt die Müdigkeit, sich umdrehen wenigstens, zum Feuer schauen. Vor ihrem Sofa ein niedriger Tisch, Sessel daneben, ein weiteres Sofa, alle mit Blumen und Vögeln, Inseln auf dem Blausee des Teppichs, dem Feuer vorgelagert in einem Halbkreis, ein Archipel, unentdeckt.
Sie kniet sich auf. Über die Sofalehne hinweg kann sie den Rest des Zimmers sehen. Ein gewaltiger Rest, eine Unmenge Blau zwischen ihr und der Küchentür. Die ganze Bühne königsblau ausgelegt – ein Bühnenbild, klar, sie hätte gleich draufkommen können. Die Bar in der Ecke mit den hochbeinigen Hockern ist eine Entgleisung, im übrigen hat der Ausstatter Geschmack gehabt. Nur viel zu viel Platz, so daß man immer wieder in dieses Blau abstürzt. Ein gewagtes Blau, passend zu welchem Stück, zu was für Personen. Was müßten sie sagen, was tun, um nicht aus dem Rahmen zu fallen.
Der Zimmerkellner kommt ohne Karte, es wird eine beim Telefon oder auf dem Schreibtisch liegen, egal. Ein Glühwein würde ihr guttun, aber da er das deutsche Wort nicht kennt, und sie nicht das englische, wird es ein *tea with rum,* und die Rumflasche bitte mitbringen. Außerdem Mineralwasser, eine Flasche Rotwein, schweren, französischen, und ein paar Sandwiches, irgendwelche, als Notration, damit sie sich einschließen kann bis morgen früh. Der Kellner erlaubt sich kein Lächeln, nicht einmal über ihre Stimme, die jetzt wirklich zum Lachen ist. Er wiederholt die Bestellung, Posten um Posten als Frage, wartet jedesmal ihr Nicken ab. Verschwindet, und sie entschließt sich, die Lichter zu löschen. Zwei dreiarmige Leuchter stehen auf dem Kaminsims, zwei weitere sind als Wandlampen rechts und links davon montiert. An der gegenüberliegenden Wand und hinter der Bar sind sie nur zwei-

armig, aber rosarote Schirmchen haben alle. Dann noch zwei große Lampen: eine aus weißem Keramik mit einem Fransenschirm, die auf einer verspiegelten Konsole steht, und die Ständerlampe mit der Messingsäule beim Rauchtisch. Macht mehr als fünfundzwanzig Glühbirnen in dem einen Raum, dazu noch alle andern. Sogar im zweiten Vorzimmer, bei der Tür, die nicht geöffnet worden ist, brennt Licht.
Sie sitzt wieder auf dem Sofa, als der Kellner den Servierwagen hereinschiebt. Vergißt nicht das Trinkgeld, folgt ihm zur Tür, um das rote Schildchen hinauszuhängen und den Schlüssel zu drehen. Trinkt jetzt Teebeutel-Tee mit Rum und schaut dem Feuer zu. Ein nutzloses Feuer, die Wärme verschwendet, da es warm ist und die Tür zur Terrasse offensteht. Nichts als ein schöner Anblick, lebendiger als die Vögel, und schweigt nicht. Redet über den Stadtlärm drüber, der zwar laut, aber eben nur Lärm ist. Kein Hinterhof mehr, sondern die Weite von Dublin, erst mit einem Blick überflogen, beim Einzug, aus sicherer Distanz. Die Terrasse so groß, daß man radfahren könnte. Mit einer ganzen Schulklasse picknicken. Die Sandwiches würden nicht für alle reichen. *Fünf Brote und zwei Fische* –
Um Gotteswillen nicht an Fisch denken, sonst wird ihr schlecht. Noch so ein Tee, dann ist sie reif für ins Bett. Ob man in einem blauweißen Schlafzimmer schwitzen kann? Das Feuer füttern, ein neues wird sie nicht zustande bringen. Holz ist keines im Korb, nur Briketts, das muß Torf sein. Brennt aber auch, knistert nur nicht. Ein zahmes Feuer, die Flammen bläulich wie auf dem Gasherd, schade. Wo hat sie die Muscheln gelassen. Im Auto? Oder sie sind in der Jacke. Die Schuhe im Shannon. *Ich rufe das Mädchen,* absurd. Sie hat noch nicht einmal die Hände gewaschen. Wenn sie sich in das schneeweiße Bett legen will. Will noch nicht, gießt sich einen Schluck Rum in die leere Tasse. Bemerkt erst jetzt, daß der Bühnenbildner die Bilder vergessen hat. So viel Wand, und kein einziges Bild! Nicht, daß ihr etwas fehlte, wozu Bilder. Wer will gegen Wände schauen, wo es Fenster gibt.

Himmel mit flockigem Gewölk, in jedem Fenster anders. Sich verschiebende Ausschnitte, nicht nur von Fenster zu Fenster ziehend, auch in sich selbst bewegt. Beides sehr langsam, doch sie schaut und wartet, bis alle verwandelt sind. Nimmt mit Ausschnitten vorlieb, seit wann.
Die Knie sind nicht allzu weich, der Kopf riesengroß, aber leicht. Ins Schlafzimmer hinüber kann sie auch außen herum. Ein paar Schritte an der Sonne, um sich Mut zu machen für das kolossale Boudoir. Lauter weiße Möbel, Firne im Teppichblau, eine Alpenlandschaft für den Maler Vittorio. Oder eher arktisch? Wo sie doch schwitzen will. *Jetzt* schwitzt sie, draußen, während sie zur Brüstung geht. Der Schwindel bleibt aus, sie läßt die Augen aufsammeln, was sie halten können. Dublin von oben, so hat sie es sich nicht vorgestellt. Eine große Stadt, etwas altmodisch, mehr in die Breite als in die Höhe gewachsen – das hat sie gewußt. Aber in den Häuserzeilen sind Lücken, geschwärzte Feuermauern, Schutt und Gestrüpp. Auch leere Fensterhöhlen sieht sie, verwahrloste Innenhöfe, halb eingestürzte Dächer, das Heruntergekommene jedoch eingebunden ins Unversehrte, ein so selbstverständliches Miteinander, daß nichts auf der Soll-, sondern alles auf der Habenseite steht. »Zum vollständigen Himmel eine vollständige Stadt«, sagt sie. Die lächerliche Stimme. Der Kopf nun so leicht, daß er sich selber trägt. Zu tragen bleibt alles übrige, hineinzutragen auf Füßen, die kaum noch über die Schwelle wollen. Müssen aber, können.
Auch in den Pyjama findet sie. Erreicht die Insel des Betts. Die nicht sinkt, trotz des Bleigewichts.

Immer stellt sich die Dusche zu früh ab, die Füße stehen noch im Schaum. Nochmals den Knopf drücken – obwohl der Lärm kaum zu ertragen ist. Eine Mädchenklasse, und alle

schreien. Sie lassen eine Seife über die Fliesen schlittern, kreischen, lachen, es sprengt fast den Duschraum. Ohrenbetäubend? Betäubt eben nicht, tut weh. Bloß hinein in den Bademantel und weg.
Doch im Bus sind sie auch. Oder es sind andere, die ebenso lärmen. Wenigstens hallt es hier nicht. Daß ein Lehrer das aushält, ist ihr unbegreiflich. Nicht einmal die Ohren zuhalten darf man sich, es würde als Zurechtweisung aufgefaßt. Als Einmischung, die ihr nicht zusteht, es sind fremde Kinder. Schreien ist gesund, man muß es sich gefallen lassen. Auf daß die Jugend keinen Schaden nimmt und man sich nicht als altes Scheusal entlarvt.
Sie grinst hinter den Mädchen her. Einzeln sind sie vielleicht nett, und da sie nun draußen sind, kann sie sich einreden, daß sie sie mag. Lieber jedenfalls als die Frau neben sich, die zu ihr sagt: Die haben gut lachen. Sind Sie sicher, fragt Regine. Muß sie sich aufspielen? Möglich doch, daß die Frau Kinder gern hat, selbst wenn sie laut sind; das ist mehr, als *sie* kann. Beleidigt setzt die Frau sich woanders hin, zwei andere drehen sich um nach Regine, gut, daß sie aussteigen muß.
Bis der Bus an ihr vorbei ist, setzt sie ihrem Schritt ein wenig Munterkeit zu, erheuchelt, sie ist müde und durchgewalkt. Tausend Meter geschwommen, nach dem halben Jahr Pause hätte auch die Hälfte gereicht. Steif ist sie geworden, verrostet, und hat all die Feiertage am Küchentisch verhockt. Als sei sie nicht von Lore entlassen seit Wochen. Funkstille wie erwartet, kein *Magst du nicht mehr*. Lore will nicht erinnert sein, nicht an den Abend mit Serge, deshalb auch nicht an sie.
Das hat sie gedacht bisher, warum kommen ihr Zweifel. Lore könnte sich auch verraten fühlen, im Stich gelassen. Ein einziger Ausrutscher, und die zimperliche Regine springt ab. Schickt ihr keine Zeile mehr, um sie zu *bestrafen* – du lieber Gott. Ob sie es so auslegt? Hält sie für hochmütig oder treulos ... Flugsand eben, sie auch.
Lore anrufen? Unwillkommen vermutlich, unerwünscht.

Aber da auch das Gegenteil denkbar ist. Wie will sie die Antwort erfahren, wenn sie nicht fragt.

Sie wühlt unter dem Schwimmzeug nach dem Hausschlüssel. Hat ihn endlich, da wird die Tür von innen geöffnet: Frau Hanselmann. Sie traut sich nicht, der alten Frau ins Gesicht zu schauen, will nur rasch vorbei. Sagt guten Abend, sagt wie gewöhnlich: Ich sperre schon zu. Läßt die Haustür zufallen, dreht erleichtert den Schlüssel um. Daß sie sich schämt, als sie die Treppe hinaufsteigt, ist billig. Wie geht's? zu fragen hätte mehr gekostet.

Als sie den Badeanzug gespült und mit dem Handtuch über die Heizung gehängt hat, streicht sie sich ein Butterbrot. Ißt es langsam, ißt hinterher einen Apfel, denkt an den Anruf, weiß nicht, wie sie anfangen soll. Da der Nachbar nachhause kommt, muß es halb sechs sein, also los jetzt, man wird nicht mutiger beim Warten. Nach dem siebenten Klingeln, als sie schon nicht mehr damit rechnet, hebt Lore ab. Schnaufend, als sei sie gerannt.

– Stör ich dich?
– Ruth ist da.
– Nein.
– Doch. Wir sind eben gekommen, sie will meine Töpfe sehen.
– Geht es ihr gut?

Regine hört Lore fragen: Geht es dir gut? – eine längst beantwortete Frage, ihrer Stimme nach zu schließen. Ruth ist nicht zu verstehen, aber Lore sagt ins Telefon: Sie läßt dich grüßen, sie hat wieder ein Atelier. Wir wollen da nachher noch hin. Dann einen schönen Abend, sagt Regine, und nach Lores *Bis bald* legt sie auf. Bleibt beim Telefon sitzen, staunt vor sich hin. Ruth ist wieder da! Und Lore zufrieden, das Unglück reduziert.

Alles in Ordnung, alles bestens. Hat sie geglaubt, Ruth warte für ihr Wiederauftauchen das Ende der Geschichte ab?

Der Husten schüttelt sie wach. Die geschundene Stimme bringt einen Lärm zustande, über den sie sich wundert. Ein heiserer Hund, der aus ihr herausblafft. Zerkratzt aber *ihren* Hals und braucht *ihre* Luft.
Licht machen, aufstehen, herumgehen. Heiße Milch mit Honig, Mutters Hausrezept. Ein Glück, daß man dem entronnen ist. Lieber die Lunge ausspucken als den Magen. Lieber gar nichts ausspucken, das Herumgehen hilft.
Sie klingelt, holt sich die Decke vom Bett, setzt sich in einen Sessel vor dem Kamin. Das Feuer ist längst heruntergebrannt, doch das Mädchen baut ihr ein neues auf, so schön wie am Nachmittag. Es bringt so viel Holz, daß es den Korb fast nicht tragen kann. Schließt die Terrassentür und alle andern Türen, kein nutzloses Feuer mehr, jetzt wird geheizt.
Ein sehr junges Mädchen mit einem langen blonden Zopf, es müßte längst schlafen. Läuft statt dessen, weil sie wieder zu husten beginnt, nach einer weiteren Decke: eine Enkelin, die sich um die Großmutter kümmert und vor Eifer rote Backen bekommt. Es entkorkt auch den Wein für sie, treibt sogar Aspirin oder etwas ähnliches auf, Ruth fragt nicht wo. Gehorsam schluckt sie die zwei Tabletten, die es ihr aus dem Röhrchen schüttelt, und das Mädchen sagt: »Wenn Sie offenlassen, kann ich nach Ihnen schauen.«
Sie schwitzt unter ihren Decken, trinkt ab und zu von dem Wein. Das Mädchen hat den Tisch an den Sessel herangerückt, das Glas neben die Armlehne, sie muß nur die Hand ausstrecken. Als der Husten sie wieder weckt, ist die Lampe gelöscht und das Glas neu gefüllt. Auf dem Feuer ein dickes Scheit, das knackt und Funken versprüht. Aber das Kind gehört ins Bett, sie wird es ihm sagen. Als Großmutter darf man das.
Die Enkelin Elke. Lümmelt sich in einen Sessel, langweilt sich, ruft herüber: »Sag, was du denkst.«
»Nichts«, sagt sie. »Ich starre ins Feuer. Abwesend, oder heißt es nicht so? RUTH STARRT ABWESEND INS FEUER UND DENKT NICHTS. Ist geboren am, hat gelebt in, war tätig als –

um eines Nachts in die abgedroschenste Schundfloskel zu passen.«

Elke schaut nicht auf von ihrem Fuß, den sie mit beiden Händen gepackt hält, sie zuckt bloß die Achseln. »Weil du dich schlecht übersetzt«, sagt sie. »Du bist Malerin und für Wörter nicht zuständig.«

»Aber sie für mich. Woher willst du wissen, daß ich nicht male, weil RUTH DIE MALERIN sich besser anhört als RUTH DIE VERKÄUFERIN? Man lebt den Wörtern nicht voraus, sondern hinterher. Eine fertige Partitur (von wem immer verfaßt), die man aufs schönste nachsingt. Schund, alles Schund.«

»Wenn du meinst«, sagt Elke und kriecht aus ihrem Sessel heraus. »Wollen wir darauf trinken?«

Ruth sagt: »Die schöne Elke, die bloßfüßig über den königsblauen Spannteppich geht. Schwebt? Schreitet? Na zeig schon.« Jetzt ärgert sie sich, die junge Frau. Sie gießt sich ein Glas voll, und Ruth, die ihr dabei zuschaut, sagt: »Draußen ein sanfter Wind. Der Mond über Dublin.«

»Bitte hör auf«, sagt Elke. Und Ruth: »Ich weiß, du liest Besseres.« Worauf Elke wütend das Glas hinstellt. »Du etwa nicht?«

»Doch. Was aber nicht verhindert, daß ich den Schund *lebe*. Die ganze miese Partitur.«

Sie hustet, die Decken rutschen ihr fort. Der Pyjama ist durchgeschwitzt, sie hat keinen zweiten. Sie nimmt einen großen Schluck und trocknet sich mit dem Ärmel die Augen. Ob Elke noch in Irland ist? Sie wird das blonde Mädchen nach der Platte fragen. *She plays the piano*. Für einen Flügel wäre hier Platz genug. Und Elke könnte das Schlafzimmer haben, für sich allein. *Sie sind ganz schön zäh*, ein Tadel vielleicht. Weiß wohl bereits, daß die Sieger gefährlich sind. Aber ich bin ja keiner, muß nur mein Scheitern überstehen. Weich sein? Was würde aus einem werden.

Das Mädchen ist wieder da. Es kauert vor dem Feuer, scharrt die Glut zusammen, legt neue Scheite darauf. Steht auf und merkt, daß sie wach ist. »How are you now?«

»Ich habe geschlafen. Das sollten Sie auch tun. Bitte.«
»Wann wollen Sie Frühstück haben?«
Es bückt sich, um ihr die Decken um die Füße zu schlagen. Als sie den blonden Zopf berührt, weil er so nahe ist, lacht es. »Old-fashioned«, sagt es, »mein Vater mag das gern.« Und ist fertig, steht schon einen Schritt entfernt, wird gehen.
»Was mögen *Sie*?«
Es senkt kurz die Lider, kichert. »Alles.«
»Ist das nicht zuviel?«
Und das Mädchen, nach einem weiteren Nachdenken: »Leben?« Wieder kichert es, wirft den Zopf über die Schulter zurück, geht zum Feuer, rückt mit dem Schürhaken die Scheite zurecht. Als es ihr das erhitzte Gesicht zudreht, sagt sie: »Danke. Und schlafen Sie lang.«
Es schließt nur die äußere Tür, die zum Vorraum hat es offengelassen. Sie hält den Husten zurück, preßt die Decke vor den Mund, bis sie sicher ist, daß das Mädchen weit genug weg ist, um sie nicht mehr zu hören. Das Zimmer kann eine Menge Gebell vertragen.
Eine leere Bühne, nur im Kamin wird gespielt. Flammen und huschende Schatten. Werbe- oder Hochzeitstänze, *le sacre du printemps*? Das windet, umschlingt, verzehrt sich, und immer neue Akteure, oder verwandelt, tanzen und werben, unbekümmert um ihr Vergehen. Ob das Mädchen zum Schlafen den Zopf auflöst? *Old-fashioned*. Wie Dublin. Wie der Rosengarten.
Steht in der Tür mit der steifen Robe, hält das Schwert.
»Das laß draußen«, sagt Elke, »wir schlagen keine Köpfe ab.«
Judith legt es auf den Teppich, das Haarnetz verbirgt ihren Zopf. »Was tut denn ihr?« fragt sie, »anstatt?«
Elke sagt: »Wir reden. Oder wir lassen sie stehen.«
Und da Judith nun Lore anschaut, sagt die: »Man muß sie verblüffen.«
»Die Handtasche festhalten«, sagt die Frau mit dem Einkaufsnetz.

Ruth staunt in das unversehrte Judith-Gesicht und kann nicht verhindern, daß ihr Votum eine Frage wird. »Das Zuwenig zurückweisen?«
Lore sagt: »Ihnen unser Hexengelächter entgegenhalten.«
Und Elke, von Lore begeistert, sagt viel zu laut: »Genau. Wir lachen sie zurecht.«
Judith steht mit gesenkten Lidern, dann schaut sie Ruth an, doch die kann ihr nicht helfen. Schweigt auch, als Judith ihr Schwert wieder aufnimmt und sagt: »So viel Zeit hab ich nicht.«
Lore lacht auf. »Du wirst dich wundern, *wie* viel.«
Ruth, die sich mit Schaudern an die hundertfünf Jahre erinnert, will Judith bei der Hand fassen – zu spät, sie ist nicht mehr erreichbar für Trost. Als die Frau mit dem Einkaufsnetz ihr souffliert: »Gib mir ein, was ich reden und denken soll«, hebt sie ein wenig die Schultern, behindert vom Schwert und dem schweren Gewand, geht hinaus, entschlossen, ahnungslos, sogar Elke ist blaß.
Sie horchen ihr nach, Ruth sagt: »Aber Manasse.« Worauf Lore Elke in eine Ecke zieht, um mit ihr zu flüstern. Gleich postieren sich die zwei vor dem Feuer, sie passen gut zusammen, auch die Stimmen. »Vergessen wir nicht – den Gatten – früh verstorben – am Sonnenstich – Glück für Judith – mehr Glück noch für ihn – ein ewig Geliebter – weil er tot ist.«
Simon ist eingetreten, niemand hat ihn bemerkt. Er applaudiert von der Tür her und fragt, während er näherkommt: »Ist es erlaubt?«
Elke schaut ihn sich an, und gründlich, sie geht um ihn herum. »Prächtig, der alte Herr«, sagt sie. »Die Knie wakkeln, die Wichtigkeiten sind ihm aus der zittrigen Hand gerutscht, und jetzt? Hat er Zeit für Gnadenakte und Gunstbeweise. Findet uns gut! – habt ihr es alle gehört?«
»Laß ihn«, sagt die Frau mit dem Einkaufsnetz. »Alt sein ist schwierig genug.«
»Ach«, sagt Lore, »und wo hat er seine alte Frau gelassen? Ist wohl nicht mehr zum Herzeigen, was?«

Simon retiriert. Er bleckt seine künstlichen Zähne, und bevor er die Tür zuknallt, sagt er (galant und gebildet): »Götz.«
Lore lacht Tränen, Elke fährt wie ein Irrwisch durchs Zimmer, die Frau mit dem Einkaufsnetz steht vor dem nachtdunklen Fenster und schaut ihr Spiegelbild an. Jemand fragt: »Wer hat Angst vor dem Schwarzen Mann«, und Ruth sagt: »Ich.«
»Ich auch«, sagt die Frau mit dem Einkaufsnetz, und weil jetzt die Tür aufspringt, flieht sie ins Bad. Es ist aber Patsy Broderick, die hereinkommt, mit der Schar der Musikantinnen, ein Dutzend? oder zwei? Lore macht die Honneurs, während Elke sich hinter die Bar stellt und mit Eis und Gläsern zu klappern beginnt. Ruth, unsichtbar auf der Terrasse, sieht sich den bunten Einzug durchs Fenster an. Sie skizziert die Frauen, die an der Bar auf ihre Getränke warten, bevor sie sich über den Fußbodenhimmel ergießen: ein vielfarbiges Feuerwerk, die Vögel auf den Sesseln bleich vor der Konkurrenz.
Wie ist der alte Broderick hergekommen? Steht an der Bar und will ein Guinness haben. »O, another old man«, stichelt Elke, aber Ruth klopft ans Fenster, winkt ab. Und so kriegt er sein Bier, schaut sich blinzelnd im Zimmer um, verzieht sich dann samt Glas auf die Terrasse. Dafür geht Ruth nun hinein, der Skizzenblock wird herumgereicht, wer sich erkennt, darf sein Blatt herausreißen: Aufschreie, Entzücken, Lachen. Die Frau mit dem Einkaufsnetz traut sich wieder ins Zimmer, sie leert ein paar gälische Sätzchen aus, die sie im Bad memoriert hat, wird begeistert beklatscht. Gloria heißt sie, ins Feuer mit dem Einkaufsnetz, »cheers, Gloria«, sie hat ihren Sherry verdient.
Jetzt ist Elke dran. Bloßfüßig wie immer tanzt sie hinter der Bar hervor, sie hat saubere Füße, bitteschön, wer es nicht glaubt, darf hinsehen. Sie setzt sich auf den Teppich mit untergeschlagenen Beinen, die Irinnen stellen ihr Zwitschern ein und recken die Hälse.

There's a young man who lives in Belsize
Who believes he is clever and wise.
Why, what do you think?
He saves gallons of ink
By merely not dotting his »i's«.

Sie sagt es auf wie ein Weihnachtsgedicht, doch nun stippt sie mit dem Zeigefinger die i-Tüpfchen auf die Stirn, Patsy ist die erste, die loslacht. Wie ein Pony auf der Frühlingsweide wirft sie den Kopf und fliegt, vom allgemeinen Gelächter getragen, ans Klavier. Hämmert einen so ausgelassenen Rhythmus in die Tasten, daß alle nach den Instrumenten laufen. Und jetzt fiedeln sie, wild, heidnisch, gejagt von Patsys Klavier – ein Bacchanal, das auch den alten Broderick ins Zimmer lockt. Mit offenem Mund steht er da und starrt seine Patsy an, bis das kleine Mädchen aus der HYDRO-Bar ihn bei den Händen faßt und mit ihm herumwirbelt, daß er den Kopf zurückbeugen muß, um nicht die Brille zu verlieren. Silen und das Nymphchen! – Ruth lacht so, daß sie husten muß, lacht und hustet und läßt den Vorhang fallen.
Als er wieder aufgeht, ist das Feuer aus. Im Fenster eine erste Spur Grau? Sie packt sich die Decken auf, um die Reise ins Bett anzutreten, vergißt auch nicht, im Vorraum den Schlüssel zu drehen. Im Schlafzimmer braucht sie kein Licht zu machen, die Fahrrinne ist breit, markiert durch den weißen Tisch und die weiße Kommode, Kurs Richtung Terrassentür, sie muß die Morgenkühle aussperren. So viele Türen. Die weiße Schrankwand hat sechs oder acht, aber sie findet ins Bett, nochmals, hört Elke zischeln: »Na also, Donner und Gloria.« – »Luckau von *lucky*«, sagt Ruth und will nun durchaus auch für das Kreiselmädchen einen Namen finden. Sally, Kate, Lucy, Dorrit, Mabel, Violet, Maureen –
Emily. Der Name hat sie geweckt, nicht das Klopfen, aber daß es klopft, hört sie auch. Sie klaubt den Morgenmantel vom Boden auf, knöpft ihn zu auf dem Weg zur Tür. Nicht der gestrige Kellner, dieser ist älter. »Breakfast, madam«,

sagt er und schiebt den Servierwagen an ihr vorbei. Mit steinerner Miene räumt er den Tisch ab, bevor er ihn an den alten Platz rückt. Das Tablettenröhrchen – sie hat aufgepaßt – hat er auf den Kaminsims gelegt. Sie zieht sich ins Bad zurück, während er aufdeckt, doch als er mit dem Wagen über die Schwelle klirrt, hält sie ihn auf. »Wie heißt das Mädchen mit dem blonden Haar?« Das Wort für Zopf kennt sie nicht, deshalb führt sie die Hand vom Nacken über die Schulter zum Bauch. »Like that, you understand?« Er versteht gar nichts, oder er tut so, vielleicht dürfen Kellner die Zimmermädchen nicht kennen. »Sorry, madam«, sagt er, sagt es mit einem Gesicht, das sich steinerner nicht einmal denken läßt. Er schiebt seinen Wagen fort, wie lange schon versteinert, wie lange unterworfen. Sie kann ihn nicht loskaufen, ihn nicht, und keinen. Auch mit dem größten Trinkgeld nicht.
Den Orangensaft trinkt sie in einem einzigen Zug. Gießt sich Kaffee ein, wickelt den Toast aus der Serviette. Als sie den Deckel vom Teller nimmt, ist sie überrascht: *sausages*, da muß sie beim Ankreuzen verrutscht sein. Oder das Mädchen? Würste zum Frühstück, sie riechen gut. Kein Toast heute, sie legt ihn zurück. Eins dieser dicken runden Brötchen, das paßt.
Die Wurst in der einen Hand, das Brot in der andern, sitzt sie zwischen blauen Vögeln und rosa Lämpchen, wippt mit dem Pantoffel im Takt ihres Kauens, sagt mit vollem Mund zu Elke: »Wärme zum Verschleudern.«
»Fieberwärme«, sagt Elke. »Und hast du nicht gesagt: Schund?«
Ruth kaut und wippt, das Mädchen mit dem blonden Zopf würde kichern. Sie wird zwei seiner Tabletten schlucken und Patsys Schallplatte kaufen gehen. Ein heißes Bad noch zuerst, weil sie es nötig hat und weil das Badezimmer so hübsch ist. Das Dachfenster fast eine Kuppel, das Licht tröpfelt mit den Blättern der Pflanze, die darunter hängt, auf den Boden. Der Teppich eine Ausnahme, silbergrau wie die Wandfliesen, dazu goldgeschuppte Fische und Drachen als Armaturen: Kulisse für ein Prinzessinnenstück.

Vorerst ist sie beim Essen, und Elke, übernächtigt und schlecht gelaunt, sagt mit einem Blick auf ihre schmierigen Finger: »Wo ist die Prinzessin.«
»Fehlt«, sagt Ruth. »Was hältst du von Hans im Glück?«

Ein Schiff legt ab, die Möwen hinterher. Der See ist grau, und der Himmel auch. Sie hat nicht gewußt, daß im Winter Schiffe fahren. Ein kleines Schiff, SCHWALBE hat man die früher genannt. Eßbares ist da bestimmt nichts drauf – was zieht die Möwen mit? Kehren schon um, schreiben ihre ungestümen Zeichen in die Gräue, schreien. Aufbegehrende, rechthaberische Schreie, die den Verkehrslärm durchlöchern.
Ob sie wie eine Touristin aussieht? Der Koffer ist leer, sie hat den Plattenspieler zur Reparatur gebracht. Dabei könnte sie jetzt im Wallis sein, an der Sonne. Sie hat das Hotelzimmer wieder abbestellt, wozu wegfahren. Zurückfinden will sie, sich mit Freunden treffen (falls sie noch Freunde sind), reden und Antwort bekommen. Spazierengehen kann sie hier auch. Wieder einmal lesen. Nochmals an Land gehen mit dem Doktor Reis, um ihn endlich sterben zu lassen. Und saubermachen wird sie, Geschirr waschen, aufräumen. Um die Läden zu öffnen, hat sie wieder den Hammer gebraucht.
Wenn sie mit dem Koffer schlenkert, muß sie sich über mißbilligende Blicke nicht wundern. Hier wird geparkt, nicht promeniert. Beim Stadthaus wenigstens eine Gruppe Japaner. Posieren vor Hans Waldmann, oder gemeinsam mit ihm vor dem Helmhaus, dem Großmünster und dem Februarhimmel: ein Schwarzweißbild trotz Farbfilm, sie haben keine Zeit, auf die Sonne zu warten. Als sie die Treppe zur Wühre hinuntergeht, besteigen sie bereits ihren Bus.
So viele Bläßhühner, es müssen Tausende sein. Die Limmat von ihnen besetzt, so weit sie zu sehen ist. *Säen nicht und*

ernten nicht, lassen sich bloß von der Strömung schaukeln. Sind sie dafür gekommen, und woher? Die Möwen exiliert. Drehen ihre Kreise über dem schwarzen Gesprenkel, fast ohne Flügelschlag, um plötzlich schreiend herab- und mittenhinein zu stoßen. Bringen eine kleine Lichtung zustande, die sich aber gleich wieder schließt. Auch der Schwan, der sich durch das Sprenkelmuster hindurchpflügt, richtet kaum Unordnung an.

Auf dieser Limmatseite ist sie lange nicht gegangen. Hat das Café Rathaus schon immer Café Rathaus geheißen? Ihr Koffer erregt Aufsehen, die Serviererin schaut sie an, als wolle sie sagen: Hier ist kein Wartesaal. Sie setzt sich aber doch. Könnte vorbringen, daß sie hier ältere Rechte hat als das junge Ding, aber sie wird sich hüten. Vor mehr als dreißig Jahren hat sie auf demselben Platz (wenn auch auf einem älteren Stuhl) in ein Heft geschrieben, mit Blick auf die Limmat und das Postkarten-Zürich wie jetzt. Bis fünf hat sie Versicherungsprämien ausgerechnet, zu einem Taglohn von zwanzig Franken, ihr erster Job. Und am Abend dann eben hier, fast jeden Abend, damals hat man hier stundenlang bei einem Kaffee sitzen dürfen. Voll von Besserwissen, jung eben, vermessen, hat sie in ihr Heft geschrieben und hat es Gedichte genannt. Eine junge Frau mit Rosinen im Kopf, man müßte mit ihr reden. Nicht über die Gedichte, die sie ohnehin schon bald aufs entschiedenste verwerfen wird. Aber über die Ungeduld, den Eigensinn, ihren Hang zum ALLES ODER NICHTS. Sieh her, was aus dir wird, könnte man zu ihr sagen – mit dem Erfolg, daß sie lacht. So alt werde ich nie, wird sie denken; alle denken das.

Die Möwenschreie sind durch die Scheiben gedämpft. Was das Großmünster umflattert, sind bloß Tauben, und nicht einmal weiße. Doch die Türme tun unbeirrt so, als könne der Himmel nicht ohne sie stehen oder fallen. Und im Rathaus raten sie, wer recht hat oder recht haben darf. Die Limmat zieht vorbei, und die Bläßhühner bleiben. Daß es bereits dunkelt, muß Einbildung sein. Weil der Schnee fehlt, seit Novem-

ber hat es nicht mehr geschneit. Das dünne Licht, das der Hochnebel durchläßt, verbraucht sich zu rasch auf der nackten Stadt.
Sie würde gern wissen, was Ruth jetzt für Bilder malt. Was haben die Monate da draußen in ihr verschoben, was hat sie zurückgebracht. Lore weiß es vielleicht, aber die Fragezeit ist vorbei.
Noch einen Kaffee, damit sie das Recht hat, zu bleiben. Sie fragt auch nach Schreibpapier. Um bestätigt zu bekommen, was sie schon weiß: daß keines zu haben ist? Fehlt nur, daß sie zur Serviererin sagt: Aber früher. Dabei würde sie es gar nicht gewußt haben, wenn sie nicht den Brief bekommen hätte. Einen Brief mit dem Briefkopf des Cafés, an einem Nebentisch geschrieben, später durch den Ober überbracht. Der unbekannte Schreiber ist nie mehr erschienen, oder er hat sich nicht zu erkennen gegeben – ihr hat das gefallen. Als unsichtbarer Verehrer hat er den sichtbaren, die einem beim Tanzen auf die Füße treten durften, das *Geheimnis* vorausgehabt.
Kindereien. Es dunkelt nun wirklich. Am Quai drüben sind die Lichter angegangen, oder man sieht sie erst jetzt. Ob Lore dort irgendwo unterwegs ist, vom Nachmittagskaffee in die Werkstatt zurück? Auch Ruth vielleicht, als gegenwärtige schwer vorstellbar. Aus Irland nicht hinausgedacht – ist es das? Sitzengelassen im GRESHAM, weil sie es so eilig gehabt hat, *fertig!* zu sagen.
Die Ferien schon gestrichen. Sie will Ruth hier haben. In Dublin hört es nicht auf.

Ein Samstag im November. Ruth hätte Dienst gehabt, aber sie hat sich mit einer Kollegin arrangiert. Erst gestern, denn als die Karte aus Hannover gekommen ist, hat sie gedacht: Ich bin einfach nicht da. Hat es sich dann anders überlegt,

plötzlich, und nun freut sie sich. Sie hat eingeheizt wie noch nie, Elke soll nicht frieren. Ob die Klingel am Haustor funktioniert? Die Jugoslawin von nebenan, wenn sie sich eine Tasse Mehl borgt oder eine Zitrone, klingelt immer an der Wohnungstür.
Während sie Kaffee kocht, öffnet sie das Fenster. Die Küche ist ohnehin kalt, und wenn sie sich hinausbeugt, kann sie zwischen zwei Häusern hindurch ein Stück der Stationsstraße sehen. Vielleicht wird Elke ja gar nicht kommen, wer geht heute hinaus, wenn er nicht muß. Seit dem Morgen regnet es, regnet in den Schnee hinein (das, was gestern noch Schnee gewesen ist), und weil die Gullis vom Matsch verstopft sind, bleibt das Wasser in der Straße stehen.
Kommen gesehen hat sie Elke nicht, doch es ist zwei vorbei, und die Klingel geht, sie rennt die Treppen hinab. Stolpert fast über ein Kind, das aus einer der vielen Türen kommt, hinter ihm alle Gerüche des Morgenlands. Legen sich drauf auf die, die schon da sind; samstags haben die Frauen zum Kochen Zeit. Gerüche, Musik und Stimmen, ein paar dröhnende Bässe dabei, und Elke, kaum im Hausflur, sagt lachend: »Babylon.«
Ruth rückt einen Stuhl an den Ofen, Elke hängt ihre Jacke zum Trocknen darauf, stellt die Stiefel daneben. »Schrecklich«, sagt sie, »bei dir bin ich immer naß.« Sie setzt sich auf ihre Füße, die Hände wärmt sie sich an der Tasse. Ruth ist froh, daß ihr eingefallen ist, einen Kuchen zu kaufen; als habe sie heute noch nichts gegessen, macht Elke sich drüber her. Sie schaut sich dann aber doch um. »Warum hängst du deine Bilder nicht auf?«
»Sie sind eingelagert.«
»Aber was du *jetzt* malst.«
»*Jetzt* verkaufe ich Zeitungen und Zigaretten. Zum Malen ist es zu dunkel hier.«
Sie legt Elke noch ein Stück Kuchen auf den Teller, doch die wirft die Gabel hin, daß es klirrt. »Du spinnst«, sagt sie. Will sie weglaufen, sich auf sie stürzen, eine Rede halten? Hat sich

im Sessel aufgekniet, läßt sich nun aber zurückfallen, abgekühlt vielleicht durch das Palaver von nebenan, das immer lauter wird. Geradezu sanft sagt sie: »DIE MALERIN RUTH, DIE ALLES FAHRENLÄSST, UM MIT DEN ERNIEDRIGTEN ZU LEBEN – wie klingt das für dich? Nicht nach Schund?«
Ruth sagt: »Ich wohne hier, weil es billig ist.« Und fast schon entschuldigend, weil jetzt im Treppenhaus auch noch ein Kind losplärrt: »Das Wochenende. So ist es nicht jeden Tag.«
Zwar ißt Elke nun den Kuchen, aber abgelenkt, sie horcht auf den Lärm. Muß sich schon wieder aufknien, diesmal springt ihr die Gabel vom Tisch. »Verzeih«, sagt sie. »Das hier lernst du nie.« Sie deutet mit dem Kinn nach nebenan und taucht nach der Gabel. »Mensch«, sagt sie, »man muß nicht alles können. Du verschwendest deine Zeit.«
»Soll man sie sparen?«
Ruth lacht, aber Elke sagt ungnädig: »Wenn ich malen könnte.«
»Würdest du nie mehr etwas anderes tun? Kein Kreuz umtanzen, keine Limericks aufsagen? Keinen Mann lieben und um keinen mehr trauern? Elke malt, sie will nur noch wissen, was dem Malen dient.«
Jetzt lacht Elke auch. Sie sagt: »Ich bin mit einem Freund gekommen.«
»Und wo hast du ihn gelassen?«
»In der Stadt. Er ist Kunstgeschichtler, weißt du. Wenn ihm deine Bilder nicht gefallen hätten –«
Ruth sagt amüsiert: »Das hast du ihm also erspart.«
»Ihm? Er hätte dir aufs schönste referiert.«
»Und du hast gedacht, ich würde es nicht ertragen?«
»Du vielleicht, ich bestimmt nicht.« Elke zuckt die Achseln, ungewohnt hilflos. »Auslachen ist leicht gesagt. Will man sie denn verletzen?«
Ein Plumps über ihren Köpfen, daß die Decke zittert und Elke erschrocken aus dem Sessel springt. »Die Kohlen für nächste Woche«, sagt Ruth. Und ins andauernde Gepolter hinein:

»Griechen. Die Frau ist schwanger, sie schafft es mit dem Kohlenkessel nicht mehr die Treppen hinauf. Wenn er es warm haben will, muß er selber dran, jeden Samstag ein Sack oder zwei. Dabei ächzt er und stöhnt und macht ein Gesicht —«
Elke grinst. Sie sitzt nun am Tisch wie andere Leute: die Füße auf dem Boden. Ruth beugt sich hinüber mit dem Thermoskrug, um ihr nachzugießen, und Elke entdeckt die Kassetten.
»Eine Gegenaktion«, ruft sie, »Musik!«
»Der Recorder ist alt. Man kann nicht laut aufdrehen.«
»Bitte. Wir können ja mitsingen. Oder tanzen.«
Ruth holt das Gerät aus der Küche, wo sie am Morgen, wenn sie sich wäscht, die Nachrichten hört. Elke steht vor dem Bord und entziffert die Titel. »Die *Winterreise*«, sagt sie.
»Du fährst doch nach Italien.«
»Scarlatti?«
»Oder das hier. Da spielt einer Cembalo wie die Patsy Klavier.«
»Kenn ich nicht«, sagt Elke, legt aber die Kassette ein. Und sitzt auf dem vordersten Sesselrand, die Hände zwischen die Knie geklemmt, den Blick am Recorder festgemacht, als könne sie so dem Musiker auf die Finger schauen. Das Mitsingen hat sie vergessen, vergißt auch zu atmen, rührt sich nicht mehr, bis der Fandango zuende ist. »Toll«, sagt sie, »das würde ihm auch gefallen.«
»Vielleicht hättest du ihn doch mitbringen sollen.«
»Er fehlt mir nicht. Das heißt —«
Läßt sie sich durch das Cembalo das Wort abschneiden? Sie schweigt, auch zwischen den Stücken, bis das Gerät sich abstellt: ein viel zu lauter Knacks, bei dem sie zusammenfährt. Sie sagt: »Am meisten fehlen sie, wenn sie da sind.«
Ruth steht auf. »Ich mach nochmals Kaffee.« Drückt sie sich? Sie hat keine Ratschläge zu erteilen. Aber wie sie Elke anschaut, die sprühlebendige Elke, muß sie lachen. »Der Plural ist Resignation«, sagt sie. »Eigentlich schon die Einzahl. Wenn du resigniert hättest —«

Als sie aus der Küche kommt, steht Elke auf dem Tisch, hat nur auf sie gewartet, um herunterzuspringen. Der Krach ist enorm, doch zu rasch vorbei, Elke ist jetzt in Fahrt. Schiebt den Tisch aus dem Weg und führt Ruth einen Tanz vor, »ein veritabler Trepak«, sagt sie, stampft und hopst und stößt spitze Schreie aus, Ruth wird atemlos bloß vom Zuschauen. Schließlich läßt Elke sich schnaufend in den Sessel fallen, und als sie zu Luft kommt, sagt sie: »So. Jetzt weiß man, daß es dich gibt.«
Soll Ruth ihr sagen, daß die Kalabresen, die unter ihr wohnen, bereits weg sind und erst im Januar wieder einreisen dürfen? Vielleicht haben im Schrank der Jugoslawen die Gläser geklingelt. Aber man ist hier an den Lärm und die kleinen Erdbeben so gewöhnt, daß ein bißchen mehr davon, auch wenn's mal woanders herkommt, gar nicht auffallen kann.
»Zuhören, wie andere leben, und selber leise sein«, sagt Elke, unversehens angriffig, »ist das nicht Geiz?«
»Soll ich mit mir selber schreien? Teller an die Wand werfen? Oder was?«
»Es ist die Art, wie man hier miteinander teilt. Ich könnte dich den Trepak lehren.«
Ruth sagt: »Um Gotteswillen«, und Elke lacht ihr ansteckendes Lachen, das sie schon aus dem Ford kennt, nur daß sie sich jetzt ins Gesicht sehen, eine alte und eine junge Närrin, die beide vor Lachen rote Köpfe bekommen. »Ich sag ja, das hier kannst du nicht«, keucht Elke. »Schau bloß, daß du rauskommst. Ich bin sicher, du störst.« Und etwas später, als sie sich die Zehen massiert: »Ich übrigens auch, du solltest meine Mutter hören.« Sie grinst vor sich hin, und als sie den zweiten Fuß drannimmt, sagt sie: »Die Katze müßte man sein. Wird geliebt und gefüttert. Muß nichts.«
»Du hast noch keine Arbeit?«
Eine Stellvertretung könne sie machen, im Januar, vielleicht werde sie dann entdeckt. Sie sei nämlich die beste Englischlehrerin, die sie kenne. Ob es nicht komisch sei, daß man junge Leute, und notfalls mit Gewalt, zu nützlichen Gliedern

einer Gesellschaft mache, die so viel Nützlichkeit gar nicht brauchen könne? Sie unterrichte gern, alle wüßten es, doch da ihr das Unnützsein verordnet sei, genieße sie auch das. Sie langweile sich nicht und könne sich nicht schuldig fühlen. Daß sie Geld bekomme, ohne zu arbeiten, finde ihre Mutter schon schlimm genug, doch noch viel schlimmer finde sie, daß sie nicht unglücklich sei.
Elke hat es ihrem Fuß erzählt, nun läßt sie ihn los und räkelt sich. Setzt ein Fuchsgesicht auf und sagt: »Mußt du unbedingt nützlich sein? Zeitungen verkaufen –«
»Der Blarney Stone«, sagt Ruth lachend. »Wirfst ihn mir an den Kopf.« Muß sich aber umdrehen, Elke ist schon woanders, hat sich eine Kassette herausgegriffen, stellt das Gerät wieder an. Ruth bleibt nicht einmal Zeit zu lächeln, als sie die *Romantischen Stücke* erkennt, weil Elke sie aus dem Sessel zieht. Legt ihr eine Hand auf die Hüfte, »los, komm, du mußt mich auch halten«, und jetzt wird sie herumgedreht, schön langsam, kein Trepak, sie lehnt sich zurück. »Woher kennst du das?« – »Hab ich selbst mal gespielt«, sagt Elke, »schön, nicht?« Sie tanzt einen Schnörkel, bringt Ruth damit aus dem Takt, so daß sie, statt weiterzufragen, »na, warte« sagt und selber einen versucht. Er mißglückt nicht ganz, aber läßt sich verbessern, findet Elke, also nochmals, und nun ist wieder Elke dran. Eine Hand läßt sie da, was sie auch immer mit den Füßen tut, manchmal kommt auch die zweite hinzu, bis sie sie wieder braucht, um einen ihrer Schnörkel mitzuzeichnen, Ruth setzt ihre eigenen dazwischen, und ob sie ganz oder halb gelingen: sie lachen. »Schön, nicht?« sagt Elke nochmals.
Ruth hat den Ofen vergessen, »jetzt wird es gleich kalt sein«, aber Elke verdoppelt die Schrittzahl, »mittendrin aufhören ist beleidigend für die Musiker, paß auf, wie dir warm wird«, sagt sie und nimmt ihre Hände, legt sie sich um den Hals, stampft ihr das doppelte Tempo vor, bis sie mittut, hat auch noch Atem genug, den Dvorak mitzusummen. »Laß bloß nicht los«, sagt sie, als Ruth die Augen schließt, und daß der Schluß weder zum Tanzen noch zum Mitsummen taugt, ist

egal, denn Elke hat schon gebremst und lehnt an der Tür, um für sie beide festen Stand zu haben, bis das Zimmer stillsteht und sie aufhören können zu lachen.

»Der Ofen!« sagt Ruth. Elke versperrt ihr den Weg, behauptet lachend, daß sie angegriffen aussehe, »setz dich, das mach ich schon.« Sie rüttelt die Asche vom Rost, »das bißchen Glut ist nicht mehr zu retten«, und Ruth, mit den Händen im Schoß, schaut zu, wie sie die Aschenschublade aufzieht und den Glutrest hineinkehrt, bringt auch fertig, sitzenzubleiben, als sie nach dem Ascheneimer gefragt wird. Elke holt ihn aus der Küche herein, leert die Schublade, und es staubt fast gar nicht, dann fragt sie sogar, bevor sie die erste zerreißt: »Sind das Zeitungen, die ich brauchen darf?« Als sie Kleinholz draufgeschichtet hat, schön locker und nicht zuviel, zieht sie die Klappe zum Kamin auf, noch ehe sie das Streichholz anreißt; erst als es flackert und die Ofentür zu ist, sagt sie triumphierend: »Na?«

Sie bleibt vor dem Ofen auf den Fersen sitzen. Ruth sagt: »Das blonde Mädchen im GRESHAM, erinnerst du dich?«

»Judith.«

»Sie hat auch für mich Feuer gemacht.«

»Und was schließt du daraus?«

»Nichts. Zwei Enkelinnen.«

Elke lacht und schnellt sich auf die Füße. Sie trägt den Ascheneimer in die Küche zurück. »Und die doppelte Großmutter betet für uns?« Sagt es und tänzelt zum Ofen, öffnet das obere Türchen, um Kohlen einzuschütten, dreht sich aber unerwartet um. »Die Großmutter ist von dir«, sagt sie. »Ich meine nur –«

»Daß ich nichts tun kann für euch.«

»Weißt du doch«, sagt Elke und macht sich wieder am Ofen zu schaffen. Als die Kohle drin ist, das Türchen zu, der Luftzug reguliert, geht sie hinaus, um sich die Hände zu waschen. Ruth hört sie summen, bis nebenan das Kind aufbrüllt, so markerschütternd, daß Elke mit dem Handtuch gerannt kommt, als gälte es jemanden zu retten. Bückt sich nach

einem der Stiefel und holt aus, aber Ruth fällt ihr in den Arm. Drüben zetert die Frau los, gleich übertönt von dem polternden Männerbaß, Elke läßt ihren Stiefel fallen, sie stehen und horchen, bis sie nacheinander verstummen, der Mann zuletzt, und als es still ist, schrecklich still, sagt Elke: »Was tun sie jetzt.«
»Essen. Sich umarmen. Was weiß ich.«
»Ich hasse Hörspiele.«
Ruth dreht das Licht an. Sie wundert sich, daß Elke noch da ist, obwohl es Abend wird und irgendwo dieser Freund auf sie wartet. Vielleicht wartet er nicht, oder nicht heftig genug? Was hat sie für ein Gesicht gemacht, daß Elke fragt, während sie die Stiefel anzieht: »Dir kann nichts mehr passieren?«
»Die Frage ist eher: kann ich es aushalten, wenn mir nichts mehr passiert.«
»Und kannst du?«
»Probieren.«
Ruth holt ihren Mantel, Elke kommt ihr ins kalte Schlafzimmer nach, und da die Tür, schief wie fast alles hier, zufällt, sieht sie das Mädchenbild, das dahinter hängt. Sie macht einen Schritt beiseite, um ihren Schatten vom Bild zu nehmen, steht angewurzelt, die Hände in den Taschen, bis Ruth sagt: »Komm, der Zug wartet nicht.«
Sie gehen durch den Matsch zur Station, eilig, weil die Lichter der Lok schon zu sehen sind. Das letzte Stück laufen sie, der Zug steht, Elke ist drin. Sie reißt das Fenster auf. »Das Bild stimmt nicht. Das heißt –« Und rasch, weil der Zug jetzt anfährt: »Man müßte das Gegenteil malen.« Ruth, die neben dem Zug hergeht, sagt: »Bilder ändern nichts.« Als sie zurückbleibt, ruft Elke: »Ich komm wieder, verlaß dich drauf«, und bevor sie das Fenster schließt, läßt sie die Arme flattern und stößt einen ihrer Trepakschreie aus.

*Margrit Baurs Bücher
im Suhrkamp Verlag:*

Überleben. Eine unsystematische Ermittlung gegen die Not aller Tage. 1981. 179 Seiten
suhrkamp taschenbuch 1098. 1985. 179 Seiten

Ausfallzeit. Eine Erzählung. 1983.
160 Seiten
suhrkamp taschenbuch 1617. 1989. 160 Seiten

Geschichtenflucht. 1988. 203 Seiten